A

Antonia liebt ihre Arbeit als Platzanweiserin im Konzerthaus. Auch wenn sie das verdiente Geld an ihre Eltern, mit denen sie in einem bescheidenen Viertel von New York lebt, abtreten muss, bietet ihr der Job die Chance, ihren Idolen ganz nahe zu kommen – denn Antonia möchte um jeden Preis Dirigentin werden. Sie ahnt nicht, wie steinig der Weg zur Erfüllung ihres Traums werden wird, dass sie viele Rückschläge hinnehmen und sogar ihre große Liebe opfern muss. Denn obwohl sie mit Inbrunst übt und versucht, unter den großen Musikern ihrer Zeit Unterstützer zu finden, ist die Welt noch nicht bereit für eine mutige junge Frau wie sie.

Maria Peters, geboren 1958, ist Autorin, Drehbuchschreiberin und Regisseurin. Für ihre Filme wurde sie mit zahlreichen Preisen ausgezeichnet. Antonia Bricos Leben hat sie so fasziniert, dass sie sowohl ein Buch als auch einen Film daraus machte. Peters lebt mit ihrem Mann in Amsterdam.

Stefan Wieczorek, geboren 1971, ist Übersetzer, Literaturwissenschaftler und Essayist. Sein Engagement gilt insbesondere der Gegenwartsliteratur aus Flandern und den Niederlanden. Stefan Wieczorek lebt in Aachen.

Maria Peters

Die Dirigentin

Roman

Aus dem Niederländischen
von Stefan Wieczorek

Atlantik

Die niederländische Originalausgabe erschien 2019 unter dem Titel
De dirigent im Verlag Meulenhoff Boekerij bv, Amsterdam.

*Atlantik ist ein Imprint des
Hoffmann und Campe Verlags, Hamburg.*

2. Auflage 2022
Taschenbuchausgabe
Copyright © 2019 Maria Peters und
Meulenhoff Boekerij bv, Amsterdam
Für die deutschsprachige Ausgabe:
Copyright © 2020 Hoffmann und Campe Verlag, Hamburg
Veröffentlichung in Übereinkunft mit Meulenhoff Boekerij bv
und der von ihr beauftragten Agentur 2 Seas Literary Agency
www.hoffmann-und-campe.de
Umschlaggestaltung: favoritbuero, München
Umschlagmotiv: © Shooting Star Filmcompany
Satz: Pinkuin Satz und Datentechnik, Berlin
Gesetzt aus der Bembo
Druck und Bindung: GGP Media GmbH, Pößneck
Printed in Germany
ISBN 978-3-455-01218-7

Ein Unternehmen der
GANSKE VERLAGSGRUPPE

Für meine Enkelin Yuna

»A dream is unrehearsed.«
Yehudi Menuhin

»Vom Mond aus gesehen
sind wir alle gleich groß.«

Multatuli

»Because we women form only
a small percentage of conductors, it is as if
we are all under a microscope.«

Marin Alsop

~ Willy ~

1

New York, 1926

»Der falsche Platz. Pass gefälligst besser auf.« Direktor Barnes packt mich am Ellenbogen und wirft mir einen strafenden Blick zu. Erschrocken sehe ich, was er meint. Das Durcheinander in der Sitzreihe ist mir bislang nicht aufgefallen. Das ältere Ehepaar, dem ich eben einen Platz angewiesen habe, bahnt sich mühevoll den Weg zurück in den Gang. Schuldbewusst senke ich den Blick.

»Entschuldigen Sie bitte«, sage ich möglichst unterwürfig, denn er ist mein Boss, und ich kenne meinen Platz in der Rangordnung. Direktor Barnes ignoriert mich und eilt dem Ehepaar zu Hilfe. Ich stehe verloren daneben, reiße mich aber zusammen und wende mich den nächsten wartenden Gästen zu.

Zum x-ten Mal leiere ich herunter: »Ich wünsche Ihnen ein schönes Konzert.« Leute zum richtigen Platz zu bringen ist meine Abendbeschäftigung. Tagsüber arbeite ich als Schreibkraft in einem großen Büro. Manch einer mag es merkwürdig finden, dass ich zwei Jobs habe, aber ich bin es nicht anders gewohnt. Meine Mutter will das so. Sie hat auch kein Problem damit, meinen Vater zwei Schichten hintereinander ackern zu lassen. Sie braucht das Geld, sagt sie.

Eigentlich tut es mir gut, so oft von zu Hause weg zu sein. Mutter ist nicht unbedingt das, was man einen Sonnenschein nennt. Wenn sie lacht, bildet ihr Mund allenfalls einen Strich; für gewöhnlich hängen ihre Mundwinkel aber nach unten. Als ich in die Schule kam, malte ich sie mit diesem Gesichtsausdruck. Voller Stolz zeigte ich ihr das Bild. Das hätte ich besser nicht gemacht, denn danach konnte ich zwei Tage lang nicht richtig sitzen. Zugegeben, die Zeichnung war kein Meisterwerk, vielleicht hatte sie also sogar recht.

Nach diesem Erlebnis habe ich mich selbst dazu gezwungen, jedes Mal wenn ich in einen Spiegel schaue, zu lächeln. Auch wenn es gerade nichts zu lachen gibt. Meine Einbürgerung steht zwar noch bevor, aber ich lebe schon den amerikanischen Traum. Inklusive des dazugehörigen Dauerlächelns und alles anderen.

Das Konzert heute Abend beginnt mit Beethovens Dritter. Hier in Amerika heißt sie *Eroica Symphony*, wir Holländer nennen sie die *Heroische*.

Ludwig van Beethoven schrieb die Symphonie zu Ehren von Napoleon Bonaparte, als dieser sich zum Kaiser von Frankreich ausrief. Um allen zu zeigen, wie die Machtverhältnisse waren, erlaubte Napoleon nicht, dass der Papst ihn krönte, sondern er setzte sich die Krone selbst auf. Männer können das.

Beethoven, der in derselben Zeit lebte, feierte die Heldentaten des Diktators. Für mich ist Beethoven ein größerer Held als dieser Napoleon. Er spürte, dass er mehr und mehr ertaubte, aber das tat seiner Streitlust keinen Abbruch. »Ich will dem Schicksal in den Rachen greifen, ich ergebe mich ihm nicht«, war seine Reaktion auf den Hörverlust (oder zumindest so ähnlich). Daraufhin beendete er mit seiner Musik die Epoche der Klassik und schlug einen neuen Weg ein, hin zur Romantik. Damit kann man doch etwas anfangen.

Er ist seit neunundneunzig Jahren tot, aber die Menschen strömen noch immer in die Konzertsäle, um seine Meisterwerke zu hören. Ich deute einen Knicks an. Die beiden Herren, denen ich gerade den Platz anweise, beziehen das auf sich, aber in meinem Innern bedanke ich mich bei Beethoven für die Komposition des heutigen Abends. Das Hantieren der Orchestermitglieder, die ihren Platz einnehmen, lenkt mich ab. Bereits die Geräusche, die beim Stimmen der Instrumente entstehen, versetzen mich in Erregung. Ich betrachte die Härchen auf meinem Arm. Ich habe Gänsehaut, jetzt schon.

Ich sitze etwas versteckt auf dem Flur. Eine Take-away-Mahlzeit liegt auf meinen Oberschenkeln. Die Türen des Saals sind jetzt geschlossen. Wir dürfen nicht mehr hinein. Ich rühre mit den Essstäbchen durch die chinesischen Nudeln, die längst kalt sind.

Es ist immer höchste Eisenbahn, wenn ich von meinem Tagesjob zu meinem Abendjob wechsle. Im Büro haben wir nur eine Stechuhr, und wenn man Pech hat, wartet da schon eine Schlange. Die Schreibkräfte haben es nicht eilig – wenn man langsam macht, erweckt man den Eindruck, länger gearbeitet zu haben. Wenn ich mich also ganz hinten einreihen muss, bin ich die Dumme.

Ich habe keine Zeit, zwischendurch nach Hause zu gehen. Mutter gibt mir jeden Tag Reste mit, aber die esse ich nie. Sie sind nämlich nicht vom Vortag, denn die isst sie selbst. Sie sind auch nicht zwei Tage alt, denn die bekommt mein Vater. Die Reste, die mir zustehen, sind mindestens drei Tage alt. Es dauerte eine Weile, bis ich ihr System begriff, und zu Anfang bin ich sogar schon mal richtig krank von dem verdorbenen Essen geworden. Deshalb werfe ich das fiese Zeug jetzt immer gleich weg. Allerdings darf ich ihr das auf keinen Fall verraten. Sie würde einen Anfall bekommen: Essen wegzuwerfen ist eine Todsünde.

Der kürzeste Weg vom Büro zur Konzerthalle führt quer durch Chinatown. Mit einem kleinen Restaurant habe ich einen Deal machen können, der mich nicht viel kostet. Sie verkaufen auch außer Haus an der Straße. Mr Huang hat mein Essen bereits fertig, wenn ich vorbeikomme. Er weiß, wie wenig Zeit ich habe. Meistens schlinge ich es sofort herunter, aber wenn ich mich verspäte, hat er es schon für mich eingepackt, sodass ich es mit zur Konzerthalle nehmen kann. Am Anfang hat er mich ausgelacht, als er sah, wie ich mit den Essstäbchen kämpfte, aber als er merkte, wie rasch ich damit zurechtkam, verschaffte mir das Respekt.

Die Nudeln pappen zusammen, und ich habe immer weniger Appetit. Ich habe genug davon in meinen Mund gestopft. Ich frage mich, ob das Konzert schon lange genug läuft, um auf die Herrentoilette zu gehen. Es ist niemand zu sehen. Die Luft ist rein. Auf dem Weg werfe ich das Essen in einen Abfalleimer. Ein Stäbchen behalte ich und verberge es in einer Rockfalte meiner mausgrauen Uniform.

Ich kann nichts dagegen tun, die Herrentoilette der Konzerthalle zieht mich an wie ein Magnet. Sie befindet sich in einem der unteren Geschosse, direkt unter der Bühne. Es wäre wesentlich praktischer, wenn dort die Damentoilette wäre; aber in der hört man leider überhaupt nichts vom Konzert. *This is the place to be.*

Vorsichtig betrete ich den großen, quadratischen Raum, der vor kurzem neu gekachelt wurde. Der hübsche, moderne Stil wird Art déco genannt. Mit einem Blick sehe ich, dass das Pissoir frei ist. Nachdem ich kontrolliert habe, ob auch niemand eine der zahlreichen Toiletten benutzt, stelle ich mich mitten im Raum auf, schließe die Augen und lausche. Ich lausche der Musik, die durch eine akustische Verbindung zur Bühne so klar klingt, als würde ich direkt vor dem Orchester stehen.

Beethovens Musik durchdringt jede Faser meines Körpers. Sie spielen den ersten Satz der Symphonie, insgesamt sind es vier. Es ist das *Allegro con brio*, das lebendig und feurig gespielt werden muss. Ein echter Held strotzt natürlich immer vor Energie. Ich hebe das Stäbchen hoch und stelle mir alles vor, sehe mich als Dirigentin vor dem Orchester stehen. Hundert Männer folgen meinen Handbewegungen und lassen sich durch mich leiten, die Heroische so zu spielen, wie ich es für richtig halte. Das Stäbchen hebt und senkt sich im Dreivierteltakt. Das macht mich unglaublich glücklich. Als würde mein Leben so viel reicher. Diese Glücksexplosion macht abhängig.

Trotzdem versuche ich, ihr nicht zu oft nachzugeben. Ich gönne sie mir nur einmal pro Woche, immer an unterschiedlichen Tagen. Es darf den anderen Platzanweiserinnen, die sich im Foyer leise miteinander unterhalten, nicht auffallen, dass ich verschwinde. Und ich mache das immer am Anfang des Konzerts. Die erste halbe Stunde ist sicher, ich weiß aus Erfahrung, dass quasi jede Blase so lange durchhält. Mein Vater kann es Gott weiß wie lange einhalten – manchmal geht er nur zweimal am Tag –, aber es sind immer ältere Männer, die während des Konzerts die Toilette besuchen. Dann muss ich mich wieder aus dem Staub gemacht haben. Aber im Augenblick gehört die Herrentoilette mir allein.

Ich mache eine Geste in Richtung der ersten Geige: lauter. Der zweiten Geige: etwas zurückhaltender. Jede Instrumentengruppe erhält einen Hinweis. Ich gehe derart darin auf, dass ich mich selbst vergesse. Es ist eine Art Trance. Wenn auch eine ganz andere als jene, in die Mutter sich versetzen will, wenn sie mit ihrem Frauenclub Séancen abhält. Damit kann sie mir gestohlen bleiben, an diesen Unfug glaube ich nicht. Dass ihr allerdings Beethoven und Liszt bei einer diesen Séancen erschienen sind und allen mitgeteilt haben, ich würde eine große Musikerin werden, kam mir doch sehr zustatten. Sonst hätte sie mir nie die Klavierstunden erlaubt. Aber wieso sie und ihre Freundinnen wussten, wie Ludwig van Beethoven und Franz Liszt aussehen – und das sogar als Geister –, ist mir heute noch ein Rätsel.

Die Tür öffnet sich, und ich erschrecke mich zu Tode. Rasch lasse ich die Arme sinken. Ich höre, wie das Essstäbchen auf die Fliesen fällt. Ein junger Mann kommt herein und schaut mich erstaunt an. Ich versuche, nicht ertappt zu wirken, hebe den Kopf und blicke ihn möglichst gelassen an. Schließlich arbeite ich hier und nicht er.

»Das ist die Herrentoilette«, sagt er.

Offensichtlich hält er es für nötig, seine Anwesenheit hier zu begründen. Es dauert einige Sekunden, bis ich die Sprache wiedergefunden habe. »Ich ... kontrolliere kurz alles.«

Er betrachtet meine Kleidung, ich trage ganz offensichtlich die Uniform einer Platzanweiserin.

»Was kontrollierst du hier?«

»Ob auch alles sauber ist.« Ich reiße ein paar Türen

auf und inspiziere die Kabinen. »Die Herrentoiletten verschmutzen schneller, daher kontrollieren wir sie häufiger.«

Er behält mich im Auge. Der Störenfried kann nicht viel älter sein als ich. Maximal Ende zwanzig. Es regt mich auf, dass er gut aussieht. Seine Kleidung zeugt von Wohlstand. Auch das regt mich auf, denn dadurch fühle ich mich immer unwohler.

»Und bist du jetzt fertig damit?«

Ich nicke: »Alles ist sauber.« Ich halte die Tür zu einer der Kabinen auf und hoffe, dass er dahinter für immer und ewig verschwinden möge. Aber er bleibt stehen, schiebt die Hände lässig in die Hosentaschen, als hätte er alle Zeit der Welt, und blickt mich immer noch an.

»Sie verpassen das Konzert.«

»Das habe ich schon öfter gehört«, antwortet er.

Ich schaue ihm tief in seine viel zu hübschen braunen Augen, als könnte ich ihm damit meinen Willen aufzwingen. Aber nein, er bleibt an der Tür stehen. Also muss ich zum Ausgang gehen. Er tritt zur Seite, um mich vorbeizulassen, wendet den Blick aber nicht ab.

Ich bin schon auf dem Flur, als ich ihn hinter mir sagen höre: »Du hast etwas vergessen.« Ich drehe mich um. Er schaut auf das Stäbchen, er hat also gehört, wie es hinfiel. Es liegt zu seinen Füßen, aber er macht keine Anstalten, es aufzuheben. Ich bücke mich.

An diesem Abend bildet das ganze Personal eine lange Reihe. Direktor Barnes verteilt selbstgefällig die wöchentlichen Lohntüten. Es ist Freitagabend, und wie üblich zählt er auf, welche Konzerte uns in nächster Zeit erwarten. Ich höre mit gespitzten Ohren zu, diesen Teil finde ich interessanter als meinen Lohn.

»Und dann haben wir nacheinander Aufführungen der Vierzigsten Symphonie von Mozart, der Hundertsten von Haydn, der Dritten von Schumann, des Violinkonzerts von Mendelssohn ...«

Meine Kollegin Marjorie wendet sich mir zu und flüstert: »Ich langweile mich zu Tode. Willst du etwas von meinem Kaugummi abhaben?«

Marjorie und ihr Kaugummi sind unzertrennlich. Sie hat immer mehrere Päckchen auf Vorrat. *Adams' New York Gum No. 1 – Snapping and Stretching*. Wenn niemand zuschaut, macht sie Kaugummiblasen und lässt sie zerplatzen. Niemand scheint mitzubekommen, dass sie die ganze Zeit über das Zeug im Mund hat; wie sie das schafft, weiß ich nicht. Einmal klebte sogar Kaugummi in ihrem geflochtenen Haar, das sie immer um den Kopf drapiert. Sie erzählte, es müsse im Schlaf passiert sein. Es dauerte Tage, bis sie alle klebrigen Reste rausgepfriemelt hatte.

»Mir wird von Kaugummi immer schlecht«, flüstere ich zurück.

»Na klar.« Marjorie denkt, ich veräppele sie. Aber es ist die Wahrheit. Ich konzentriere mich wieder auf den Direktor.

»Und dann ist es natürlich eine außergewöhnliche Ehre, dass nächsten Monat der berühmte niederländische Dirigent Mengelberg bei uns zu Gast sein wird ...«

Mengelberg!

»... mit Mahlers Vierter Symphonie«, beendet Barnes seine Übersicht.

»Da muss ich dabei sein«, flüstere ich Marjorie zu. Ich bin vollkommen aus dem Häuschen. Marjorie schaut mich an, als wäre ich das siebte Weltwunder. Aber als sie in meinem Gesicht erkennt, dass ich es ernst meine, und

Barnes nur noch zwei Schritte von mir entfernt ist, zischt sie mir zu: »Frag ihn einfach!«

Der Direktor bleibt vor mir stehen und begutachtet mich von oben bis unten. Der penetrante Geruch seines Achselschweißes dringt mir in die Nase. Seine Aufmerksamkeit habe ich wahrscheinlich dem Rüffel heute Abend zu verdanken, oder hat der Toilettenbesucher sich etwa doch über meine Anwesenheit auf dem Herrenklo beschwert? Ich verliere den Mut, den Direktor um etwas zu bitten. Schließlich bleibt sein Blick an meinem ausgefransten Kragen hängen.

»Besorge dir eine neue Bluse. Diese ist zerschlissen.«

Ich halte die Augen geradeaus auf die Wand gerichtet und nicke. Er überreicht mir die Lohntüte und geht weiter zu Marjorie.

»Mr Barnes? Sie würde gerne zu dem Konzert gehen«, sagt sie.

»Wie bitte?«

»Willy möchte zu dem Konzert von Mengelen.«

»Mengelberg«, verbessere ich sie schnell.

»Sag ich doch.«

Barnes wendet sich mir zu. »Unmöglich.«

»Aber ...«

»Das Konzert war innerhalb eines Tages ausverkauft.«

Barnes geht weiter. Ich schlucke meine Enttäuschung hinunter und habe die Nase gestrichen voll davon, dass das Personal während der Konzerte keinen Zutritt zum Saal bekommt.

Als ich den Direktor einige Minuten später im Flur rieche und sehe, wie er sein Büro betritt, gehe ich doch noch nicht zum Personalausgang. Ich klopfe an die offen stehende Tür und bleibe auf der Schwelle stehen.

»Mr Barnes, können Sie mich dann auf die Warteliste setzen lassen? Bitte?! Nur dieses eine Mal?« Es erstaunt ihn, dass ich ihm gefolgt bin, das sieht man deutlich.

»Bitte?«, wiederhole ich.

»Fängst du jetzt an zu betteln?« Er schaut mich prüfend an. »Die einfachste Kategorie kostet einen Dollar.«

Als wüsste ich das nicht. Der teuerste Platz kostet zwei Dollar fünfundsiebzig. Als Studentin käme ich für fünfundzwanzig Cent hinein. Ich will das Geld aus meiner Lohntüte nehmen, aber er hält mich auf.

»Du musst erst bezahlen, wenn tatsächlich ein Platz frei wird.« Er nimmt seinen Füller und setzt meinen Namen mit zierlichen Buchstaben auf die Warteliste.

Pfeifend laufe ich die schier endlosen Treppenstufen der Mietskaserne hoch, in der meine Eltern ihre Wohnung haben. Ich weiß, dass es sich für Mädchen nicht schickt, laut zu pfeifen, aber heute ist mir das egal. Ich fühle mich innerlich ganz leicht.

Als ich die Wohnung betrete, gehe ich sofort in mein Zimmer und hole eine der Partituren hervor, die ich unter dem Bett versteckt habe. Ich setze mich auf den Rand des Bettes. Mit Ehrfurcht lese ich den Namen auf der Vorderseite: Gustav Mahler, Vierte Symphonie. Meine Augen gleiten gierig über die Notenblätter und die Anmerkungen, die ich mit rotem und blauem Stift danebengekritzelt habe. Ich schaue auf die Wand, an der eine ganze Reihe von Bildern meiner beiden Idole hängt. Ich betrachte die Fotos von Mengelberg.

»Willy?«

Ich höre, wie meine Mutter in der Diele lärmt. Rasch schlage ich die Partitur zu und will sie wieder unters Bett legen, aber es ist zu spät. Mutter kommt ins Zimmer. Das

macht sie immer ohne Ankündigung, sogar jetzt, wo ich schon dreiundzwanzig bin. Sie streckt mir die Hand hin.
»Deinen Lohn.«
Ich gebe ihr die Lohntüten meiner beiden Jobs, und während sie das Geld zählt, schiebe ich mit dem Fuß die Partitur weiter unter das Bett. Sie ahnt nicht, dass mein kleines Zimmer eigentlich eine Ansammlung von Verstecken ist. Das beste befindet sich hinter der Holzverkleidung meines maroden Klaviers. Mit zwei Handgriffen kann ich die unterste Leiste lösen und abheben. Dahinter verstecke ich das Geld, das ich mir vom Mund abspare. Davon bezahle ich unter anderem Mr Huang.
»Ich brauche eine neue Bluse.«
»Jammere nicht rum. Diese ist noch gut.«
»Ich bin deswegen ermahnt worden ...«
»Die kannst du noch ausbessern.«
»... sonst würden sie mich rausschmeißen«, beende ich den Satz. Damit habe ich sie in der Hand, denn weniger Geld im Haus wäre für sie eine Katastrophe.
Meine Mutter zögert. Dann gibt sie mir zwei Dollar.
»Ich glaube nicht, dass das reicht«, versuche ich mehr herauszuhandeln, aber sie geht nicht in die Falle.
»Mehr bekommst du nicht.«
Und mit dieser Bemerkung lässt sie mich allein.

Der nächste Tag ist ein Samstag, und ich muss nicht ins Büro. Meine Mutter ist nicht da. Sie liest für einen Kunden aus Teeblättern. Mit diesem Betrug verdient sie sich hin und wieder etwas dazu. Ich nehme Nadel und Faden aus ihrem Nähkästchen und kümmere mich um den verschlissenen Kragen an meiner Arbeitsbluse.
An diesem Abend gehe ich dem Direktor nicht aus dem Weg.

»Schauen Sie«, sage ich, als ich ihm im Foyer begegne. Ich zeige auf meine Bluse und lächle.

»Schon besser«, kommentiert er. »Ich freue mich, dass du auf mich hörst.«

~ Willy ~

2

Kurz stehen meine Finger still über den Tasten der Schreibmaschine, und ich schaue auf die große Uhr an der Wand. Noch eine Viertelstunde, dann darf ich gehen. Ich kann es gar nicht erwarten, denn heute dirigiert Mengelberg.

Als ich die sechzig Frauen sehe, die in meiner Abteilung arbeiten, werde ich nervös. Schaffe ich es, als Erste bei der Stechuhr zu sein? Meine Tasche steht gepackt unter dem Tisch, ich muss nur noch diesen einen Brief beenden. Ich beobachte, wie meine Chefin durch die Reihen läuft. Ich konzentriere mich wieder auf die Arbeit und lasse die Finger über die Tasten rasen. Sie soll bloß nicht auf die Idee kommen, ich wäre schon fertig. Aber ich habe Pech. Sie bleibt genau vor meinem Tisch stehen.

»Könntest du kurz einen Test beaufsichtigen?«, fragt sie.

Verflixt und zugenäht, warum sucht sie immer mich für solche Sachen aus? Aber ich antworte natürlich beflissen: »Jetzt?«

»Genau, jetzt.«

Sie winkt zwei wartende Bewerberinnen herbei.

Widerwillig stehe ich auf. Mit meiner Chefin diskutiert man nicht. Sie ist eine typische alte Jungfer, die mit ihrer

Arbeit verheiratet ist. Ich habe mir gelegentlich ausgemalt, wie sie wohl ihre Abende verbringt. Aber im Laufe der zwei Jahre, die ich mittlerweile hier an der Maschine sitze, habe ich es aufgegeben, mir darüber Gedanken zu machen. Die Einsamkeit steht ihr ins Gesicht geschrieben; es ist klar, dass sie mutterseelenallein auf der Welt ist. Sie überspielt das recht gut, indem sie sich auf die Arbeit stürzt.

Hinter ihrem Rücken nennen die Schreibkräfte sie den Pitbull, weil sie nie zurückweicht, aber ich beteilige mich nicht daran. Ich finde es unfair, Frauen so bloßzustellen. Würde man einen Mann so bezeichnen, als Pitbull? Oder gar als Furie oder Zimtzicke? Das ist eher unwahrscheinlich. Männer werden auch nicht alte Hexe, Schreckschraube oder Miststück genannt. Ich kenne einige Männer hier auf der Arbeit, die schlimmer sind als unsere Chefin, die nie auch nur einen Zentimeter nachgeben, aber die bekommen keinen bescheuerten Spitznamen.

Für den Boss ist sie natürlich Gold wert. Es gibt Gerüchte, dass sie einmal eine Affäre hatten, aber soweit ich weiß, ist der Kerl ein grundsolider Ehemann; ich kann mir die beiden einfach nicht zusammen vorstellen.

Während die Chefin weitergeht, präsentieren sich mir die Bewerberinnen. Ihre Namen vergesse ich sofort wieder. Die eine Frau ist um die vierzig und macht einen strengen Eindruck. Ihr dunkles Haar ist straff zu einem Dutt zurückgebunden, außerdem trägt sie eine Brille. Unter ihrem Arm klemmt eine Zeitung.

Ich nehme meinen Brief aus der Maschine, gebe ihr ein leeres Blatt und deute auf den Stuhl. Als sie sich hinsetzt, legt sie die Zeitung neben sich ab. Mein Blick bleibt an einem Artikel hängen, in dem das Konzert von Mengelberg ankündigt wird. Sie hat sofort einen Pluspunkt bei mir, allerdings habe ich hier nichts zu entscheiden.

Die andere Frau schätze ich zehn Jahre jünger. Sie hat diese merkwürdig dünnen, unnatürlich hochgezogenen Augenbrauen. Ihre Brüste stechen für meinen Geschmack etwas zu deutlich unter ihrem engen Pullover heraus, und sie kann keinen Schritt auf ihren hohen Absätzen machen, ohne anzüglich mit dem Hintern zu wackeln. Warum sie in solch einem großen Bogen zu dem freien Tisch neben mir laufen muss, ist mir schleierhaft – denn weit und breit ist kein Mann zu entdecken.

Die Aufgabe, die ich ihnen stelle, ist einfach. Sie müssen nur einen Brief abtippen. »Sie haben zehn Minuten«, sage ich kurz vor dem Startzeichen. Ich drücke die Stoppuhr. Die Sekunden verrinnen, genauso wie auf der Wanduhr.

Mir fällt sofort auf, dass die strenge Bewerberin blind und unglaublich schnell tippt, schneller, als ich es je zuvor gesehen habe. Vermutlich sind das mehr als dreihundert Anschläge pro Minute. Was für ein Kontrast zu der koketten Dame, die sich offensichtlich Sorgen um ihre zu langen, rot lackierten Nägel macht. Wenn sie hundert schafft, ist das schon viel. Ich betrachte ihr platinblondes Haar. Ich kann den Blick nicht von dem unvorteilhaften dunklen Haaransatz abwenden. Was muss sie wohl alles für diese Frisur opfern und erleiden, finanziell, aber auch körperlich?

Das Zeichen zum Büroschluss ertönt, und rundum brechen die Kolleginnen auf. Nur die Chefin thront ungerührt auf ihrem Podest. Sie muss erst noch die Briefe korrigieren, die die Schreibkräfte bei ihr abgeben.

»Halt«, rufe ich nach zehn viel zu langen Minuten. Ich reiße das Papier aus den Maschinen und renne durch das mittlerweile leere Büro zur Chefin. In meiner Eile stoße ich gegen den Schreibtisch. Eine Thermoskanne fällt um. Ungläubig schaut die Chefin auf den kalten Kaffee, der über die Papiere schwappt. Ich versuche das Ganze abzutupfen, aber das macht alles nur noch schlimmer. Sie schaut mich verärgert an, als ich ihr die beiden Briefe überreiche.

Sie braucht nicht lange.

»Von wem ist dieser?« Sie hält den kürzeren Brief in die Höhe und beobachtet die beiden näher kommenden Frauen prüfend.

»Von mir«, antwortet die kokette Dame.

»Geschwindigkeit zu langsam, Nägel zu lang, zu viele Fehler. Und Sie ...«, sie hält jetzt den langen Text hoch: »Flotte Finger, kurze Nägel, null Fehler.«

Die Brillenträgerin freut sich über die Komplimente, aber dann kommt es: »Morgen können Sie anfangen«, wendet sich die Chefin ausdrücklich an die jüngere Frau.

Was war das? Die strenge Bewerberin blickt bestürzt von der Chefin zu ihrer Konkurrentin, die mit ihren unterwürfigen Dankesäußerungen gar nicht aufhören kann. Ich senke beschämt die Augen und vergesse fast, dass ich schon längst weg sein sollte, so sehr tut sie mir leid.

»Ich verstehe das nicht«, sagt sie zu meiner Chefin, als die neue Mitarbeiterin – nicht ohne das obligatorische Hüftwackeln – die Abteilung verlässt.

»Sie denken vielleicht, dass wir die Besten haben wollen«, erläutert die Chefin ihre Entscheidung. »Aber mein Vorgesetzter will hier keine weiblichen Angestellten, die er nicht attraktiv findet, und ich kann niemanden gebrauchen, der mir Konkurrenz macht.«

Aufgebracht geht die unterlegene Bewerberin, und ich mache Anstalten, ihr zu folgen. Aber die Chefin hebt demonstrativ den Stapel tropfender Briefe hoch. Ich würde viel darum geben, wenn ich aus diesem Albtraum einfach aufwachen könnte; allerdings ist er noch nicht vorbei.

Wie besessen tippe ich, um die nass gewordenen Dokumente zu ersetzen. Neben mir liegt die Zeitung, die die strenge Bewerberin liegen gelassen hat. Die Porträtaufnahme von Mengelberg starrt mich an. Ich greife nach der Zeitung und springe auf. Mir reicht es jetzt.

»Bist du schon fertig?«, fragt die Chefin von ihrem Podest herunter erstaunt durch den Raum. Sie sitzt etwa zwanzig Meter entfernt.

Gerade jetzt lobe ich mir diesen Abstand: »Nein, aber ich muss zu einem Konzert.«

»Das muss fertig werden!«

Ich fange an zu rennen. »Morgen!«

Hinter meinem Rücken wird sie lauter: »Wenn du jetzt abhaust, bist du entlassen!«

Ich bleibe wie erstarrt stehen und denke über diese Drohung nach. Damit ich etwas Zeit gewinne, drehe ich mich ganz langsam um.

»Wie gut, dass Sie gerade eine so flotte Schreibkraft eingestellt haben.« Und dann renne ich durch die Abteilung. Zum Glück kann ich die Stechuhr jetzt links liegen lassen.

Frag nicht, wie ich das geschafft habe. Rücksichtslos muss ich Fußgänger zur Seite geschubst haben, die mir im Weg waren, und auch rote Ampeln waren mir egal. Zwischen hupenden Autos bin ich ohne Rücksicht auf Verluste auf die Straße gesprungen. Ich bin gerannt, gerannt, gerannt – als würde mein Leben davon abhängen. Das Erste, was ich wieder bewusst wahrgenommen habe, ist die Ankündigung des Konzerts an der Fassade des Theaters.

Keuchend lege ich mein Geld hin und kann gerade

noch sagen, dass ich auf der Warteliste stehe. Der Kassierer macht sich nicht einmal die Mühe, nach meinem Namen zu suchen.

»Es tut mir leid, Willy, du bist zu spät.«

»Aber der Direktor ... der Direktor ...« Ich schnappe nach Luft.

Mitfühlend schüttelt er den Kopf. »Du kennst die Regeln. Eine halbe Stunde vor Beginn müssen die Karten abgeholt werden.«

Stinksauer sammle ich mein Geld wieder ein.

Ich gehe in den Umkleideraum und ziehe meine Uniform an. Ich weiß nicht genau, warum ich das mache, aber jetzt einfach nach Hause zu gehen ist keine Option. Ich will zumindest im selben Gebäude wie Mengelberg sein.

Gedankenverloren stolpere ich im Gedränge an Marjorie vorbei. Sie spricht mich an. Ich schaue nicht auf, gehe einfach weiter. Ich vermeide jeden Blickkontakt mit den anderen Platzanweiserinnen, die in den letzten Minuten vor Beginn des Konzerts alle Hände voll zu tun haben. Sie würden meine Wut nicht verstehen.

»Wieso stehst du hier so rum? Warum arbeitest du nicht?« Marjorie taucht wieder neben mir auf und lässt einen Kaugummi an meinem Ohr zerplatzen. Sie ist sauer, dass ich mich vor der Arbeit drücke. Dass ich mir heute Abend freigenommen habe, hat sie schon längst wieder vergessen. Mein Herz schlägt laut in meinem Brustkorb. Ich muss mich zusammenreißen.

Ich tue so, als würde ich zu einer Besuchergruppe hinübergehen. Aber ich kann mich jetzt nicht so benehmen, als wäre das nur ein ganz normaler Arbeitstag. Das kann niemand von mir verlangen. Trotz des Risikos, erwischt zu werden, rette ich mich auf die Herrentoilette. Zum Glück ist niemand dort. Aufgewühlt tigere ich durch den Raum, bis mir mein Spiegelbild auffällt. Ich bleibe stehen, gehe hinüber und schaue in mein Gesicht. Dieses Mal lächele ich nicht.

~ Frank ~

3

Der Mann, der für Dirigenten und Solisten Konzerte organisiert, so würde ich meine Tätigkeit beschreiben. Meine Visitenkarte ist prägnanter, dort lautet die Berufsbezeichnung: *Concert Manager*, und heute Abend steht Willem Mengelberg auf dem Programm.

Im Konzertsaal geht es drunter und drüber. Jeder will ihn sehen. Ich muss mich durchkämpfen, um vom Dirigentenraum, wo Mengelberg sich vorbereitet, zu meiner Loge zu gelangen. Immer wieder halten mich Freunde und Bekannte auf, die mir zum Erfolg der Tournee gratulieren wollen. Ich bedanke mich höflich und gebe meine Standardantwort, die ich übrigens stets an das Heimatland des jeweiligen Dirigenten anpasse, also diesmal: »Alles Gute kommt aus den Niederlanden.« Indem ich Mengelberg ein Kompliment mache, lenke ich die Aufmerksamkeit von mir ab. Und ich brauche nicht einmal zu lügen: lieben wir Amerikaner es doch, mit unseren europäischen Wurzeln anzugeben.

Niemand hier muss wissen, dass ich mit dieser saloppen Bemerkung versuche, meinen Schmerz zu betäuben. Die Leute haben nicht die blasseste Ahnung, dass Musik für mich die einzige Medizin ist, um die alles übertönenden

Kriegserinnerungen, die ich aus diesem verfluchten Europa mitgebracht habe, für eine Weile verstummen zu lassen. Wenn nicht so viel Schönheit diesem Kontinent entstammte, würde ich ihn für immer und ewig vergessen wollen.

Ich war zu jung, um in diesen blutigen Krieg geschickt zu werden; zu jung und viel zu naiv, wie so viele meiner Kameraden. Und dabei genoss ich noch das Privileg, nicht in die Hölle der Schützengräben zu müssen, sondern in den Feldlazaretten hinter der Front die Schweinerei in Ordnung bringen zu dürfen. Ich arbeitete dort als *Medical Officer*, da ich in Amerika Medizin studierte. Den Rang hatte ich jedoch nur, weil meine Mutter zum britischen Adel gehört. Tatsächlich war ich allenfalls ein Krankenpfleger. Ich trat meinen Dienst in jenem Jahr an, das später als Gaskriegsjahr in die Geschichtsbücher eingehen würde, aber das konnte ich damals noch nicht ahnen. Aber was soll's, ich lebe noch. Neun Millionen Soldaten können das nicht von sich behaupten – also welches Recht habe ich, mich zu beklagen?

Willem Mengelberg hat kaum unter dem Weltkrieg zu leiden gehabt, wie er mir einmal erzählte. Die Niederlande wahrten Neutralität, was Amerika zumindest in den ersten drei Kriegsjahren ebenfalls glückte. Als Amerika 1917 in den Krieg eintrat und ich mit kaum zwanzig – ich war noch grün hinter den Ohren – nach Europa aufbrach, war Mengelberg bereits seit gut zwei Jahrzehnten Chefdirigent des Amsterdamer Concertgebouw-Orchesters. Sein Ruhm sollte immer weiterwachsen.

Natürlich bin ich stolz darauf, ihn nach New York geholt zu haben. In Amerika ist das Publikum verrückt nach Prominenten, und für die klassische Musik gilt: Nur wenn man es in Europa geschafft hat, gehört man wirklich dazu.

Endlich erreiche ich die Loge, in der meine Eltern bereits auf mich warten. Ich begrüße sie herzlich und setze mich rasch, denn der Konzertmeister ist bereits aufgestanden. Er signalisiert der Oboe, den Kammerton anzugeben, nach dem dann die anderen Musiker ihre Instrumente stimmen.

Als sie fertig sind, betritt Mengelberg die Bühne. Das löst einen Sturm der Begeisterung aus. Der brausende Applaus tut mir gut. Mengelberg schüttelt die Hand des Konzertmeisters und nimmt dann seinen Platz am Pult ein.

Jedes Mal bin ich wieder nervös, sozusagen stellvertretend für die Akteure. Eigentlich merkwürdig, denn ich habe nichts zu tun, ich darf mich einfach zurücklehnen. Aber so entspannt bin ich noch nicht. Ich hocke auf der Kante meines Sitzes und beobachte den Saal unten. All diese erwartungsvollen Menschen, die einen unvergleichlichen Abend erleben werden dank der besonderen Chemie zwischen dem Dirigenten Willem Mengelberg und dem verstorbenen jüdischen Komponisten Gustav Mahler.

Die Vierte Symphonie, die heute Abend aufgeführt wird, ist im Jahr 1900 entstanden, als das Leben dem Komponisten noch freundlich gesinnt war. Er schrieb die Symphonie während der Sommerferien, da er nicht daran gewöhnt war, einfach einmal nichts zu tun. Ein paar Jahre später sollte das Schicksal zuschlagen: Er verlor seine vierjährige Tochter, die Ehe mit seiner viel jüngeren Frau stand permanent unter Druck, die Ärzte diagnostizierten ein unheilbares Herzleiden, und er verlor seinen Posten an der Wiener Hofoper, wo er zehn Jahre lang das Sagen gehabt und einen Schlussstrich unter zahlreiche festgefahrene Traditionen gesetzt hatte. Die Hofoper hatte ihm viele Innovationen zu verdanken. Und trotz all dieser

Schicksalsschläge wurden Gustav Mahler und seine Kompositionen immer berühmter. Seine Musik reflektierte sein Leben.

Der elf Jahre jüngere Willem Mengelberg war ein feuriger Bewunderer von Mahler und lud ihn einige Male nach Amsterdam ein, wo Mahler seine eigenen Symphonien dirigieren durfte. Sie wurden gute Freunde. Mit dem Segen des Meisters entwickelte sich Mengelberg zu einem der bekanntesten Mahler-Interpreten. In Amsterdam führte er mehr als zweihundertmal dessen Werke mit dem berühmten Orchester des Concertgebouw auf. Und heute Abend steht er hier, mit der Philharmonic Society of New York.

Die Beleuchtung des Saals wird heruntergedreht. Der Applaus verstummt. Diese magische Stille kurz vor dem ersten Ton, in der sich alle Konzentration verdichtet. Niemand wagt es, auch nur zu hüsteln.

Das Schlittengeläut erklingt zuerst. Es versetzt mich immer in meine Jugend, als meine Eltern dafür sorgten, dass der Weihnachtsmann mit seinem Schlitten bei uns vorfuhr – allerdings wurde der Schlitten nicht von Rentieren, sondern von sage und schreibe sechs Pferden gezogen. Ich war bereit, alles zu glauben, wenn nur die Glöckchen auf den Rücken der Pferde läuteten. Ich danke Gott dafür, dass Musik mich immer noch so verzaubern kann. Sonst wäre ich verloren. Ich lehne mich zurück. Das Konzert hat angefangen.

Die Symphonie beginnt heiter, als ginge die Sonne im Saal auf. Nach etwa sechzehn Minuten kommt der erste Satz nach einem ausgelassenen Crescendo zur Ruhe. In der weihevollen Stille danach fällt eine Tür mit einem lauten Knall zu.

Gustav Mahler würde sich im Grab umdrehen. Ich

glaube nicht, dass jemand hier im Saal weiß, dass Mahler selbst verantwortlich ist für die Stille zwischen den einzelnen Sätzen: Er brachte als Dirigent sein Publikum mit unmissverständlichen Gesten davon ab, zwischendrin zu applaudieren, wie es zur Gewohnheit geworden war.

Erstaunt sehe ich, wie die Leute unter mir die Köpfe zur Seite drehen. Da geht jemand durch den Mittelgang nach vorn. Das ist ungewöhnlich, denn Zuhörer, die zu spät kommen, stehen vor geschlossenen Türen – eine Regel, die ebenfalls von Mahler an der Wiener Hofoper eingeführt wurde.

Ich starre ins Dunkle. Es ist eine Frau, viel mehr kann ich nicht erkennen. Unter einem Arm trägt sie einen hölzernen Klappstuhl, unter dem anderen klemmt ein großes Buch. Sie läuft fast bis zur Bühne. Was hat sie bloß vor? Genau hinter dem Podest des Dirigenten stellt sie den Klappstuhl auf. Woher nimmt sie die Dreistigkeit, sich auch noch hinzusetzen? Im Saal ist empörtes Raunen zu hören.

Mengelberg bekommt davon nichts mit, er blickt so konzentriert auf die Noten, dass er für alle Nebengeräusche taub ist. Ein weiterer Beweis, wie selektiv unser Gehör ist. Mengelberg lässt sich nicht stören.

Die Frau auf dem Stuhl schlägt das Buch auf und wartet wie alle anderen. Meine Mutter beugt sich zu mir herüber.

»Solltest du nicht etwas unternehmen?«

Es ist mir ein Rätsel, warum ich bis jetzt einfach nur wie gelähmt zugeschaut habe.

Ich laufe über den dicken Teppich die Treppe hinunter, als mir Direktor Barnes entgegenkommt.

»Sorgen Sie dafür, dass sie da verschwindet«, sage ich zu ihm.

»Wer?«

Offensichtlich hat er von dem ganzen Vorfall noch gar nichts mitbekommen, aber das ändert sich jetzt. Er folgt mir zu einer Seitentür, durch die man den Gang vor der Bühne sehen kann. Als ich die Tür ein wenig öffne, strömt uns allgemeines Murren wie eine Welle entgegen. Ich spähe in den Saal und kann nur das Profil der Frau erkennen.

»Warum hat das Personal sie nicht aufgehalten?«, frage ich wütend.

»Weil sie zum Personal gehört«, antwortet Barnes kleinlaut.

Erst dann erkenne ich sie. Die Toilettenfrau.

In diesem Augenblick dreht sich Mengelberg doch zum unruhigen Publikum um. Sein Blick bleibt am Klappstuhl hängen. Alle halten den Atem an. Genau wie der Saal warte auch ich darauf, was passieren wird.

Ich sehe, wie sie Mengelberg zulächelt. Ihr Lächeln ist ihm trotz der auf ihn gerichteten Schweinwerfer aufgefallen, denn er lächelt freundlich zurück. Das bringt mich noch mehr aus der Fassung.

Gerade als Barnes losstürmen will, fängt Mengelberg mit dem zweiten Satz von Mahlers Vierter an. Ich brauche heute Abend nicht noch mehr Chaos und halte Barnes auf. Aber ich kann die Augen nicht von dem dreisten Rotzlöffel abwenden. Während das geheimnisvolle *Scherzo* erklingt, sehe ich, wie sie die Partitur auf ihrem Schoß mitliest, und werde fuchsteufelswild.

»Sie brauchen mich nicht zu schubsen, ich kann selbst gehen.«

Sie versucht sich loszumachen. Ich packe sie fester am Arm, an dem ihre Tasche schlaff hin und her baumelt. Unter dem anderen Arm trägt sie die Partitur.

Ich habe sie im Flur erwischt, als sie den Klappstuhl auf den Stapel neben der Herrentoilette zurücklegen wollte. Und nun bringe ich sie zum Personalausgang.

»Menschen wie dich muss man wegsperren«, blaffe ich sie an.

»Darf ich mich denn nicht entschuldigen?«, entgegnet sie deutlich ruhiger.

»Bei wem? Dem ganzen Saal?«

»Bei Maestro Mengelberg.«

Oh mein Gott, was heckt sie denn noch alles aus? Ich schüttele den Kopf. »Du glaubst doch nicht, dass ich dich in seine Nähe lasse? Einen großen Musiker behandelt man mit Respekt!«

Ich öffne die Tür zum Ausgang.

»Du bist entlassen«, sage ich, als ich sie hinausschiebe.

Sie stolpert und fällt beinah die Treppe hinunter, aber sie fängt sich wieder und blickt mich funkelnd an.

»Sie sind nicht mein Chef«, ruft sie mir zu.

»Dein Chef hat schon eingewilligt«, sage ich. Das stimmt sogar. Natürlich habe ich das mit Barnes besprochen.

Sie fleht mich an, dass sie diesen Job braucht, aber das kann mir egal sein. Ich sehe, dass sie weder ein noch aus weiß, empfinde aber kein Mitleid. Als sie einwendet, sie habe ihren Lohn für die letzte Woche noch nicht erhalten, zücke ich das Portemonnaie und drücke ihr etwas Geld in die Hand. Als sie den Betrag sieht, hält sie endlich den Mund. Vermutlich war es zu viel.

~ Willy ~

Mir blieb vor Angst das Herz stehen, als ich da so saß, um ganz ehrlich zu sein. Aber ich saß aufrecht, und für die anderen sah es so aus, als würde ich ungerührt nach vorn schauen. Dabei spürte ich, wie sich mir die entrüsteten Blicke des Publikums in den Rücken bohrten. Schau einmal an, dachte ich. Man muss sich nur trauen, dann kann man auch eine Heldin spielen.

Ich schlendere durch die Straßen, nehme mir unendlich viel Zeit, alles anzuschauen – nur um nicht nach Hause zu müssen. Am liebsten hätte ich mit Mengelberg gesprochen, über sein Konzert und über die Musik. Über seine Interpretation der Symphonie und das Leistungsniveau unseres Orchesters. Auf Niederländisch. Und vielleicht hätte ich mich sogar getraut, ihm zu erzählen, was ich anders gemacht hätte.

Ich wäre auch damit zufrieden gewesen, ein Teil der Menschenmenge sein zu dürfen, die den Konzertsaal verlässt. Schweigend den Kommentaren zuzuhören und in Gedanken den Abend und seine Eindrücke Revue passieren zu lassen. Aber der Kerl von der Toilette musste ja alles verderben. Das ist ein Naturgesetz: Seifenblasen zerplatzen immer.

Ich bleibe bei dem blinden Bettler stehen, der an seinem festen Platz sitzt. Wenn er gut gelaunt ist, spielt er eigene Melodien auf dem Akkordeon, aber jetzt ist er still. Ich glaube, für heute hat er keine Musik mehr. Ich blicke in seine Augen, die von einem blauen Schleier bedeckt sind, die Pupillen sind unsichtbar. Es kann einen immer noch schlimmer treffen, geht es mir durch den Kopf. Er hört, dass jemand vor ihm steht, denn er hält mir die geöffnete Hand hin.

Ich betrachte den leeren Filzhut, der neben ihm liegt. Er ist von Motten zerfressen. Daneben liegt ein Stück Pappe: *Good luck to people who can share*, steht darauf. Glück für diejenigen, die teilen können.

Dieses verfluchte Glück. Ich spüre das Geld in meiner Tasche. Ich habe dem arroganten Pinkel sagen wollen, dass es zu viel ist. Ich konnte meine Bemerkung aber gerade noch rechtzeitig hinunterschlucken. Er schien mir sowieso nicht für Argumente zugänglich. Die Summe entspricht drei Wochenlöhnen. Zwei Drittel davon betrachte ich als Schmerzensgeld. Oder als Abfindung, damit ich die Kurve kratze. Sei's drum, das ist jetzt auch egal.

Ich ergreife die raue Hand des Bettlers und schiebe einige Scheine hinein, sage ihm, er solle sie gut verstecken. Er bedankt sich und wünscht mir, dass Gott mich segnen möge. Eigentlich finde ich es widerlich, wenn Leute pausenlos Gott in ihre Angelegenheiten verwickeln, aber diesmal halte ich den Mund. Vielleicht ist es ja wirklich an der Zeit, dass er mal seinen Job macht. Ich werde es ja sehen.

Bei jedem Schritt nach oben wehen Staubwolken auf. Jeder Mieter kümmert sich um seine eigene Wohnung, aber für die Treppe fühlt sich keiner verantwortlich. Niemand will etwas für die Allgemeinheit tun, deshalb bildet der Schmutz Nester auf den Stufen.

So ist es nicht immer gewesen, aber so wird es wohl immer bleiben.

Das ist einer der Gründe, warum meine Mutter jeden Cent auf die Seite legt, um auf ein eigenes Haus zu sparen. Wir Holländer gelten hier als fleißig und reinlich, und so hat meine Mutter jahrelang das Treppenhaus geschrubbt. Die anderen Bewohner wussten das zu Anfang durchaus zu schätzen und bedankten sich, im Laufe der Zeit nahmen sie ihr Gewiener jedoch als selbstverständlich hin. Bis es ihr eines Tages reichte. Sie kippte den Mülleimer auf der frisch geputzten Treppe aus und sagte: »Dann eben so!« Sie zog die Schürze aus, schlüpfte in ihre Jacke und schritt wie eine Königin über den Abfall nach draußen. In Augenblicken wie diesen ist meine Mutter auch einmal ein echtes Vorbild.

Als Erstes fällt mein Blick auf die Zwiebeln, die auf der Anrichte liegen. Ich weiß sofort, was die Stunde geschlagen hat.

»Schweren Tag gehabt?«, fragt meine Mutter, als sie mich sieht.

Offensichtlich noch nicht schwer genug.

»War in Ordnung«, höre ich mich sagen. Ich reibe ihr nicht unter die Nase, dass ich gleich zweimal gefeuert worden bin. Das muss ich erst einmal selbst verarbeiten.

Sie reicht mir das Messer, mit dem sie gerade die erste Zwiebel geschnitten hat. »Mach das schnell fertig.«

Ich sehe, dass noch sechs daliegen.

Ich versuche, nicht zu weinen. Das Messer hebt und senkt sich rhythmisch. Die Zwiebelwürfel fallen auf das Brett. Ich muss auf meine Finger aufpassen, denn ich sehe kaum noch was. Aber immer noch mehr als der Bettler, schießt es mir durch den Kopf.

Mein Ekel vor Zwiebeln rührt noch aus der Zeit der Überfahrt nach Amerika, die ich als Kind zusammen mit meiner Mutter unternahm. Vater war schon dort, um einige Dinge zu regeln. Auf dem Schiff aßen wir im Speisesaal, und eines Tages servierte man dort schleimige Zwiebeln in etwas, das wahrscheinlich ein Haschee hätte werden sollen. Ich starrte auf die Matsche auf meinem Teller und weigerte mich, sie zu essen.

Aber nicht mit meiner Mutter: Der Teller musste leer gegessen werden. Sie zwang mich, das Zeug hinunterzuschlucken, indem sie meine Nase zukniff und mir den Löffel in den Mund schob. Ich würgte, aber wenn eine Schlacht zu schlagen ist, gibt meine Mutter nicht so schnell auf. Wenig später musste ich mich erbrechen. Quer über den Tisch, sodass es jeder mitbekam. Es stank unglaublich. Die Menschen um uns herum wandten sich voll Abscheu ab. In unserer Kabine las sie mir wie üblich die Leviten. Das werde ich nie vergessen.

Mein Vater kommt von der Spätschicht zurück. Er arbeitet bei der Stadtreinigung. Nicht im Büro oder so, sondern ganz unten, als Müllmann. Der Lohn ist eher bescheiden, aber Vater hat großes Talent als Schatzsucher. Er findet alles Mögliche im Abfall. Das meiste bringt Mutter sofort zur Pfandleihe – und holt es dann nie wieder ab.

Mein Vater stellt sich neben mich, sieht die Tränen über meine Wangen rollen und schaut zu meiner Mutter.

»Du weißt doch, dass sie davon weinen muss«, sagt er leise, noch nicht einmal vorwurfsvoll. Aber Mutter fühlt sich angegriffen.

»Von ein paar Tränen stirbt man nicht«, faucht sie.

Ich zeige keine Reaktion. Wenn man nichts an sich heranlässt, ärgert es sie am meisten.

Wie üblich stehe ich um halb fünf auf. In der Regel habe ich dann ein paar Stunden geschlafen, aber in dieser Nacht lag ich wach. Mein Kopf fand keine Ruhe.

Wenn jeder Tag von frühmorgens bis spätabends mit Arbeit angefüllt ist, kann man sich selbst lange vorgaukeln, dass alles gut läuft. Aber das stimmte überhaupt nicht. Ich war zwar ständig auf Trab, aber gut lief es auf keinen Fall für mich. Es ist nicht weiter verwunderlich, dass ich in dieser Nacht zu dieser Einsicht kam, bloß raubte sie mir leider den Schlaf. Ich war von einer inneren Antriebskraft erfüllt, mit der ich zu dieser Uhrzeit überhaupt nichts anfangen konnte.

Ich setze mich ans Klavier und lege meinen müden Kopf auf den Deckel der Tastatur. Ich streichle über das Holz. Wie oft habe ich Trost gesucht bei diesem Instrument, das mein Vater auf dem Müll gefunden hat. Das Holz war stumpf und hier und da rissig. Bei manchen Tasten blätterte der Elfenbeinbelag ab. Zu unserer Verwunderung steckte damals noch der Schlüssel im Deckel; das gab mir ein Gefühl von Sicherheit.

Mutter wollte das Monstrum, wie sie es nannte, nicht in der Wohnung haben, aber Vater setzte sich zum ersten Mal in meinem Leben durch. »Das ist mein Geschenk für Willy«, sagte er. Als Mutter fragte, weshalb ich ein Geschenk verdient hätte, antwortete er: »Heute ist ihr Geburtstag.«

Ich war selbst überrascht, dass ich Geburtstag hatte, denn bei uns ignorieren wir das einfach. Genauer gesagt ignorieren wir alle Feiertage. Aber diesen Tag würde ich nie wieder vergessen. Ich bekam mein Klavier am

26. Juni 1912, an meinem zehnten Geburtstag, und es war das beste Geschenk, das ich je erhielt.

Ich öffne den Deckel und schlage einige Tasten an. Man hört kaum etwas, denn die Saiten werden von einem langen Stock mit Filzlappen gedämpft, der im Klangkasten hängt. Ich habe die Konstruktion selbst gebaut. Ich übe immer zwischen halb fünf und sieben Uhr am Morgen. Das ist die einzige Zeit, die ich für mich habe.

Nach gut einer Viertelstunde höre ich abrupt auf. Jetzt kann ich schon nicht mal mehr klar denken! Ich muss doch heute nirgendwo hin. Aber ich lege mich nicht wieder unter die Bettdecke. Meine Mutter soll nicht mitbekommen, dass etwas an mir ab jetzt anders ist.

Ich streiche eine Anzeige in der Zeitung der strengen Bewerberin durch. Wenn sie wüsste, dass ich ihre eingekreisten Stellenanzeigen abarbeite, um selbst etwas zu finden. Bislang ohne Erfolg. Eine einzige Anzeige mit einem Kringel drum herum ist noch übrig.

Ich betrachte zweifelnd das Varietétheater in der Gasse, in der verschiedene Brandschutzleitern enden. *In the Mood* prangt über dem Eingang, zu dem eine kurze Steintreppe führt. Oben steht ein muskulöser Portier. Ich bin mir nicht sicher, ob ich hineingehen soll, aber wenn ich schon einmal da bin ...

»Ich komme wegen der Stelle als ...«, ich schaue in die Zeitung, »Garderobenfrau.« Ich muss zu ihm emporschauen, er blickt auf mich herunter.

»Die ist schon vergeben. Aber sie wäre sowieso nichts für dich gewesen.«

»Weshalb nicht?«

»Wir leben hier vom Trinkgeld ... Darum wär's nichts für dich.«

Er schaut mich geringschätzig an.

Ich bin nicht auf den Kopf gefallen, und mir ist klar, dass er mich gerade wegen meines Aussehens beleidigt hat, aber mir fehlt die Energie, ihm etwas zu entgegnen. Meine Beine sind müde, und außerdem habe ich ein gemeines Steinchen im Schuh. Ich gehe weiter in die Gasse, streife den Schuh mit dem anderen Fuß ab, hebe ihn auf, um den Stein herauszuschütteln, und entdecke das Loch in der Sohle. Auch das noch.

»Eine Abfuhr bekommen?«

Ich wende mich um und sehe, dass mich ein Mann von etwa fünfunddreißig Jahren beobachtet. Er steht etwas versteckt hinter der Treppe und raucht. Er muss gehört haben, was der Portier gesagt hat. Ich nicke, mehr nicht.

»Wenn du in diesem Metier eine Rolle spielen willst, musst du auffallen.« Seine Stimme klingt leicht amüsiert. Ich schaue ihn mir genauer an. Er trägt einen gut sitzenden, etwas weiten Anzug, der ihm aber steht. Er macht einen freundlichen Eindruck, auch wegen seiner blauen Augen und der blonden Haare.

»Wenn ich nichts finde, habe ich ein echtes Problem«, erwidere ich.

»Ich würde dir ja gerne helfen, aber wir brauchen gerade niemanden, nur einen Musiker.«

Ich werde hellhörig. »Einen Musiker? Ich spiele Klavier!«

~ Robin ~

5

Sie ist irgendwie anders. Ich kann nicht genau sagen, woran es liegt. Ist es etwas Unkonventionelles in ihrem Auftreten? Vielleicht. Die Art, wie sie ohne jede Eleganz ihren flachen Schuh ausgezogen hat, das sieht man nicht oft. Junge Frauen sind gerne mädchenhaft. Sie nicht.

Sie sitzt am Klavier, und ich habe die Gelegenheit, sie etwas genauer zu betrachten, denn ich merke leider sofort, dass mich ihr Spiel nicht fesselt. Sie sagte, es sei ein Stück von Grieg, *Wedding Day* oder so. Ob du diesen Tag wohl auch einmal erleben wirst, kam mir in den Sinn, aber genug davon. Die Melodie klingt angenehm, aber es bleibt halt Klassik. Meine Musik ist der Jazz. Das spielen wir hier im Club. Jazz und Ragtime. Musik, die swingt. Die Leute kommen hierher, um sich zu amüsieren. Das Leben ist schon schwer genug.

Es hat mich umgehauen, als sie sagte, sie sei Musikerin. Was ich meine – statistisch gesehen war die Wahrscheinlichkeit doch gleich null.

Heutzutage einen Job zu finden ist knifflig. Als ich nach dem Krieg mein Geld als Musiker verdienen wollte, hatte ich keine Chance. Die zurückkehrenden Soldaten fluteten den Arbeitsmarkt, und ich konnte nicht glauben, wie viele Leute plötzlich meinten, ein Instrument zu beherrschen. Qualität zählte kaum, zumindest nahm man die traumatisierten Soldaten lieber, auch wenn ich genauso gut war oder sogar talentierter.

Mitleid kann ein Segen sein, aber ich war der Outcast, denn ich kam weder von der Front, noch hatte ich meinem Land auf eine andere Art gedient. Wenn man hundertmal eine Abfuhr kassiert, wird man kreativ. Ich entschloss mich zu drastischen Maßnahmen: Zunächst zog ich von meinem Dorf in Kansas an die Ostküste um. Dann brach ich mit meinem alten Leben.

In New York war der Konkurrenzkampf noch heftiger, aber Qualität setzt sich hier durch. Innerhalb eines Monats hatte ich verschiedene Angebote. Es tat meinem Ego gut, dass die Clubs sich um mich stritten. Endlich durfte ich das machen, was ich am liebsten tue – ich konnte sogar wählen, wo.

Wenn man ihr Gesicht länger betrachtet, ist es durchaus hübsch. Ein anziehender Mund, regelmäßige Zähne. Das Kinn ist vielleicht etwas spitz, passt aber gut zu ihrem Gesicht. Ein voller brauner Haarschopf, der in Locken bis über ihre Schultern fällt. Und sie hat eine sehr feine Stimme (da achte ich immer drauf).

Aber vor allem ihre klugen braunen Augen machen Eindruck. Wenn sie die aufschlägt und dich anblickt, fühlst du dich ... ja wie eigentlich? »Nackt« ist vielleicht der passende Ausdruck. Als würde ihr nichts entgehen. Was mich angeht, sieht sie hoffentlich nicht zu viel. Hier unterbreche ich meinen Gedankenfluss, ich darf jetzt nicht anfangen zu phantasieren. Das junge Ding gibt sein Bestes, hör dann gefälligst auch zu. Andererseits bin ich neugierig darauf, wie sie auf die Menschen hier reagieren wird. Schade, dass der Saal noch leer ist. Richtig lebendig wird es hier erst, wenn die Revuetänzerinnen da sind.

»Du spielst zu steif.«

Ich bitte sie, ein Stück zur Seite zu rücken, und setze mich neben sie auf die breite Sitzbank. Ich spiele dieselben Themen wie sie in *Wedding Day*, jetzt aber jazzig. Ich bin gespannt, ob sie sich darauf einlassen kann. Das macht sie, aber viel zu brav.

»Einfach loslegen, ohne Fesseln«, fordere ich sie auf.

Und das traut sie sich zum Glück. Wir spielen vierhändig, und es macht ihr Spaß.

»Warum suchst du einen Pianisten, wenn du selbst so gut bist?«, fragt sie danach.

»Weil ich lieber Bass spiele.«

Dennis kommt aus der Garderobe auf die Bühne. Er ist zur Hälfte umgezogen. Er trägt ein auffälliges Abendkleid und hat sich weibliche Züge geschminkt, aber die Perücke noch nicht aufgesetzt. Das ist immer ein merkwürdiger Anblick, so halb, unfertig. Dennis ist unsere Hauptattraktion. Sein Künstlername ist Miss Denise. Wenn Hollywood ihn in die Finger bekäme, würde er gewiss so erfolgreich wie Julian Eltinge, der berühmteste Frauenimitator der Welt.

Ich las in der *Variety*, Eltinge sei zurzeit der bestbezahlte Schauspieler Hollywoods. Die Filme, in denen er sowohl Frauen- als auch Männerrollen spielt, verkaufen sich wie warme Semmeln.

Ich kenne den Mann, der ihm bei der Kleidung assistiert, denn ein Korsett auf eine Wespentaille zusammenzuziehen schafft man nicht alleine. Er erzählte mir, er trage immer ein Messer bei sich, falls Eltinge aus Sauerstoffmangel ohnmächtig würde. Dann darf man keine Zeit verlieren, und mit dem Messer kann er ihn mit einem einzigen entschlossenen Schnitt aus der selbst gewählten Einschnürung befreien. Ich wollte natürlich wissen, ob das schon einmal passiert sei. Woraufhin der Assistent lachte und geheimnisvoll antwortete: »Das wüsstest du wohl gerne!«

Ich wette, Willy hat noch nie zuvor einen Travestiekünstler gesehen. Ich bemerke, wie ihr Mund aufklappt und sich nicht mehr schließt.

»Robin, hast du eine Zigarette für mich?«, fragt Dennis mit seiner normalen Männerstimme.

Ich halte ihm eine Zigarette hin und gebe ihm Feuer. Willy verspielt sich ein paarmal. Dennis nimmt erst jetzt Notiz von ihr. Er schaut sie unter seinen langen, falschen Wimpern hervor an. Ich weiß genau, was er da macht: Er fällt sein Urteil. Entweder fällt die Münze auf die eine Seite oder auf die andere – eine dritte Möglichkeit gibt es nicht. Ich bin genauso neugierig wie Dennis, der tief inhaliert und sehr weiblich zurück zur Garderobe stolziert. Jetzt will ich es auch wissen.

»Macht dich das nervös?« Keine Antwort.

»Die Leute kommen von nah und fern, um sie zu sehen.«

»Ihn«, verbessert sie mich.

Ich kann es nicht bleiben lassen und werde philosophisch: »Weißt du, wir werden nackt geboren, und der Rest ist Verkleidung.«

Jetzt bekomme ich eine echte Reaktion. Sie steht auf. Ihr Gesichtsausdruck spricht Bände.

»Es tut mir leid, aber ich kann hier nicht arbeiten.«

»Ich dachte, du wärest verzweifelt.«

»Nicht so verzweifelt.«

Sie kann gar nicht schnell genug aus dem Club kommen. Ich schaue ihr hinterher. Als ich mich umdrehe, sehe ich Dennis in den Kulissen. Ihre Reaktion ist ihm nicht entgangen.

~ Willy ~

6

*M*ein Vater beugt sich zu mir herüber: »Wir müssen gehen. Deine Mutter bekommt eine Migräne.«

Es ist Sonntag, ein Tag Pause. Sogar für mich. Die Saison über finden regelmäßig Konzerte im Park statt. Der Eintritt ist frei, meine Eltern und ich sind daher Stammgäste. Ich höre dem Harmonieorchester gerne zu, richtig begeistert bin ich aber vom Dirigenten. Er ist wirklich gut. Ich habe mir viel von ihm abgeschaut. Er bekommt es hin, die enorme Klangkraft der Blechbläser so zu dosieren, dass die Musik nie zu einem bloßen Humtata verkommt. Wenn aber das Stück die ganze Gewalt der Bläser erfordert, dann entfesselt er diese auch. Wie gerade jetzt, bei *The Liberty Bell* von John Philip Sousa.

Ich kann mich heute nicht richtig entspannen. Ich muss unbedingt schnell eine neue Arbeit finden, denn meine Mutter lässt sich nicht ewig an der Nase herumführen. Letzten Freitag habe ich ihr meine »Lohntüten« gegeben; die kann man nämlich für einen Appel und ein Ei beim Bürobedarf kaufen. Statt Papiergeld hatte ich besonders viele Münzen in die Tüten getan. Die verschwanden natürlich sofort in ihrer Schürze. Sie trägt nicht umsonst den Spitznamen »Die Klimperfrau« bei uns in der Straße, weil immer ein paar Geldstücke in ihren Taschen klingeln.

Ich achte darauf, dass ich morgens pünktlich das Haus verlasse und abends zur richtigen Zeit wieder da bin. Tagsüber bewerbe ich mich oder halte mich in der Bibliothek auf. Da bin ich gerne. Schlafwandlerisch finde ich mich in der Musikabteilung zurecht. Je mehr ich lese, desto weniger weiß ich wirklich. Mein Hunger nach Büchern ist der einzige, den ich in der vergangenen Woche habe stillen können. Ich muss mit dem Geld über die Runden kommen, das mir der Toilettengast in die Hand gedrückt hat.

Die Temperaturen sind eigentlich zu warm für April. Die Musiker haben ihre blauen Uniformjacken mit den goldenen Knöpfen zugeknöpft, aber sie sitzen auch im Schatten der Bedachung; die Zuschauerbänke stehen in der prallen Sonne.

Mir war schon aufgefallen, dass meine Mutter unter der Wärme leidet. Sie fächelte sich kühlende Luft zu, aber jetzt wird es ihr zu viel, und sie steht auf. Mein Vater folgt ihr. Ich bleibe sitzen und blicke stur auf das Orchester. Die fröhliche Marschmusik, die sie spielen, macht mir Mut. Ich weiß aber, was von mir erwartet wird. Auf halber Strecke dreht sich meine Mutter um und signalisiert mir, dass ich gefälligst mitkommen soll. Ich halte ihrem Blick stand und schüttele den Kopf. Mein Vater merkt, dass sich einige Zuhörer durch Mutters Verhalten gestört fühlen. Meine Mutter kann man nicht so einfach ausblenden, nicht nur weil sie ziemlich dick ist.

»Wir stehen hier im Weg«, ermahnt er sie und hofft, dass sie weitergeht. Erstaunlicherweise protestiert sie nicht – ihre Kopfschmerzen müssen wirklich schlimm sein.

Als das Konzert vorüber ist und die Musiker allmählich ihre Instrumente einpacken, sehe ich meine Chance gekommen. Ich gehe rasch die Treppe zur Musikmuschel hinauf.

»Mr Goldsmith?«, sage ich laut.

Ich schaue auf den grau melierten Hinterkopf des Dirigenten. Er ignoriert mich, als erforderte das Zusammensuchen der Partituren seine ganze Konzentration.

»Mr Goldsmith?«

Widerwillig wendet er sich um und reibt sich dabei über den dünnen Schnurrbart. Wer wagt es, ihn nun schon wieder zu belästigen?

Ich lege los. »Meine Eltern und ich ... wir besuchen schon seit Jahren Ihre Mittagskonzerte.«

»Wahrscheinlich weil es nichts kostet«, antwortet er ohne jegliche Ironie.

Ich lächle. Er dreht sich wieder weg.

»Beim letzten Teil von *The Liberty Bell* ... Also ich glaube, die Posaune hat sich verspielt, kurz vor der Wiederholung des Trios. Sie spielte ein E, aber es musste ein Es sein.«

Jetzt habe ich seine volle Aufmerksamkeit. Er schaut mich leicht irritiert an, sucht in der Partitur, läuft dann zur Posaune und nimmt die Noten vom Ständer.

»Gut aufgepasst«, muss er zugeben. »Kennst du den Posaunenpart auswendig?«

»Nicht nur diesen, sondern alle«, entgegne ich.

Goldsmith hat seine Tasche gepackt und geht die Stufen hinunter. Er versucht offensichtlich, sich rasch davonzumachen. Ich muss mich beeilen, um überhaupt hinterherzukommen.

»Sie geben doch Klavierunterricht am Konservatorium?«

»Das ist richtig.«

»Ich möchte auch auf das Konservatorium.«

»Na dann, viel Erfolg.« Er geht einfach weiter. Diese Unterhaltung macht ihm keinen Spaß. In einem Bogen laufe ich um ihn herum und stelle mich ihm in den Weg; jetzt muss er stehen bleiben.

»Darf ich einmal vorspielen?«

»Ich verschwende meine Zeit nur ungern.«

»Das geht mir auch so.« Ich weiß, das ist ganz schön frech, aber was bleibt mir übrig.

»Das kostet aber was«, sagt Goldsmith. »Zwei Dollar.«

»Das ist in Ordnung.«

Er begutachtet meine schäbige Sonntagskleidung.

»Im Voraus.«

Zu seiner Überraschung nehme ich den Betrag aus der Tasche und überreiche ihn ihm. »Bitte sehr.«

Widerwillig gibt er mir seine Visitenkarte. »Morgen um vier.« Dann wendet er mir den Rücken zu.

Ich betrachte die Karte: *Mark Goldsmith, Music Professor*, lautet die Aufschrift.

Drei Minuten zu früh betrete ich das große Foyer des Apartmentkomplexes, in dem Goldsmith lebt. Da ich in den sechsten Stock muss, steige ich in den Aufzugkäfig in der Mitte des Treppenhauses. Ich will nicht außer Puste oben ankommen.

Als ich die richtige Tür gefunden habe, klingele ich. Eine hübsche, leicht übermüdet wirkende Frau öffnet.

»Ja bitte?«, fragt sie.

Ich sehe, dass sie schwanger ist.

»Ich bin mit Professor Goldsmith verabredet.«

Sie öffnet die Tür weiter und bittet mich herein. Sofort wuseln Kinder lautstark um mich herum. Ich komme auf fünf. Das kleinste fängt an zu weinen. Mrs Goldsmith nimmt es auf den Arm und geht in das große Wohnzimmer.

Professor Goldsmith kommt hemdsärmelig aus seinem Arbeitszimmer.

»Ruhe, Kinder! Ich versuche zu arbeiten«, meckert er. Dann blickt er seine Frau an, als wäre die Standpauke eigentlich für sie gedacht.

»Könnte ich eine Tasse Kaffee bekommen?«

»Der muss erst gemahlen werden«, antwortet sie.

Erst jetzt sieht er mich. »Sie kann das erledigen. Wenn der Kaffee fertig ist, kannst du reinkommen.«

Er verschwindet wieder im Arbeitszimmer. Mrs Goldsmith nimmt mich mit in die Küche und drückt mir die Kaffeemühle in die Hand. »Du hast ihn gehört«, sagt sie.

Die Kinder geben keine zwei Sekunden Ruhe.

»Sind das alles Ihre?«

»Ja, und das sechste ist auch schon unterwegs.«

Ich versuche, nicht auf ihren Bauch zu starren, setze mich an den Küchentisch und fange an, den Kaffee zu mahlen. Ich atme auf, als ich in der Küche allein bin. Mein Arm schmerzt, aber der Duft des gemahlenen Kaffees beruhigt mich etwas.

Dann habe ich plötzlich das Gefühl, als würde mich jemand durch einen Türspalt im Flur ansehen. Wahrscheinlich beobachtet mich heimlich eines der Kinder. Als ich aufschaue, wird die Tür geschlossen.

Mrs Goldsmith reicht mir zwei Tassen dampfenden Kaffees. Ich gehe damit zum Arbeitszimmer und stehe hilflos vor der Tür. Wie soll ich so klopfen? Ich trete mit dem Fuß gegen die Tür. Die Tür geht auf, und mir gegenüber steht niemand anderes als der Kerl von der Toilette …

~ Frank ~

7

Wie ein erschrecktes Reh schaut sie mich an. In den Händen hält sie zwei Kaffeetassen. Sie kann weder vor noch zurück. Als ich sie eben beim Mahlen des Kaffees gesehen habe, wurde mir ganz merkwürdig zumute. Sie tut mir jetzt doch irgendwie leid. Mark hatte gerade erst erzählt, dass noch jemand zum Vorspielen kommt – ich habe das zur Kenntnis genommen, aber nicht weiter kommentiert. Und auch jetzt zucke ich nicht mit der Wimper.

Ich trete zur Seite und lasse sie herein. Sie geht auf Mark zu. Er sitzt hinter seinem riesigen Schreibtisch, der ganz unter Papierstapeln begraben ist. Ich lasse mich wieder auf dem Lehnstuhl nieder, auf dem ich schon den ganzen Mittag verbringe. Die Tassen klappern auf den Untertassen. Ich bin erleichtert, als Mark die Stille unterbricht.

»Dieser Haushalt ist ein einziges Chaos, darum lade ich eigentlich niemanden nach Hause ein, abgesehen von dem da«, er deutet auf mich, »aber der gehört sowieso zum Mobiliar.«

Das trifft es durchaus. Er gehört schon seit Jahren zu meinen engeren Freunden, und ich besuche ihn ziemlich häufig. Wir hatten heute Mittag einiges zu besprechen, da er mich gebeten hat, mich um einige berühmte Solisten zu kümmern, die als Gastdozenten am Konservatorium unterrichten sollen.

»Frank, das ist ...«

Er weiß ihren Namen nicht.

»Willy Wolters«, sagt sie und stellt die zweite Kaffeetasse vor mir ab. Augenkontakt vermeidet sie. Damit sie mir nicht die Hand geben muss, wischt sie sich umständlich die Finger am Rock ab.

»Verschwenden wir keine Zeit.« Mark zeigt auf den großen Flügel mitten im Arbeitszimmer. Willy setzt sich auf den Hocker. Zögernd berührt sie einige Tasten, ohne jedoch zu spielen. Als würde sie mit dem Instrument erst Kontakt aufnehmen wollen.

»Spiel etwas.« Mark lehnt sich zurück und rührt in seinem Kaffee.

Sie beginnt mit einem Stück von Bach, BWV 731: *Liebster Jesu, wir sind hier.* Sie schlägt die Tasten ziemlich kräftig an und setzt das rechte Pedal zu häufig ein. Wir warten, denn eigentlich sollte sich jetzt beim Zuhören unser Herz öffnen. Mark unterbricht sie schon bald.

»Hör mal auf.«

Sie hört auf. Langsam gleiten ihre Finger von den Tasten.

»Schön«, sagt sie.

»Meinst du?«, fragt Mark.

»Der Flügel«, führt sie aus. »Ich übe auf einem Klavier mit Lappen auf den Saiten.«

»Wie um Himmels willen kommt man denn auf so eine Idee?«

»Weil die Nachbarn sich sonst beschweren. Aber es ist ein altes Ding. Mein Vater hat es auf dem Müll gefunden.«

Quasi gleichzeitig heben wir fragend die Augenbrauen.

»Im Müll?«, fragt Mark entsetzt.

»Mein Vater ist Müllmann.«

»Und wer hat dich unterrichtet?«, möchte Mark wissen.

»Eine Bekannte meiner Mutter.«

Ich hatte mir zwar vorgenommen, den Mund zu halten, aber jetzt beteilige ich mich doch am Gespräch.

»Und was weißt du über Bach?«

Es bringt sie kurz aus dem Konzept, dass ich etwas frage, sie schaut mich dann aber zum ersten Mal mit ihren großen braunen Augen an.

»Ich spiele nach seinen Noten, das mache ich.«

Die Antwort reicht mir nicht. »Man kann keine Noten interpretieren, wenn man den Mann dahinter nicht gründlich studiert hat«, sage ich ihr. »Weißt du denn, wer der größte Bach-Experte auf der Welt ist?«

»Woher soll sie das wissen?«, unterstützt mich Mark.

Ihre Antwort überrascht uns dann beide. »Albert Schweitzer. Er hat sich so tiefgehend mit Bach beschäftigt wie niemand zuvor«, antwortet sie, während sie aufsteht und sich vor uns stellt. Jetzt muss ich zu ihr hochschauen.

»Leider gab er eine einzigartige Karriere auf und wurde Arzt im afrikanischen Urwald«, sage ich. »Was meiner These, dass Genialität allzu häufig mit einer Geistesstörung einhergeht, neue Nahrung gibt.«

»Sie halten ihn also für gestört?«

»Nun, er versündigt sich an seiner Begabung, wenn er keinen Gebrauch davon macht.«

»Vielleicht hat er mehr Begabung als Arzt.«

Sie blickt mich herausfordernd an, und ich weiß kurz nicht, was ich sagen soll. Sie hat einen wunden Punkt getroffen. Habe ich nicht ebenfalls meine Begabung aufgegeben? Auch wenn die Gründe dafür niemand kennt? Und einem anderen Talent dafür den Vorzug gegeben? Ich entschließe mich, dem Gespräch eine andere Wendung zu geben.

»Warum spielst du so?«

»Wie, so?«

»So ohne Gefühl.«

Sie kneift ihre Augen zusammen.

»Weil ich lernen musste, dass niemand meine Gefühle braucht«, sagt sie nach einer kurzen Pause.

Mark wirft mir einen warnenden Blick zu. Hat er gemerkt, dass ihre Augen diesen wässrigen Glanz bekommen haben? Sie steht unter Druck, das ist deutlich. Sie will heute und hier etwas erreichen. Aber sie darf dann nicht gleich im ersten Gespräch über Musik kapitulieren.

»Du musst doch interpretieren, was sich hinter der Musik verbirgt, oder?«, frage ich sie.

»Interpretationen können falsch sein. Sich auf die Noten zu konzentrieren ist immer richtig«, antwortet sie.

»Das ist keine Kunst, das ist bloße Wissenschaft.«

»Bach war ein mathematischer Komponist«, kontert sie.

»Allerdings einer der wenigen, die die Sprache Gottes beherrschen«, entgegne ich.

»Nun, was Gott vorhat, das weiß niemand so genau, oder?«

Zum zweiten Mal bin ich sprachlos. Der Gedanke schießt mir durch den Kopf, dass das nicht so oft passiert. Ich blicke sie direkt an, aber sie sieht nicht weg. Ich wende als Erster den Blick ab und schaue zu Mark, der mich rettet.

»Deine Technik ist schrecklich. Da hilft es auch nicht, so häufig das Fortepedal zu benutzen. Schlag dir das Konservatorium aus dem Kopf. Du hast keine Chance.«

Eine Falte bildet sich auf ihrer Stirn. Dann macht sie einen Schritt auf Mark zu und nimmt all ihren Mut zusammen:

»Können Sie mich unterrichten? Ich werde hart arbeiten. Ich werde alles tun, damit ich besser werde.«

Mark steht auf. »Wenn ich dir einen Rat geben darf: Heirate und schau, dass du ein paar Kinder bekommst.«

»Wie Ihre Frau.«

»Genau.«

Sie schaut von Mark zu mir und dann wieder zu ihm. Schließlich macht sie einen angedeuteten Knicks, voller beißender Ironie.

»Ich hoffe, der Kaffee war zumindest recht.«

Erhobenen Hauptes geht sie zur Tür hinaus.

Mark blickt mich kopfschüttelnd an. »Merkwürdige Person.«

»So schlecht war sie gar nicht«, sage ich.

»Aber sie ist eine Frau«, entgegnet er mir.

Ich nicke. »Sogar eine sehr hübsche Frau.«

~ Willy ~

*I*ch schiebe das Metallgitter des Aufzugs mit einem Ruck zu. Vielleicht war alles sowieso vergebliche Liebesmüh, rede ich mir ein. Goldsmith hatte nie vor, mir eine echte Chance zu geben. Ich schlage kräftig auf den Knopf im Aufzug. Nach unten. Kreischend setzt sich das Ding in Bewegung.

Der Aufzug versinkt mit mir schon im Boden, als Goldsmith aus der Wohnungstür stürmt. Er sieht gerade noch, wie mein Kopf verschwindet.

»Halt, halt!«, ruft er, während er die Treppe, die den Aufzug umkreist, hinuntereilt, um mit mir auf einer Höhe zu bleiben. Ich unternehme nichts. Soll er ruhig mal ein paar Runde drehen, denke ich gehässig.

»Du wolltest doch aufs Konservatorium.«

»Wahrscheinlich, weil ich ›gestört‹ bin, oder?«

»Ich habe es mir überlegt, ich kann dich auf die Aufnahmeprüfung vorbereiten!«

Der Aufzug ist schneller als er. »Drei Stunden pro Wochen, für je zwei Dollar.«

Nun, das ist ein Angebot, das ich nicht ablehnen kann. Ich bringe den Aufzug zum Stehen.

Als ich am Abend spät nach Hause komme, sehe ich, wie meine Mutter hinter den bleiverglasten Zwischentüren mit drei ihrer Freundinnen eine Séance abhält. Dass die Damen dabei die Augen geschlossen halten, kommt mir gelegen. Als ich vorbeihuschen will, entdecke ich ihre Taschen auf dem Flurschränkchen. Aus der teuersten schaut ein Schminketui hervor. Das muss die Tasche von Mrs Brown sein, die nie ungeschminkt das Haus verlässt. Ich öffne den Reißverschluss und sehe lauter Schminkutensilien, die wir nie benutzen. Ich stecke das Etui ein und schwöre, dass ich es nach Gebrauch wieder zurückgeben werde, ich bin doch kein Dieb.

Leise betrete ich das Schlafzimmer meiner Eltern. Ich weiß, wo ich suchen muss. Unten im großen Schrank liegen die Koffer, mit den Aufdrucken der Holland-America Line. In ihnen bewahrt meine Mutter ihre alte Kleidung und die Schuhe auf, die sie trug, als sie selbst noch jung war. Ich nehme ihr festliches Kleid heraus. Es ist aus einem glänzenden Stoff gefertigt, mit Tüllbesatz. Eine Naht hat sich geöffnet, das habe ich nicht erwartet. Dann angele ich auch ihr einziges Paar hochhackiger Schuhe heraus. Sie sehen aus wie neu. Ich wette, meine Mutter hat sie noch nie angehabt.

Am nächsten Tag wird meine Mutter unterwegs sein. Ich habe vergessen, was sie alles vorhat; ich merke mir immer nur, wann sie zurückkommt.

Ich stehe in meinem Zimmer und mache, was ich so häufig tue: Ich betrachte all die Dinge, die meinen Traum am Leben halten. Die ausgeschnittenen Fotos meiner beiden Idole hängen über dem Klavier an der Tapete – Willem Mengelberg beim Dirigieren und Albert Schweitzer an der Orgel. Daneben eine Postkarte mit dem Amsterdamer Concertgebouw sowie die Ankündigung eines Auftritts von Albert Schweitzer als Organist in einer niederländischen Kirche. Auch mehrere Zeitungsartikel über sein Krankenhaus im afrikanischen Urwald schmücken die Wand. Es befindet sich in Lambarene, einem Ort am Fluss Ogooué in Gabun, etwas südlich des Äquators.

In der Bibliothek habe ich Schweitzers Buch *Zwischen Wasser und Urwald. Erlebnisse und Beobachtungen eines Arztes im Urwalde Äquatorialafrikas* gelesen, in dem er beschreibt, wie er aus dem Nichts mitten im Busch ein Krankenhaus errichtet. Er hat eine ganz andere Perspektive auf die afrikanischen Ureinwohner als die Kolonialherren. Diese betrachten ihre schwarzen Mitmenschen allzu schnell als faul, da es – wie sie meinen – unmöglich sei, sie zur Arbeit anzutreiben. Schweitzer wendet diese Betrachtungsweise in ihr Gegenteil, indem er sagt, dass diese Naturmenschen, wie er sie nennt, in Wirklichkeit die einzig freien Menschen seien. Dass sie sich nicht verleiten lassen von unserem westlichen Hetzen und Eilen, sondern erst dann hart arbeiten, wenn sie selbst die Notwendigkeit dazu einsehen – und dann arbeiten sie ausgezeichnet.

In seinem Buch führt er das Beispiel von fünfzehn Schwarzen an, die sechsunddreißig Stunden lang, fast ohne Unterbrechung und ohne zu ermüden, ein Boot stromaufwärts ruderten, um einen todkranken Weißen zum Krankenhaus von Schweitzer zu bringen. Eine Leistung, zu der er einen Weißen nicht in der Lage sieht.

Dass er scheinbar unverrückbare, weitverbreitete Ansichten so auf den Kopf stellen kann, bewundere ich an Schweitzer. Er geht nicht vor des Kaisers neuen Kleidern in die Knie. Er sagt einfach, wie es ist. Deshalb ist er mein Vorbild.

Und die Männer bilden sich ein, ich hätte keine Ahnung.

Noch ein paar Stiche, dann ist die Naht des Kleides wieder perfekt. Ich will gerade die Tür des Schranks schließen, als mein Blick auf die Gasmaske fällt. Ich habe sie in der hintersten Ecke versteckt. Welches Mädchen hebt denn so ein schräges Horrording in seinem Zimmer auf? Aber ich schaffe es nicht, das widerliche Stück wegzuschmeißen. Mein Vater hat es einmal als Schatz aus dem Müll für mich mitgebracht. Ich hatte keinen Schimmer, wofür so ein Ding gut ist, aber er dachte, sie könne vielleicht nützlich sein, wenn ich wieder einmal Zwiebeln schneiden müsse.

»Kannst du was damit anfangen?«, hat er mich gefragt. Ich habe nichts gesagt. Mir war schon klar, was meine Mutter damit anfangen würde. Beim nächsten Mal, als sie mich dazu zwang, Zwiebeln zu schneiden, holte sie das Ding aus meinem Zimmer und versuchte es über meinen Kopf zu stülpen. Ich schnitt halb blind irgendwie auf dem Brett herum. Sie gab keine Ruhe, bis die Maske ordentlich auf meinem Kopf saß. Der Anblick war natürlich bizarr. Das schneidende Lachen meiner Mutter drang durch die Küche. Ausgelacht zu werden fand ich nicht weiter schlimm, daran hatte ich mich längst gewöhnt. Aber das schreckliche Ding war schlimmer als alles andere. Das Ende vom Lied war, dass ich es nie wieder aufsetzte.

Ich stelle mich ans Fenster und schaue nach draußen. Lange Wäscheleinen mit Kleidungsstücken hängen wie Girlanden zwischen den Häuserblöcken, als würde hier ein nie endendes Fest gefeiert. Das Baby der Nachbarn schnappt frische Luft, das heißt, es hängt in einem Netz außen am Fenster. Die Frauen hier haben keine Zeit, mit ihren Kindern im Park spazieren zu gehen. Aber sie wollen natürlich nicht, dass der Nachwuchs an Rachitis erkrankt. So ein Netz kann die Lösung sein.

Das Baby liegt auf dem Bauch in seinem kleinen Gefängnis. Hoffentlich hat es keine Höhenangst. Ich habe es oft durch mein Klavierspiel in den Schlaf gewiegt. Jetzt weint es nicht. Das ist auch gut so, denn heute habe ich keine Zeit. Mit den Zähnen beiße ich den Faden von meiner Näharbeit ab.

Man weiß erst, ob man sich traut, wenn man es auch wirklich tut. Ich hätte mich nicht über mich gewundert, wenn ich beim Portier einfach kehrtgemacht hätte. Aber er hielt mir die Tür auf wie einer Königin, und ich schritt hindurch. Ich dachte an meine Mutter, die auf einem Teppich aus Müll die Treppe hinunterstolzierte. Kopf hoch, das ist das Wichtigste.

Sie sind einiges gewohnt, aber jetzt bekommen sie den Mund gar nicht mehr zu, als ich eintrete. Der Chef der Band, Robin Jones, wirft dem Künstler, der letztes Mal in Frauenkleidern herumlief, heute aber unauffällig als Mann gekleidet ist, einen vielsagenden Blick zu. Sie waren gerade dabei, ein Lied zu proben, und ich habe sie gestört.

> »*Those educated babies are a bore*
> *I'm gonna say what I said many times before*
> *Oh, the dumber they come, the better I like 'em*
> *'Cause the dumb ones know how to make love*«

Das sangen sie im Chor. Ich hatte schon herausgehört, dass kluge Mädchen langweilig sind und dumme besser im Bett. Der Text arbeitet noch in meinem Kopf, während ich versuche, möglichst anmutig zu ihnen hinüberzugehen. Ein wenig so wie die kokette Bewerberin aus dem Büro.

Das funktioniert aber nicht richtig, denn meine Fußgelenke kommen noch nicht mit den hohen Absätzen zurecht. Ich schwanke. Mutters Kleid hängt an mir herunter, und ich fühle mich irgendwie nackt. Das Zeug auf meinem Gesicht klebt und zieht. Vor allem wenn ich ein breites Lächeln aufsetze, um einen guten Eindruck zu machen.

»Was kann ich für dich tun?«, fragt Robin.

»Ich hätte gerne gewusst ... Ist der Job noch zu haben?«

Sie schauen mich fragend an. Sie haben keine Ahnung, wer vor ihnen steht.

»Ich habe hier vor kurzem vorgespielt«, helfe ich ihnen auf die Sprünge.

Ich sehe, wie der Groschen fällt.

»Ach, du bist das«, sagt Robin. »Ich habe dich gar nicht erkannt, du siehst so ... anders aus.«

»Ich versuche mich anzupassen«, sage ich mit Nachdruck. Ich habe mich ganz schön angestrengt, wie eine Künstlerin auszusehen, die gerade richtig angesagt ist, aber das Problem ist, dass ich noch nie zuvor Make-up benutzt habe. Robin tauscht einen Blick mit seinen Bandkollegen. Er ist sich nicht sicher. Ich muss diesen Job haben, also lege ich noch einmal nach.

»Bitte, bitte nehmt ihr mich auf? Ich werde arbeiten bis zum Umfallen.«

»Also doch verzweifelt«, antwortet Robin.

~ Robin ~

9

Es war nicht zu übersehen, dass Dennis die Augen verdrehte, als ich vorschlug, Willy könne heute Abend probeweise mitspielen. Er schaute mich vielsagend an und flüsterte mir ins Ohr: »Ich bin dagegen.« Ich hätte sie in diesem Augenblick einfach wegschicken können, aber ich dachte: Frauen haben es schwer genug in unserem Metier, und wo sie jetzt schon einmal da ist ...

Wenn sie nachher gut ist, bekommt sie den Job. Ich bin der Bandleader, aber die anderen müssen auch zustimmen. Ich habe ihr alle Bandmitglieder vorgestellt, den Schlagzeuger, den Mann am Banjo, den Trompeter und den Klarinettisten. Ich stehe hinter meinem Kontrabass, und Willy sitzt am Klavier.

Die Revuetänzerinnen sind mit ihrem verführerischen Stepptanz fertig. Sie haben bedeutend weniger an als Willy, die noch wie heute Mittag gekleidet ist. Ganz schön aufgedonnert. Sie sieht aus wie eine richtige Dragqueen. Die Tänzerinnen lachen sie an, als sie hinter den Kulissen verschwinden. Zumindest hoffe ich, dass sie Willy nicht auslachen.

Ich trete ans Mikrophon und kündige den Auftritt von Miss Denise an, dem berühmten *female impersonator*.

Wir haben ein buntes Publikum. Erstaunlicherweise sind es vor allem die Frauen, die von Miss Denise gefesselt sind und nicht genug von ihr kriegen können. Als hielte Miss Denise ihnen einen Spiegel vor, in dem sie die eigenen antrainierten, gefallsüchtigen Gesten sehen.

Das Publikum dreht durch, als Miss Denise mit weiblicher Eleganz die Bühne betritt. Ich habe Willy erzählt, dass Dennis erst immer ein wenig mit dem Publikum plaudert, bevor er anfängt zu singen. Und sie solle sich nicht wundern, wenn er am Ende des Auftritts die Perücke abnimmt, um dem Publikum zu zeigen, dass er tatsächlich ein Mann ist. Das ist immer der krönende Abschluss seiner Show.

Ich sehe, wie sie sich am Klavier entspannt. Natürlich erschrickt sie, als Miss Denise sich ihr plötzlich von oben herab zuwendet.

»Was haben wir denn hier«, sagt Miss Denise mit einer hohen, sehr weiblichen Stimme. »Einen *female impostor* am Klavier. Versuchst du etwa, mich zu übertrumpfen?« Miss Denise schaut verschwörerisch in den Saal. »Oder ist diese Nachäfferin vielleicht sogar eine richtige Frau? ... Schwer zu sagen, oder was meinen Sie?«

Er erntet großes Gelächter.

»Da legt sich wohl jemand ganz schön für dich ins Zeug. Wie man hört, spielst du heute Abend zur Probe? Die Chance, dass du genommen wirst, ist aber winzig klein. Denn sieh dich doch um: Das ist hier eine Männerband.«

Dabei schaut der Halunke verstohlen zu mir, dann wendet er sich wieder der neuen Klavierspielerin zu.

»Wieso bist du noch da?«

Willy blickt ihn mit einem strahlenden Lächeln an. Das Beste, was man in so einer Situation machen kann.

Dennis fährt mit seiner Nummer fort: »Und übrigens,

ich werde nicht für dich stimmen, denn alle Aufmerksamkeit gebührt auch in Zukunft natürlich einzig und allein mir!« Er setzt einen femininen Schmollmund auf und wartet, bis das Gelächter im Saal wieder abklingt.

»Kannst du eigentlich eine Tonleiter spielen?«

Willy nickt und spielt mit einem Finger nacheinander fünf Töne: E-G-B-D-F.

Dennis, der selbst überhaupt keine Noten lesen kann, versucht sie in die Enge zu treiben.

»Nennst du das etwa eine Tonleiter?«

Willy schüttelt den Kopf.

»Wie nennst du es dann?«

Willy antwortet laut und deutlich: »*Every Good Boy Does Fine.*«

Das Publikum rastet angesichts dieser Spitze gegen Miss Denise förmlich aus. Ich weiß nicht, wer aus dem Publikum mitbekommt, dass sie auf die Eselsbrücke für die Notenlinien im Violinschlüssel anspielt, aber das ist auch nicht wichtig.

Dennis, der am besten ist, wenn er improvisieren darf, lässt sich auf den Witz ein.

»Every good boy does fine«, wiederholt er. »Selbstverständlich, denn jetzt bin ja ich an der Reihe.« Er läuft gockelhaft über die Bühne.

»Sag mal, wie heißt du eigentlich?«

»Willy.«

Der Name führt zu einer neuen Lachsalve. Und Dennis kann es nicht lassen, nachzuhaken. Er hebt die Stimme um eine Oktave an.

»Weil du keinen *willy* hast, haben deine Eltern dich so genannt! Ich glaube, mit diesem Namen sind deine Chancen gerade immens gestiegen.« Wieder schaut er mich an. Ich weiß, jetzt hat sie auch seinen Segen. Ich zähle, und die Band fängt mit dem Intro von *Oh! Boy, What a Girl* an. Damit landete Eddie Cantor im letzten Jahr einen Riesenerfolg. Die Stimmung ist phantastisch. Miss Denise singt:

> *»Oh gee, other girls are far behind her,*
> *Oh gosh, hope nobody else will find her.«*

Und das ist genau meine Meinung zu Willy.

~ Willy ~

10

Mrs Brown will die Tür gar nicht öffnen, als ich am nächsten Tag bei ihr klingele. Erst als sie durch die Gardine erkennt, dass ich ihren verlorenen Schatz zurückbringe, erscheint sie rasch an der Haustür. Sie entschuldigt sich tausendmal dafür, wie »grässlich« sie aussieht. Ich schäme mich zu Tode für den Ärger, den ich ihr bereitet habe.

Ich finde, sie sieht ohne Make-up besser aus, aber das sage ich natürlich nicht. Bei älteren Damen betonen *Pan-Cake*, *Flexible Greasepaint* und all die anderen Tinkturen nur noch zusätzlich die Krähenfüße, Hamsterbacken, Truthahnhälse oder wie all die Runzeln und Falten auch heißen. Sie glauben, dadurch jünger auszusehen, aber genau das Gegenteil ist der Fall. Meine Mutter, sie ist schon achtundfünfzig, benutzt zum Glück nichts davon.

Ich erzähle Mrs Brown, ich hätte das Etui unter dem Schränkchen im Flur gefunden. Sie freut sich wie ein kleines Kind. Sie greift sogar zum Portemonnaie, um mir einen Finderlohn zu geben. Ich sage ihr, das sei nicht nötig, aber sie besteht darauf.

»Ich bin ja nicht so ein Geizhals wie deine Mutter«, sagt sie und drückt mir einen Dollar in die Hand. Was zu weit geht, geht zu weit.

Wenn man nicht genau weiß, was einen erwartet, ist alles aufregend und fühlt sich wie ein großes Abenteuer an. Ich bin begeistert von meiner neuen Arbeit. Ich darf bloß nicht daran denken, dass meine Eltern der Schlag treffen würde, wenn sie auch nur von der Existenz einer solchen Welt wüssten – ganz zu schweigen davon, dass ich jetzt dazugehöre. Also verheimliche ich, was ich so treibe; eine Notlüge, die nur zu ihrem Besten ist.

Meine Mutter ist übrigens selbst schuld, wenn ich ihr nichts erzähle. Man kann ihr nämlich nicht vertrauen. Im Musikunterricht in der weiterführenden Schule fragte die Lehrerin, ob jemand Klavier spielen könne. Mein Finger schnellte nach oben. Ich durfte mich ans Klavier setzen und zeigen, was ich konnte. Ich weiß nicht, was die Klasse mir zugetraut hatte, aber sicherlich nicht, dass ich Bachs *Toccata und Fuge in d-Moll* spielen konnte. Und zwar fehlerlos. Meine Klassenkameradinnen hörten verblüfft zu. Die Lehrerin bat mich nach dem Unterricht zu sich. Sie schwärmte, dass ich unbedingt weiter Musik machen müsse – sie würde mit meinen Eltern sprechen. Ich sah die dunklen Wolken schon am Horizont aufziehen und erwiderte panisch, meine Mutter wolle davon nichts hören. Die sah mich schon als Sekretärin oder etwas in der Art, da ich als hässliches Entlein sowieso nie einen Mann abbekommen würde. Das rieb sie mir ständig unter die Nase. Den Widerspruch zu ihrer anfänglichen Begeisterung über die Prophezeiung, ich würde einmal eine »große Musikerin«, konnte ich mir nicht erklären. (Erst Jahre später habe ich begriffen, dass sie einfach nur eifersüchtig war. Sie besaß keinen Schulabschluss und hasste jede Art von »Bildung«.)

Erfüllt von der Mission, meine musikalische Zukunft zu sichern, erschien meine dickköpfige Lehrerin doch eines Tages bei meiner Mutter. Das Ganze passierte hinter meinem Rücken, aber zufällig war ich gerade zu Hause. Durch den Spalt meiner Zimmertür konnte ich alles beobachten.

Das Plädoyer der Lehrerin dauerte eine halbe Stunde. Meine Mutter tat, als wäre alles in bester Ordnung, aber mit meinem geübten Auge sah ich, dass sie sich grün und blau ärgerte. Die Lehrerin war noch nicht ganz aus der Tür, als ich schon die volle Breitseite abbekam. Und meine Mutter beließ es nicht bei Worten. Ich hatte überall blaue Flecke, und das Klavier blieb wochenlang verschlossen.

Aber ich ließ mir etwas einfallen. Ich übte auf einem Pappkarton, auf den ich die Klaviertasten gezeichnet hatte. Wenn man keine Alternative hat, ist das eine recht effektive Methode.

Bei der Examensfeier verstand meine Lehrerin nicht, warum ausgerechnet meine Eltern fehlten, wo ich doch ein Solokonzert vor der ganzen Schule geben durfte. Ich behielt es natürlich für mich, dass ich meinen Eltern nichts davon gesagt hatte.

Ich verdiene jetzt mehr als früher mit meinen beiden Jobs zusammen. Das liegt am Trinkgeld, das ehrlich geteilt wird. Bei Direktor Barnes mussten wir die Trinkgelder abgeben. Das meiste davon haben wir nie wiedergesehen.

So kann ich meiner Mutter pünktlich die Lohntüten geben, die – wie sie meint – eigentlich ihr zustehen. Es bleibt genug Geld übrig, um Professor Goldsmith zu bezahlen. Den Rest verstecke ich hinter der untersten Leiste des Klaviers.

Ich schufte mich zu Tode für die Aufnahmeprüfung am Konservatorium. Ich habe mich schon angemeldet.

Dreimal die Woche habe ich Unterricht bei Goldsmith, sonst studiere ich in der Bibliothek oder übe im menschenleeren Club. Ich habe Robin alles erzählt, und er findet es gut, was ich vorhabe. Meine Arbeit darf aber nicht darunter leiden. Ich habe allerdings noch nie so viel geschlafen, denn ich muss nicht mehr so früh raus. Und jetzt kann ich sogar hören, was ich spiele – das ist auch mal etwas anderes.

Für die Mädchen in der Revue bin ich eine willkommene Abwechslung in der Männerwelt des Clubs. Ich hatte noch nie von *flapper girls* gehört. Aber die Tänzerinnen sind unbefangener als alle anderen Mädchen, die ich kenne. Sie haben alle etwas Verführerisches an sich. Vielleicht müssen sie sich so geben, um die Männer zu unterhalten, aber es scheint ihnen nicht schwerzufallen. Dolly ist so eine Art Anführerin. Sie schminkt sich stark, vor allem die Augen, und trägt ihre roten Locken kurz.

Die Tänzerinnen rauchen und trinken ordentlich – Letzteres aber nur dann, wenn sie von Gästen eingeladen werden und soweit es die Prohibition zulässt. Sie haben versucht, mich ebenfalls zum Trinken zu bewegen, aber ich habe dankend abgelehnt.

Vor einer Woche haben sie mich auf einen Stuhl in der Garderobe platziert, mit dem Rücken zum Spiegel. Dann hat Dolly losgelegt. Ich musste auch andere Kleidungsstücke anziehen, sie schleppte alles Mögliche an.

Die Mädchen schauten gespannt zu; natürlich wollten sie wissen, wie ich zu meinem Namen gekommen bin. Als ich erzählte, dass ich nach der Königin der Niederlande benannt worden bin, wurde das Gekicher noch größer, denn sie dachten, die Königin heiße tatsächlich Willy. Erst als ich erklärte, sie trage den sehr königlichen Namen Wilhelmina – genauso wie ich –, beruhigten sie sich.

Ich durfte erst in den Spiegel schauen, als Dolly fertig war. Ich wusste nicht, was ich sagen sollte. Ich erkannte mich beinah nicht. Robin kam herein und staunte; ich sei schöner als je zuvor, sagte er. Ich konnte sehen, dass er es ernst meinte, also glaube ich es auch. Die *flapper girls* haben es sich jetzt zur Aufgabe gemacht, mir beizubringen, wie ich mir die Haare schneiden und mich schminken muss, und das funktioniert tatsächlich immer besser.

Als Jazzpianistin mache ich Fortschritte. Während einer Stunde bei Goldsmith entdeckte ich sogar eine jazzige Passage in einer Sonate von Beethoven. Ich ließ die Noten richtig swingen, was mir natürlich einen Rüffel einbrachte.

»Was höre ich da? Jazz?«

Sofort riss ich mich wieder zusammen.

Nach drei Monaten harter Arbeit habe ich die letzte Stunde bei Goldsmith. Irgendwie scheint er abgelenkt, das bin ich von ihm gar nicht gewohnt. Ich mache mir allmählich Sorgen, ob er findet, dass mein Niveau gut genug für das Konservatorium ist. Meine Unsicherheit hat mich fest im Griff.

Plötzlich legt er die Hand auf mein Bein, mitten im Spiel. Ich höre auf. Der Ton verklingt. Ich starre auf die Tasten. Wird er jetzt sagen, dass dies eine Abschiedsstunde ist? Oder zeigt er so seine Wertschätzung?

»Du kannst mich auf einen Wochenendausflug begleiten. Für meine Frau ist das mittlerweile zu anstrengend.«

Sie ist im neunten Monat.

»Montag ist die Prüfung«, sage ich einfältig, als würde er das nicht wissen.

»Man trifft dort interessante Leute. Ich weiß, dass viele prominente Musiker da sein werden«, sagt er. Er verschiebt seine Hand etwas.

Ich schaue ihn an. Das ist definitiv keine Abschiedsstunde.

Meine Mutter hängt die saubere Wäsche nicht draußen auf, sondern im Wohnzimmer. Gerade als ich denke, ungehindert aufbrechen zu können, taucht sie plötzlich hinter einem Bettlaken auf.

»Wohin gehst du so herausgeputzt?«

»Ich ...« Ich zögere einen Augenblick zu lange. »Auf die Arbeit.«

»Mit einem Koffer?«

»Ich komme heute Nacht nicht nach Hause, Mama. Ich übernachte bei Marjorie.«

»Wer ist Marjorie?«

»Das weißt du doch, Marjorie – von der Arbeit«, sage ich noch.

Dann beeile ich mich, mit dem Koffer aus der Wohnung zu kommen. Aber ich bin mir nicht sicher, ob sie mir die Notlüge abgenommen hat.

~ Willy ~

11

Long Island

Angespannt sitze ich neben Professor Goldsmith im Wagen. Ein chinesischer Chauffeur fährt uns. Fahrerkabine und Fond sind durch eine Scheibe getrennt, damit der Klassenunterschied sofort klar ist. Ich sitze zum ersten Mal in so einem Luxusschlitten. Wir fahren auf einer Landstraße durch eine wunderschöne Gegend mit vielen Waldstücken. Auf offenem Gelände galoppieren zwei Pferde zwischen hohen, alten Bäumen. Kurz blitzt ein überwältigendes Gefühl der Freiheit in mir auf. *Run free.* Dann erst sehe ich die Einzäunung.

»Du bist heute sehr hübsch«, sagt Goldsmith.

»Vielen Dank.«

Ich bereue jetzt schon, dass ich mitgekommen bin. Und ich hätte doch einen perfekten Grund gehabt, das zweifelhafte Angebot abzulehnen.

Ein Butler empfängt uns in der Eingangshalle. Die herrschaftliche Auffahrt hat mich bereits beeindruckt, die Empfangshalle dieses Landhauses bringt mich aber völlig aus der Fassung. Wenn man als Familie immer mit fünfzig Quadratmetern ausgekommen ist, kann der Verstand diesen Luxus nicht verarbeiten. Wer lebt hier? Öffentliche

Gebäude wie Konzertsäle, Museen und Theater dürfen jene Großzügigkeit zur Schau stellen, die ihnen von ihrer Funktion her zusteht. Aber das hier? Ich weigere mich, die Deckengemälde weiter zu bestaunen. Außerdem bekomme ich davon einen steifen Nacken.

Ein zweiter Diener eilt uns entgegen. Ohne mit der Wimper zu zucken, nimmt er sich meines armseligen Köfferchens an. Ein älteres Ehepaar kommt aus dem Salon. Die schlanke, vornehme Dame geht mit ausgestreckten Armen auf Goldsmith zu. Bei jedem Schritt klimpert ihre doppelte Perlenkette auf dem eher bescheidenen Busen.

»Hallo, Mark, wie schön, dich zu sehen. Deine Frau hat gerade angerufen. Die Wehen haben eingesetzt«, begrüßt sie ihn aufgeregt.

Damit hat Goldsmith nicht gerechnet.

»Oh ...«, er schaut mich kurz betreten an, »dann kann ich leider nicht bleiben.«

»Ich werde den Chauffeur bitten, dich zurückzufahren«, sagt die Dame.

»Dann begleite ich Sie«, ergänze ich rasch.

Der Herr des Hauses tritt jetzt einen Schritt nach vorn.

»Nein, bleib. Wo du schon mal da bist.« Er schaut mich wohlwollend an. Die Dame nimmt mich nun auch zum ersten Mal wahr. Sie schaut etwas verdutzt.

»Mit wem habe ich das Vergnügen?«

Goldsmith stellt mich vor.

»Das ist Willy Wolters, eine Schülerin von mir.«

Ich strecke meine Hand aus. »Ich freue mich, Ihre Bekanntschaft zu machen, Mrs ...«

Ich bleibe mitten im Satz hängen.

»Thomsen«, sagt sie, »und dies ist Mr Thomsen.«

Sie gibt mir einen schlaffen Händedruck. Der von

Herrn Thomsen ist zum Glück zupackender. Er macht einen distinguierten Eindruck mit seinen grauen Haaren und den feinen Gesichtszügen.

»Der Diener wird dir dein Zimmer zeigen. Dann kannst du dich kurz frisch machen«, fährt Mrs Thomsen fort. Sie lässt keinen Zweifel daran aufkommen, dass sie es lieber sehen würde, wenn ich das Haus gleich wieder verließe. Mr Thomsen wendet sich mir zu. »Aber beeil dich, das Programm fängt gleich an.«

Er ist freundlich zu mir, das beruhigt mich. Ich lächele ihm zu und folge dem Diener auf die monumentale Treppe.

Was versteht man hier unter frisch machen? Erwartet man von mir, dass ich ein Bad nehme? Oder mir die Achselhöhlen wasche? Das Gesicht? Soll ich mich umziehen? Der Koffer liegt noch verschlossen auf dem Himmelbett. Ich gehe zur Toilette, dem *restroom*, wie die Amerikaner sagen. Ich kapiere nicht, wie sie auf diesen Namen gekommen sind, denn kein Mensch ruht sich hier aus. Danach nehme ich mir viel Zeit, die Hände zu waschen.

Mit einem mulmigen Gefühl im Magen verlasse ich das Zimmer und spähe in den schier endlos langen Flur. Türen, Türen und nochmals Türen; wie in einem Hotel. Auch in diesem Stock sind die Decken enorm hoch. Man fühlt sich automatisch winzig.

Ich gehe über den dicken Teppich zur Treppe. Jemand kommt herauf. Zu meinem Entsetzen erkenne ich Frank. Reflexartig mache ich auf dem Absatz kehrt; zu spät.

»Wohin bist du unterwegs?«, höre ich in meinem Rücken.

Ich drehe mich wieder um.

»In die andere Richtung«, antworte ich.

»Die Treppe ist dort.« Er zeigt hinter sich.

»Oh, ja dann.« Ich gehe in seine Richtung, die Augen halte ich gesenkt.

»Was machst du hier?«, fragt er, als ich an ihm vorbeiwill.

Jetzt schaue ich ihn an. »Dasselbe wie du, vermute ich.«

»Das hier ist mein Elternhaus. Ich bin hier aufgewachsen.«

Ich erwische wirklich jedes Fettnäpfchen, aber ich versuche, mir nichts anmerken zu lassen.

»Ich begleite Professor Goldsmith«, sage ich.

»Er hat mir gar nicht erzählt, dass du auch kommst.«

»Ich bin nicht verantwortlich dafür, was er dir erzählt und was nicht.«

Er kommt ganz dicht an mich heran, ohne dabei zu blinzeln.

»Untersteh dich, die Musiker hier zu belästigen.«

»Das würde ich auf keinen Fall tun«, antworte ich, verletzt durch seine Unterstellung.

»Wir wissen alle, wozu du fähig bist.«

Er sagt das leise. Protest kommt in mir auf, aber ich schlucke ihn hinunter.

»Jetzt weiß ich also, dass du ein echter Gentleman bist. Vielleicht kannst du dich auch wie einer benehmen?«

So, das saß. Ich mache einen weiten Bogen um ihn.

Wenig später hocke ich zwischen zwanzig anderen Gästen auf einem Stuhl im Salon. Eine Mezzosopranistin singt gerade eine Arie. Ein Pianist begleitet sie am Flügel. Ich schaue auf den Titel im Programmheft: *L'amour est un oiseau rebelle* aus *Carmen* von Georges Bizet. Nur *L'amour* verstehe ich. Mir gefällt die Musik, aber ich fühle mich überhaupt nicht wohl.

Dass Frank mir gelegentlich vieldeutige Blicke zuwirft,

macht die Sache nicht besser. Vielleicht hört er damit auf, wenn ich zurückschaue? Ich bin selbst verwundert über das Kribbeln in meinem Bauch, als ich es probiere. Wie Nervenflattern, aber schöner. Ich mache mir nichts vor: So ein Kerl lässt keine Frau kalt. Ich will nicht weiter darüber nachdenken und vermeide es, in seine Richtung zu schauen. Aber es bringt nichts, mich auf den Liedtext zu konzentrieren. Französisch verstehe ich nicht, und von der Liebe habe ich keinen blassen Schimmer.

Als nach einer halben Stunde eine Pause eingelegt wird, kann ich gar nicht schnell genug aufstehen. Um zu verhindern, dass ich wie ein Mauerblümchen zuschauen muss, wie alle vertraut miteinander in Gespräche vertieft sind, während ich in diesen Kreisen niemanden kenne, flaniere ich durchs Haus. Das ist natürlich Unfug, denn eigentlich bin ich hier, damit ich die Musiker kennenlerne. Das hat mich ja überhaupt erst dazu gebracht, Goldsmith zuzusagen. Aber ich kann nicht anders, ich flüchte, auch wenn dieses Versagen laut in meinem Kopf hämmert.

Ich komme erst zur Ruhe, als ich ein menschenleeres Zimmer voller Bücher entdecke. Es überrascht mich nicht weiter, dass die Reichen dieser Erde eine eigene Bibliothek besitzen. Die Tür steht einladend offen. Dieser Ort ist zu verlockend, als dass ich ihn einfach ignorieren könnte. Ich gehe hinein und lasse meinen Blick über die endlosen Reihen der Buchrücken gleiten. Alles ist sorgfältig alphabetisch geordnet. Beim Buchstaben S schaue ich genau hin. Vielleicht haben sie ja etwas von Schweitzer. Sogar mehrere Bücher von ihm stehen hier. Na also.

Die Hände auf dem Rücken verschränkt, gehe ich weiter. Auf einem Lesetisch türmt sich ein ganzer Stapel Bücher. Der Titel des obersten Buches interessiert mich.

Notable New Yorkers, steht in schwarzen Buchstaben auf dem reich verzierten meeresgrünen Einband. Es scheint häufig benutzt zu werden, und ich bin neugierig, was sich darin verbirgt.

Nach dem Aufschlagen des Bandes blicken mich auf acht Porträts Honoratioren an, aufgenommen in ihren besten Anzügen. Unter den Fotografien werden Namen und Funktionen vermeldet. Ich blättere ein wenig. Das ganze Buch besteht aus solchen Porträtaufnahmen. Ernste Gesichter, die versuchen, der Kamera auszuweichen. Nur ein Einziger blickt mich geradewegs an.

Am Anfang stehen die Bürgermeister, dann folgen kirchliche Würdenträger. Ich wusste nicht, dass es hier so viele verschiedene Kirchen gibt und man sie für so wichtig hält. Natürlich sind das alles ausschließlich Männer. Ich suche nach einer Frau. Ich blättere durch Richter, Anwälte, Bankiers. Nichts. Vielleicht bei den Künstlern? Dort wird doch eine Frau zu finden sein? Schriftsteller, Bildhauer, Maler und Fotografen entdecke ich, Dirigenten, Musiker, Dramatiker und Schauspieler. Keine einzige Frau, auch hier nur Männer. Seite für Seite füllen Männer dieses Buch – und das ist immerhin sechshundertsechzehn Seiten dick.

Ich lese, dass es drei Jahre benötigte, dieses Buch zusammenzustellen. Meinetwegen hätten sie es bleiben lassen können, aber Mrs Thomsen wird wohl zufrieden mit den *Notable New Yorkers* sein. Dann weiß sie nämlich, wen sie einzuladen hat.

Zum Programm gehört ein Spaziergang über den Landsitz. Die anderen Gäste bilden eine Gruppe und plaudern angeregt miteinander, ich trotte hinterher. Eigentlich hasse ich es, spazieren zu gehen, aber hier genieße ich es, denn die Gartenanlage – eigentlich ein richtiger Park – ist wunderbar gestaltet.

Ich biege auf einen Pfad ein, der mir schöner erscheint als der Weg, den der Tross nimmt. Überall gibt es etwas zu entdecken. Vor allem der Rosengarten überwältigt mich mit seiner Pracht, ich kann mich gar nicht sattsehen.

Nach einer Weile komme ich zu einem langen, bogenförmigen Tunnel aus Buchenhecken. Ich betrete das Dämmerlicht. Im Laubengang wird man für den Rest der Welt unsichtbar. Offenbar möchte man auch in diesen Kreisen gelegentlich ganz für sich sein. Denn ich glaube kein Wort davon, dass man diesen Laubengang nur angelegt hat, um die bleiche Haut der Damen vor dem Sonnenlicht zu schützen.

An einem Weiher setze ich mich hinter ein paar großen Rhododendronsträuchern auf die Wiese. Je länger ich auf den Weiher blicke, desto verlockender wird er. Mir ist warm. Ich könnte doch zumindest mit den Füßen ins Wasser? Weit und breit ist niemand in Sicht …

Ich streife die Schuhe ab, ziehe den Rock hoch und gehe ins flache Wasser. Der glitschige Matsch kitzelt zwischen meinen Zehen, ein Gefühl, das ich nicht kenne. Bei jedem Schritt steigen Schlammwolken auf. Enten, die ein Stückchen entfernt auf dem Weiher schwimmen, bemerken mich und fliegen schnatternd weg. So ganz alleine fühle ich mich pudelwohl.

In der Ferne ertönt ein Gong. Es dauert ein paar Sekunden, bis mir klar wird, was er bedeutet. Ich bin viel länger im Wasser geblieben, als ich eigentlich vorhatte. Ich schaue mich um. Niemand zu sehen. Ich gehe ans Ufer, schnappe mir meine Schuhe und laufe los.

Außer Atem stolpere ich in die ovale Empfangshalle. Deren Glanz und Pracht sorgen dafür, dass ich mich zusammenreiße. Ich versuche, mich halbwegs angemessen zu benehmen. Ruhigen Schrittes gehe ich mit möglichst viel Grazie weiter. Gerade noch rechtzeitig, denn zu meinem Entsetzen kommt mir Frank aus dem Salon entgegen. Statt des leichten Leinenanzugs trägt er nun einen Smoking. Meine nackten Füße und der durchweichte Rock sind ihm leider nicht entgangen. Als er vor mir steht, schaut er länger als nötig auf die Pfütze, die sich um meine Füße bildet.

Ich atme tief durch.

»Kann mich jemand zum Bahnhof bringen?«, frage ich so entschlossen, wie ich nur kann. Es ist mir egal, dass ich die Segel streiche. Es wird ihm eine große Freude sein, wenn ich mich zum Teufel schere.

Endlich löst er den Blick vom Boden.

»Aber der Tisch ist schon gedeckt«, sagt er in einem Tonfall, als wäre es eine Todsünde, jetzt aufzubrechen.

»Niemand wird mich vermissen.«

Bevor er antworten kann, erscheint Mr Thomsen in der Halle.

»Ich schon, mein Kind«, sagt er freundlich, »denn du bist meine Tischdame. Wenn du dich rasch umziehen würdest?«

Ich armer Tropf wage es nicht, ihn abzuweisen, und mache mich auf den Weg nach oben.

Die Revuemädchen hatten mir eingetrichtert, dass ich ein Abendkleid mitnehmen müsse. Und da ich so etwas natürlich nicht besitze, organisierten sie eine richtige Anprobe. Das Ergebnis habe ich heute an, das Urteil war einstimmig: Dieses steht mir am besten.

Die Haare habe ich mir hochgesteckt, und ich trage Strassjuwelen, die aus einiger Entfernung sogar etwas hermachen – aber ich habe keine Ahnung von Schmuck. Ich schaue in den Spiegel. Bin das wirklich ich?

Durch die hohen Absätze wirkt das lange Kleid noch länger. Aber warum Frauen es sich eigentlich antun, in diesen Drecksdingern herumzulaufen, ist mir ein Rätsel. Wenn es die Natur für uns vorgesehen hätte, auf den Zehen zu stolzieren, hätte sie uns keine Fersen geschenkt.

Ich bücke mich wenig elegant und nehme die Schlaufe auf, die ich am Handgelenk tragen muss, um meine Schleppe anzuheben. Viel zu viel Stoff, damit kann man gar nicht normal gehen, überlege ich, als ich endlich alles sortiert habe. Merkwürdigerweise verändert einen so ein Kleid, als wäre man sich selbst untreu. Hauptsache, es reicht für dieses Dinner, dem ich anscheinend nicht entkommen kann.

~ Frank ~

12

Mein Vater bestand darauf, sie in der Eingangshalle zu erwarten. Ich versuchte noch, ihn zu überreden, mit mir ins Esszimmer zu gehen und sich dort um die Gäste zu kümmern, aber davon wollte er nichts wissen. »So behandelt man keine Dame«, lautete seine knappe Antwort. So steht er jetzt also am Fußende der Treppe, während die Minuten verstreichen.

Ich leiste ihm Gesellschaft. Unter allen Umständen bleibt er ein Gentleman, kommt mir in den Sinn. Ein Gentleman, der ich laut der betreffenden Dame nicht bin. Hat sie den Nagel auf den Kopf getroffen, als sie mich zurechtwies? Ich habe sie heute Morgen nicht wirklich herzlich begrüßt. Ich muss häufiger daran denken, als mir lieb ist.

Während des Musikprogramms habe ich hin und wieder zu ihr hinübergespäht. Wie sie da saß, in ihrem grünen Rock und der gelb gestreiften Bluse. Sie trug flache Schuhe mit Schuhriemen, die man eher bei einem Mann erwarten würde. Sie sah nicht aus wie ein Mädchen, das sich nach der letzten Mode richtet. Ich fragte mich, wie alt sie wohl ist, wo sie überhaupt wohnt. Was weiß Mark über sie? Ich muss ihn bei Gelegenheit fragen. Ob alles an ihr so interessant ist wie unsere Unterhaltung, als sie zum ersten Mal zum Vorspielen kam?

Meine Phantasie ging mit mir durch, als *Habanera* gespielt wurde. Bizets Idee der rebellischen Liebe. Diese Oper hielt man bei der Uraufführung für zu frivol. Ihren späteren Erfolg hat Bizet nicht mehr erlebt, er starb drei Monate nach der Uraufführung viel zu jung an einem Herzstillstand. In der Welt der Musik können sich die Dinge ändern; heutzutage, ein halbes Jahrhundert nach seinem Tod, ist dieses Lied nicht mehr wegzudenken.

»*L'amour, l'amour, l'amour*«, sang die Mezzosopranistin. Wieder wanderte mein Blick zu Willy. Ob sie in der Liebe eine Rebellin ist? Ein Vogel, den man nicht einfangen kann? Gibt es jemanden, der sie liebt?

Als würde sie spüren, dass ich sie heimlich beobachte, schaute sie plötzlich in meine Richtung. Bislang war sie meinem Blick ausgewichen. Sie hob den Kopf ein wenig, als wollte sie sagen: Was soll das? Ich fühlte mich wie ein kompletter Idiot.

Auf eine Frau zu warten hat etwas Magisches. Es erzeugt eine alles erfüllende Langweile, für die man mit ihrem plötzlichen Erscheinen entlohnt wird. Als Willy jetzt die Treppe heruntersteigt, ist sie wirklich atemberaubend in ihrem ockergelben Abendkleid. Mein Herz galoppiert. Ich kann meine Augen nicht von ihr abwenden.

»Du siehst phantastisch aus«, sagt mein Vater. Lächelnd hält er ihr den Arm hin. Willy legt ihre Hand darauf. Lange Klavierfinger.

Mein Vater führt sie ins Esszimmer. Ich spüre einen Anfall von Eifersucht, weil mir diese Ehre nicht zukommt. Ich versuche mich zusammenzureißen. Dieses infantile Benehmen muss aufhören.

Schweigend gehe ich hinter ihnen in den Saal, in dem sich alle Gäste versammelt haben, um gleich das Essen einzunehmen. Ich sehe, wie Willem Mengelberg mit meiner Mutter spricht. Willy hat ihn ebenfalls entdeckt, denn plötzlich bleibt sie stehen und schaut erschrocken in meine Richtung, wie ein ängstliches Vögelchen, dem ein Raubtier auf den Fersen ist. Der erste Blick, den sie mir gönnt.

»Bitte«, versucht mein Vater sie zu beruhigen, »du brauchst nicht schüchtern zu sein, hier sind alle ganz ungezwungen.«

Schüchtern. Die Menschenkenntnis meines Vaters. Denn ganz kurz durfte ich in ihr Inneres blicken und sah dort tatsächlich das schüchterne, unsichere Mädchen, voller Angst vor der Welt der Erwachsenen.

Während des Dinners sitzt sie mir gegenüber, neben meinem Vater, der all seinen Charme einsetzt, um ein guter Tischherr zu sein. Ich sehe, dass sie einander sympathisch finden. Ich sitze neben meiner Mutter. Sie ist ins Gespräch mit ihrem Tischnachbarn Mengelberg versunken.

Meine Mutter ist in ihrem Element, wenn sie die Gastgeberin spielen darf und auf alles ein Auge haben kann. Aber am liebsten schmeißt sie sich an Künstler und Prominente heran. Je berühmter diese sind, desto mehr Aufmerksamkeit schenkt sie ihnen – als wäre sie ohne deren Abglanz nichts. Sie bezieht nun auch meinen Vater ins Gespräch ein, sie reden über Mengelbergs baldige Rückreise.

Meine Mutter will wissen, ob Mengelberg alle seine Anschaffungen mit nach Hause nehmen kann, denn er ist ein echter Sammler. Auf seinen Auslandsreisen geht er regelmäßig auf Schnäppchenjagd nach Antiquitäten.

Ich werde meiner Mutter nicht verraten, dass er dafür einen eigenen Assistenten hat, der sich um die unzähligen Koffer kümmert. Er muss auch alle Pülverchen und Salben bereithalten, falls Mengelberg wieder einmal unter Eiterbeulen oder Nesselsucht leidet.

In diesem unbeobachteten Moment schiebt Willy die Zwiebeln, die zur Vorspeise gehören, auf die Seite. Das amüsiert mich irgendwie, denn die meisten hier haben ihre Tischmanieren in die Wiege gelegt bekommen und essen alles auf, egal, ob es ihnen schmeckt.

Sie erschrickt, als sich Mengelberg ihr zuwendet.

»Entschuldige, aber kennen wir uns nicht irgendwoher?« Er schaut sie forschend an. »Sind wir uns schon einmal begegnet?«

Willy wirft mir einen Blick zu. Bei mir klingeln die Alarmglocken – dieses Thema ist riskant.

»Sie heißt Willy«, sagt meine Mutter zu Mengelberg und schaut Willy zum ersten Mal an diesem Abend länger als zwei Sekunden an. »Vielleicht hast du etwas Interessantes über dich zu erzählen, Willy«, sagt meine Mutter mit einem schmalen Lächeln.

»Da gibt es nicht so viel zu erzählen.«

Meine Mutter seufzt und wendet sich mir zu. »Das hatte ich schon befürchtet«, flüstert sie mir etwas zu laut ins Ohr. Ich schäme mich und hoffe, Willy hat sie nicht gehört. Aber ein kurzer Blick reicht aus, um zu sehen, dass Willy alles genau mitbekommen hat.

Mengelberg scheint allmählich etwas zu dämmern.

»Bist du nicht das Mädchen, das sich bei meinem Konzert nach vorn gesetzt hat?«

Die Unterhaltungen am Tisch verstummen abrupt. Alle Augen richten sich auf Willy, und ich verkrampfe mich. Es dauert etwas, bis sie antworten kann.

»Ja, das war ich.«

»Du?!«, entfährt es meiner Mutter ungläubig.

»Lasst uns darüber nicht weiter sprechen«, versuche ich die Gefahr abzuwenden.

Aber Mengelberg gibt keine Ruhe.

»Ich vermute, du wolltest gerne in der ersten Reihe sitzen, hattest aber kein Geld, eine Karte zu kaufen?«

»Das Personal darf den Saal während der Konzerte nicht betreten«, antwortet Willy.

»Du arbeitest also da?«, fragt Mengelberg nach.

»Jetzt nicht mehr …« Ihre Augen zucken zu mir herüber. Ich halte den Atem an. »Ich bin da weg.«

Sie hat mich nicht verraten.

»Ich meine, einen schwachen Akzent herauszuhören«, fährt Mengelberg fort. »Wo kommst du ursprünglich her?«

»Aus Holland.«

»Ah, eine Landsmännin.« Mengelberg lächelt. »Frank, sagst du nicht immer, dass alles Gute aus den Niederlanden kommt?«

Er gibt mir keine Chance zu antworten, sondern wendet sich wieder an Willy: »Warum hast du die Partitur gelesen?«

Willy fühlt sich in die Ecke gedrängt und schaut unsicher zu den anderen Gästen in ihrer Nähe.

»Ich …«

Ihr Blick trifft meinen. Ich schaue sie ermutigend an, denn eigentlich bin ich auf die Antwort gespannt.

»Ist das ein Geheimnis?«, fragt Mengelberg.

Willy schweigt weiter.

»Nun?« Mengelberg gibt nicht auf.

Jetzt muss Willy antworten. Das macht sie, aber in einer Sprache, die niemand am Tisch versteht – außer Mengelberg.

»Was hat sie gesagt?«, fragt meine Mutter neugierig.
Mengelberg kostet die Stille aus.

»Sie möchte Dirigent werden«, sagt er beiläufig, als wäre das keine große Sache.

Alle Köpfe drehen sich jetzt von ihm zu Willy. Meiner Mutter springen fast die Augen heraus. Alle sind mucksmäuschenstill. Diese Stille ist fast hörbar.

Dann fängt meine Mutter an, laut zu lachen. Die anderen Gäste stimmen ein. Auch ich kann ein Lächeln nicht unterdrücken, denn ich denke wieder an unsere erste Begegnung auf der Toilette und an das Essstäbchen auf dem Boden – erst jetzt verstehe ich die Zusammenhänge.

Dabei beobachte ich Willys Reaktion genau. Sie blickt sich um, betrachtet alle Menschen, die sie auslachen. Was soll sie auch sonst tun? Dann richtet sie ihre dunklen Augen hilfesuchend auf Mengelberg, der als Einziger ernst bleibt. Ein Gentleman. Aber ich weiß genau, er hat diese Kunstpause eingelegt, um die maximale Wirkung zu erzielen. Und das hat er geschafft.

Meine Mutter findet als Erste nach dem gemeinschaftlichen Lachanfall wieder Worte.

»Ich weiß eine ganze Menge von der Musikwelt, aber von einem weiblichen Dirigenten habe ich noch nie etwas gehört«, bemerkt sie höhnisch. Noch mehr Öl ins Feuer.

»Bist du jemals einem begegnet?«, frage ich Mengelberg, um deutlich zu machen, dass ich sie ebenfalls ernst nehme.

»Ich muss eingestehen, dass weibliche Dirigenten – soweit ich weiß – nicht existieren«, antwortet er.

»Aber Frauen müssen nicht prinzipiell weniger können als Männer«, entgegnet Willy.

»Vielleicht hat sie sogar recht«, sagt Mengelberg. »Vor unserer Hochzeit war meine Frau eine sehr angesehene Sängerin.«

»Ja, aber Dirigent …«, protestiert meine Mutter und schaut Willy von oben herab an. »Daraus wird wohl nichts werden.«

»Ich dachte, Amerika sei das Land der unbegrenzten Möglichkeiten«, wehrt Willy sich.

»Nicht für jeden«, entgegnet meine Mutter, und damit ist für sie die Diskussion beendet. Die Abendgesellschaft parliert wieder über Gott und die Welt. Es ist nicht zu übersehen, wie verletzt Willy ist. Sie blickt unter ihren Wimpern kurz zu mir herüber. Wie schön sie ist.

~ Willy ~

13

Sobald sich eine Gelegenheit bietet, flüchte ich durch die geöffneten Flügeltüren des Salons. Das fällt nicht weiter auf, denn die anderen Gäste interessieren sich schon nicht mehr für mich. Ich stütze mich auf die Balustrade der großen Terrasse, die sich über dem Garten erhebt. Das Mondlicht bescheint den ausgedehnten Weiher, eine silberne Bahn über tiefschwarzem Wasser. Dem Lärm des Salons, wo man sich in Grüppchen unterhält, raucht und trinkt, habe ich den Rücken zugewendet. Ich atme tief ein. Obwohl die kühle Luft mir guttut, bleibt der Abend eine Katastrophe. Wenn ich hier nur wegkönnte.

»Schaust du nach den Sternen?«

Ich brauche mich nicht umzudrehen, um zu wissen, wer die Frage gestellt hat.

»Nein, auf die Blumen, die zu meinen Füßen blühen«, sage ich. Das ist eigentlich ein Zitat von Albert Schweitzer, aber er kennt es bestimmt nicht. Es kann mir auch egal sein, was er weiß oder nicht; außerdem stimmt das mit den Blumen irgendwie. Ich habe die Sterne gar nicht beachtet. Frank stellt sich neben mich. Ich schaue starr nach vorn auf den Garten. Schon am Tisch hat er mich milder angeschaut, als ich es von ihm gewohnt bin, und sein Blick ließ mich nicht kalt.

Aus dem Salon klingt Musik. Offensichtlich wissen sie hier nicht, wann es genug ist. Jemand hat sich wieder an den Flügel gesetzt. Wir hören kurz zu, zufällig kenne ich das Stück. Es ist sogar eine meiner Lieblingskompositionen. Die *Romanze für Violine und Klavier* von Antonín Dvořák. Die Musik geht mir unmittelbar ins Herz. Frank kommt etwas näher. Seine Hand liegt neben meiner auf der Balustrade. *Finger, die streicheln können.* Plötzlich spüre ich meine Einsamkeit so heftig, dass es wehtut. Ich hasse dieses Gefühl, aber ich kenne es nur allzu gut.

»Willy ...«

Ich ziehe meine Hand etwas zurück.

»Ich danke dir, dass du nichts verraten hast ... Na, du weißt schon.«

Kurz schaue ich zur Seite. »Alles ist gut«, sage ich.

»Hast du eine neue Arbeit gefunden?«

»Ja.«

»Wo?«

Was soll ich in Gottes Namen darauf antworten?

»Ach, etwas mit Musik«, versuche ich auszuweichen.

»Wo denn?« Er neigt den Kopf zur Seite und blickt mich an.

»Das verrate ich nicht.«

»Warum nicht?«

Es ergibt keinen Sinn, ihm zu erklären, warum ich die Frage nicht beantworten möchte.

»Einmal am Abend ausgelacht zu werden reicht mir«, antworte ich mit einem missglückten Lächeln und hoffe, er lässt es dabei bewenden.

»Es tut mir leid, das war ein bisschen gefühllos.«

Er blickt mich so voller Reue an, dass mir ganz warm

wird. Schnell wende ich mich ab, denn plötzlich sehne ich mich danach, berührt zu werden. Das ist natürlich lächerlich. Aber dann spüre ich seine Hand auf meinem Gesicht. Er hebt mein Kinn an, sodass ich ihn wieder ansehen muss.

»Willst du tanzen?«, fragt er. Er zieht mich an sich und lässt mich in seine Arme gleiten. Eine Stimme in meinem Kopf sagt noch, dass das keine gute Idee ist, aber ich kann mich nicht dagegen wehren.

Im Haus gesellt sich jetzt die Geige zum Klavier. Durch ihr Zusammenspiel zerbröckelt auch der Rest meiner Verteidigung schnell. Eine Weile tanzen wir eng umschlungen. Ich spüre die Wärme seines Körpers durch den dünnen Stoff des Kleides, das raubt mir fast den Atem. Ich möchte ihn anschauen, in seinen Augen versinken. Ihm geht es nicht anders, wir hören auf zu tanzen. Ich kann mich nicht daran erinnern, dass ein Mann mich jemals so angezogen hat. Er beugt sich zu mir herunter. Unsere Herzen treffen sich, noch bevor seine Lippen meine berühren. Und dann küsst er mich. Ich lasse es geschehen. Lasse meiner Sehnsucht freien Lauf …

Aber das alles muss ein Missverständnis sein. Ich will kein Zeitvertreib sein, wie die Revuemädchen im Club, die dafür von den Männern mit einem ordentlichen Trinkgeld entlohnt werden. Es ist ja nicht so, als ob ich nichts für ihn empfinden würde. Im Gegenteil. Und das irritiert mich am meisten, ich konnte ihn bis heute Abend doch eigentlich gar nicht ausstehen?

Ich mache mich los und sehe an seinen Augen, dass auch er verwirrt ist. In der Tür zur Terrasse steht Mrs Thomsen. Sie muss uns gesehen haben. Das wird mir alles zu kompliziert. Ich mache ein paar Schritte zurück und bin mir zumindest einer Sache sicher: Hier gehöre ich nicht hin.

Der chinesische Chauffeur setzt mich am Bahnhof ab. Zum Glück hat er keine Fragen gestellt, als ich ihn bat, mich zum Zug zu bringen. Als er kurz zögerte, setzte ich meine paar Worte Chinesisch ein, die ich von Mr Huang gelernt habe. Dadurch habe ich ihn wohl für mich eingenommen.

So wie es sich für eine richtige Flucht gehört, habe ich mich von niemandem verabschiedet. Ich habe mich eilig umgezogen und alles in den Koffer gestopft. Ich bereue nur, dass ich nicht schon vor dem Abendessen aufgebrochen bin, so wie ich es eigentlich vorhatte. Während der Zugfahrt starre ich aus dem Fenster, aber ich sehe nichts außer dem Gesicht von Frank, beim Tanzen, als er mich küsste.

~ Willy ~

14

New York

Meine Mutter rechnet in ihrem Haushaltsbuch herum. Das ist mein Glück, denn damit kann sie sich unendlich lange aufhalten. Sie sitzt fast im Dunkeln, nur eine schwache Birne brennt, die die Szene in ein dämmriges Licht taucht. Ich frage mich, ob mein Vater ebenfalls zu Hause ist, aber seine weiße Arbeitsjacke hängt nicht am Haken. Wochenenddienst wird besonders gut entlohnt, vor allem abends.

»Wolltest du nicht bei Marjorie schlafen?«, fragt Mutter, ohne aufzusehen.

»Nein.«

»Wie war es auf der Arbeit?«

»Alles in Ordnung.«

»Was wurde heute Abend gespielt?«

Langsam werde ich misstrauisch, denn danach hat sie sich noch nie erkundigt. Und sie hat so einen verbissenen Zug um den Mund, genau wie auf meiner Kinderzeichnung. Ich versuche es auf gut Glück. »Die Fünfte von Beethoven«, sage ich, »die Schicksalssymphonie.« Passt immer. Erst jetzt blickt sie auf. Sie sitzt da wie meine ehemalige Chefin, allerdings muss in diesem Fall der Küchenstuhl als Thron dienen.

»Schicksalssymphonie«, sagt sie langsam. »Es war Schakoski, das pathetische Ding.«

Sie meint natürlich Tschaikowskis Sechste Symphonie, die *Pathétique*.

»Ach ja, habe ich vergessen.«

»Dass du gefeuert wurdest auch?«

Ich bin geschockt, stelle den Koffer ab und gehe ein paar Schritte auf sie zu. »Woher weißt du das?«

»Das war nicht schwer herauszufinden. Ich bin einfach dort vorbeigegangen«, antwortet sie.

Ich darf gar nicht daran denken, dass sie mich im vollen Konzertsaal gesucht hat. Vielleicht hat sie sogar meine Kolleginnen belästigt oder den Direktor nach meinem Lebenswandel ausgefragt. Was geht sie das an?

»Und was ist das?«

Sie zieht Geldscheine hervor und breitet sie auf dem Tisch aus. Ich erkenne das Filztuch, in dem ich mein Erspartes versteckt habe.

»Hast du etwa mein Zimmer durchsucht?«

»Woher hast du das Geld? Hast du im Büro eine Gehaltserhöhung bekommen?«

Ich weiß genau, in was für einer Stimmung meine Mutter ist. Wenn sie ihren Zorn unterdrückt, ist sie am gefährlichsten, denn der darauffolgende Wutanfall kann die Ausmaße eines Vulkanausbruchs annehmen. Aber es gibt in beiden Fällen Vorzeichen: Rauchfahnen und ein tiefes Beben. Ich mache mich auf alles gefasst.

»Den Job bin ich auch los.«

»Seit wann?«

»Am selben Tag.«

Sie schaut mich ungläubig an. »Du gehst doch jeden Morgen aus dem Haus, als würdest du arbeiten. Und kommst spät zurück. Was stellst du in der Zwischenzeit an?«

»Ich arbeite.«

»Wo?«

»Das kann ich nicht sagen.«

»Ich will es aber wissen!«

Sie versucht mich einzuschüchtern. Ihre Augen spucken jetzt Feuer. Früher hat mir das Angst gemacht. Aber man wird irgendwann dagegen immun. Ich halte ihrem Blick stand.

»Aber ich werde es dir nicht verraten.«

Sie legt jetzt den Brief des Konservatoriums neben das Geld. Den hat sie also auch hinter der Klavierverkleidung gefunden.

»Und wie lange verheimlichst du das schon?«

»Was?«

»Die Aufnahmeprüfung, für das Konservatorium?«

Eigentlich würde ich mich auf die Auseinandersetzung mit ihr einlassen, aber heute Abend fehlt mir die Kraft. Außerdem spukt Frank in meinem Kopf herum.

»Mam, können wir ein anderes Mal darüber sprechen? Ich bin so müde.«

Ihre Augen verengen sich zu Schlitzen. Die Mundwinkel sacken auf einen neuen Tiefststand herab. Aus ihrem Gesicht spricht jetzt nichts als Abscheu, und ihre Stimme wird noch tiefer.

»Wie lange belügst du mich schon?«

»Ich lüge nicht, ich will nur ein paar Dinge für mich behalten«, versuche ich mich zu verteidigen. Langsam habe ich genug davon.

»Du lügst am laufenden Band! Über die Entlassung, die Arbeit, das Studium, und ich habe keine Ahnung, worüber noch!«

»Ich bin dreiundzwanzig, Mam. Ich habe ein eigenes Leben!«

»Ohne uns würde es dein Leben gar nicht geben!«, faucht sie zurück. Sie schiebt mir das Haushaltsbuch hin und zeigt angriffslustig auf die Zahlenreihen. »Ich habe alles zusammengerechnet. Was du isst, trinkst, anziehst ...«

Die Lava beginnt zu fließen.

»Mam ...«

»... jedes einzelne Kleidungsstück, jede Klavierstunde. Schau.«

Sie deutet auf eine Zahl, die sie doppelt unterstrichen hat. »Das habe ich alles für dich ausgegeben ...«

»Mama ...«

»... und was bekomme ich dafür zurück? Lügen, nichts als Lügen. Darum werde ich dieses Geld behalten. Als Entschädigung für das, was du uns gekostet hast.«

Habgierig rafft sie das Geld zusammen.

»Und das Konservatorium kannst du vergessen!«, tritt sie noch nach.

»Aber Mam, was für eine Mutter macht so etwas?!«

Sie tut zuerst so, als würde ich gar nicht existieren. Aus bloßer Gemeinheit zählt sie das Geld laut. All mein Erspartes wandert in ihre Schürze. Ich bin fassungslos, dass sie mich für meine eigene Erziehung bezahlen lässt, und fange an zu stottern.

»Aber Mam ... Mama ... Mam ...«

»Nenn mich nicht Mam, ich bin nicht deine Mutter!« Die Worte brechen förmlich aus ihr heraus.

»Was?!«

»Du hast mich schon gehört! Gott sei Dank bin ich nicht deine Mutter!«

Sie ist selbst über das erschrocken, was sie gerade gesagt hat, ihre Lippen zittern, und sie presst den Mund zusammen. Dann bebt immer ein kleiner Muskel in ihrem Gesicht, dicht am Ohr.

Abrupt steht sie auf.

»So wie du lügst und betrügst, hast du das mit der Muttermilch aufgesogen.« Sie deutet mit dem Zeigefinger auf mich, als wären noch mehr Leute im Zimmer, die gemeint sein könnten. »Deine echte Mutter ist eine verkommene, durchtriebene Person. Sie hat mir versprochen, dass sie mich dafür bezahlt, dich großzuziehen, aber ich habe noch keinen Cent davon gesehen.« Ihre Stimme überschlägt sich. »Dein Vater und ich hätten nie auf diese Anzeige hereinfallen dürfen.«

Ich habe noch immer keinen blassen Schimmer, wovon sie da eigentlich faselt.

»Was für eine Anzeige?«

Sie antwortet nicht, sondern läuft außer sich aus der Küche.

»Mam!«, rufe ich ihr hinterher. Ich sage es mehr oder weniger automatisch, denn dass es keinerlei Sinn hat, ist mir längst klar. Ich höre das verhasste Geräusch der Münzen in ihrer Tasche. Die Klimperfrau aus der fünften Etage. Ich bin mir sicher, meiner Mutter klingt dieses Geräusch wie Musik in den Ohren.

Aufgewühlt falle ich auf mein Bett. Langsam dringt zu mir durch, was sie mir eben an den Kopf geworfen hat. Ich schaue zum Fenster. Ins Nichts. Erst nach ein paar Minuten wird mir bewusst, dass das Babynetz, das in diesem Nichts hängt, leer ist. Das Baby wird jetzt in seinem Bettchen liegen. Warm und sicher zugedeckt von einer Mutter, die es liebt.

Mein Vater betritt niedergeschlagen das Zimmer. Er war also doch zu Hause. Mutter wird ihn ins Schlafzimmer verbannt haben, mit dem Hinweis, sich auf keinen Fall einzumischen. Die Wände sind hier so dünn, dass er jedes Wort des Streits gehört haben muss. Häuser, die eher Palästen gleichen, haben doch den einen oder anderen Vorteil, durchfährt es mich.

»Ist es wahr?«, frage ich.

Er nickt und setzt sich neben mich. Die Bettfedern quietschen.

»Es tut mir leid, Willy.«

»Warum habt ihr mich aufgenommen?«

»Wir konnten selbst keine Kinder bekommen, dann sahen wir diese Anzeige.«

Er nimmt ein gefaltetes Stück Papier aus der Jacke und gibt es mir. Widerwillig öffne ich es. Ich habe Angst davor, was ich sehen werde. Auf dem alten, vergilbten Papier steht eine Anzeige, deren Überschrift mir ins Auge springt.

ADOPTIVKIND
Junge Mutter möchte ihre Tochter
abgeben. Gegen Höchstgebot ...

Was das eigentlich bedeutet, dringt erst langsam zu mir durch.

»Ich wurde einfach zum Kauf angeboten.« Ein unangenehmer Kloß sitzt mir im Hals. »Wie alt war ich da?«

»Zwei«, sagt Vater leise. »Du hattest schon mit einigen Kinderheimen Bekanntschaft gemacht.«

Ich habe keine Erinnerungen daran.

»Warum wollte sie mich loswerden?«

Er zuckt mit den Schultern und spricht noch leiser: »Ich fürchte, sie liebte dich nicht ... Zumindest sagt das Mama.«

Ich zittere, obwohl es drückend warm im Zimmer ist.

»Und mein Vater?«

»Von dem wissen wir nichts. Deine Mutter war unverheiratet, als du geboren wurdest.«

»Hatte sie denn keine Familie?«

»Die haben sie verstoßen.« Er überreicht mir ein Dokument. »Hier, deine Geburtsurkunde.«

Ich werfe einen raschen Blick darauf und gebe sie meinem Vater wieder zurück.

»Das ist nicht meine, der Name stimmt nicht.«

»Das ist dein echter Name.«

»Agnes? Mein Name ist Agnes?«

»Nein, das ist der Name deiner Mutter. Du heißt eigentlich Antonia. Antonia Brico.«

Der Name einer Fremden. Ich höre, wie Mutter im Schlafzimmer schluchzt. Was für eine Schmierenkomödie. Vater seufzt. Dann steht er auf.

»Ich gehe besser und versuche sie zu trösten.«

Mein Vater lebt schon sein ganzes Leben unter ihrer Fuchtel. *Genau wie ich.*

»Sag ihr ruhig, dass sie an ein paar Tränen nicht sterben wird«, sage ich, als er an der Tür ist. Meine Stimme hört sich schriller an, als ich wollte. Der Kloß in meinem Hals nimmt mir die Luft zum Atmen, dazu kommt Enttäuschung. Ich spüre einen körperlichen Schmerz in mir, der verzweifelt einen Ausweg sucht. Ich ersticke fast.

ES. MUSS. RAUS.

Jäh richte ich mich auf, öffne die obere Abdeckung des Klaviers und reiße den Stab heraus, an den ich mühevoll Filzlappen genäht habe. Ich werfe das Ding auf den Boden. Dann ziehe ich auch alle dämpfenden Decken zwischen Wand und Klavier hervor und lasse mich auf den Klavierhocker fallen. Ich schlage kräftig auf die Tasten, so fest wie möglich, vor allem bei den tiefen Tönen. *Agitato, agitato, molto agitato* – wenn es nur laut genug schmettert.

Der Feuervogel von Strawinsky muss es büßen. Merkwürdige, verrückte Rhythmen wogen durchs Zimmer. Musik über Mädchen, die gefangen gehalten werden. *Wer kommt, um sie zu retten?*

Schon nach wenigen Augenblicken stampfen die Nachbarn von oben auf den Boden. Böse Verwünschungen dringen durch die Wand. In allen Tonarten fleht man um Ruhe.

Vater erscheint in der Türöffnung.

»Mama bittet dich aufzuhören«, sagt er.

Das schert mich nicht mehr. Es kann mir egal sein, selbst wenn die ganze Welt meint, ich solle aufhören. Und was das ständige Gejammer meiner Mutter angeht: Das geht mich nichts mehr an, sie ist nicht meine Mutter.

~ Willy ~

15

Ich ertappe mich dabei, wie ich wieder an den Nägeln kaue, während ich im Flur auf das Ergebnis des Vorspielens warte. Vor ein paar Jahren habe ich mit dem Nägelkauen aufgehört, aber als Kind habe ich meine Mutter damit regelmäßig in den Wahnsinn getrieben. Mädchen kauen nicht an den Nägeln. Alle Appelle, es mir abzugewöhnen, stießen bei mir auf taube Ohren.

Die schlimmste Androhung war, man bekomme davon Maden unter den Fingernägeln, die einem in den Mund kriechen würden. Allerdings musste sie mir zuerst erklären, was Maden überhaupt sind. Winzige Würmchen, fast unsichtbar, erläuterte sie. Als ich sie fragte, wo sich die Maden dann einnisteten, flüsterte sie mir die Antwort ins Ohr. Es dauerte Tage, bis ich kapierte, was mit dem Wort gemeint war.

Aber noch nicht einmal das hielt mich von der schlechten Angewohnheit ab. Als sie mit ihrem Latein am Ende war, schleppte Mutter mich zu einem Arzt, der ihr erzählte, ich sei ein »nervöses« Kind. Er erkundigte sich, ob sie eine Möglichkeit sehe, die Nervosität in andere Bahnen zu lenken. Als er hörte, dass es im Haus ein Klavier gibt (das Mutter immer verschlossen hielt, aber das sagte sie ihm nicht), riet er ihr, mich zum Klavierunterricht zu schicken.

Und so geschah es. In ihrem Bekanntenkreis fand sie eine australische Lehrerin, die die eine oder andere Melodie hinbekam. Und durch die Herrschaft über den Klavierschlüssel hatte meine Mutter das perfekte Machtinstrument, mich nach ihrer Pfeife tanzen zu lassen. Denn als ich erst einmal auf »meinem« Klavier spielen durfte, konnte man mich nicht mehr davon wegbekommen. Sollte ich staubwischen, kehren, die Betten machen, Zwiebeln schneiden oder die Einkäufe erledigen – dann wurde die Klavierabdeckung so lange verschlossen, bis die Aufgaben abgearbeitet waren. Ich beklagte mich nicht. Das Klavier wurde mein bester Freund in meiner kindlichen Einsamkeit. Stundenlang konnte ich darauf spielen, aber das war »wegen der Nachbarn« verboten. Das Problem konnte durch ein paar einfache Decken und den Stock mit den Filzlappen gelöst werden.

Dass das Klavier verstimmt war, kümmerte mich nicht groß. Ich bat meinen Vater, mir eine Stimmgabel zu besorgen, und nach Monaten der Schatzsuche fand er tatsächliche eine beim Alteisen auf der Müllkippe. Die australische Lehrerin konnte mir die Grundlagen des Stimmens beibringen, wobei sich herausstellte, dass ich über ein absolutes Gehör verfüge. Das war natürlich hilfreich – den Rest habe ich mir selbst beigebracht.

Der Klang des Klaviers wurde durch meine Zuwendung schöner und besser. Mutter hasste es. Immer wieder drohte sie damit, den Klavierunterricht zu beenden, und wir stritten heftig. Die Séance mit ihren Freundinnen brachte schließlich die Wende. Aber wir haben uns nie wirklich versöhnt. Später habe ich erst verstanden, warum: Ich liebte mein Klavier einfach mehr als sie.

Ich schaue zur Tür. Beratschlagen sie noch immer? Die Kommission besteht aus fünf Männern, vier von ihnen würde ich schon jetzt nicht mehr erkennen, wenn ich ihnen auf der Straße begegnete. Professor Goldsmith saß in der Mitte. Ich traute mich nicht, ihn direkt anzusehen, und schon gar nicht, ihn zu fragen, ob er einen Sohn oder eine Tochter bekommen hat. Ich spielte, und ich habe keine Ahnung, ob ich gut oder schlecht war.

Erst als ich auf dem Flur saß, wurde mir klar, was für mich alles von diesem Vorspielen abhängt. Wenn ich es versaut habe, ist das dann meine eigene Schuld? Nervös kaue ich auf den ausgefransten Rändern meiner Fingernägel, bis sie glatt sind.

Müdigkeit legt sich auf meine Glieder. In den letzten beiden Nächten habe ich kaum geschlafen. Am Sonntag bin ich aus der Wohnung geflüchtet. Ich wollte im Club üben, aber die Revuemädchen probten einen neuen Tanz, und Robin war nicht da; sonntags ist er immer unterwegs. Natürlich wollten die Mädchen wissen, wie mein Wochenende verlaufen sei und warum ich so früh wieder zurück bin. Ich habe ihnen die Details erspart, habe ihnen das geliehene Abendkleid zurückgegeben und bin nach zwei Tassen Kaffee wieder aufgebrochen.

Lange bin ich ziellos durch die Stadt gelaufen. Von dem Geld, das noch in meiner Tasche war, wollte ich dann bei Mr Huang etwas zu essen kaufen, aber er bestand darauf, mich diesmal einzuladen. Er bedauerte es, mich nur noch so selten zu Gesicht zu bekommen, und das baute mich etwas auf. Aus Dankbarkeit habe ich in seiner Küche beim Abwasch geholfen, denn er hatte alle Hände voll zu tun. Ich hatte doch ohnehin nichts vor, außer Däumchen zu drehen.

Stundenlang stand ich an der Spüle, die Hände im Wasser, bis meine Nägel so weich wurden, dass sie einrissen. Ich bemerkte es nicht, ich war wie betäubt.

Ich ging erst nach Hause, als meine Eltern schon schliefen. Ich war zu müde, den Klang des Klaviers wieder zu dämpfen und noch zu üben, also ging ich ins Bett. Aber ich fand keinen Schlaf, ich hätte wohl besser doch noch gespielt. Hinterher ist man immer klüger.

~ Frank ~

16

*J*ch warte schon eine ganze Weile hier draußen, an meinen Wagen gelehnt. Mark hat mir während unseres Telefongesprächs gesagt, wann sie vorspielt, nachdem er mir zuerst von der Geburt seines sechsten Kindes berichtete: ein Sohn, der auf den französischen Namen Guy hören wird, in Erinnerung an den italienischen Komponisten Giuseppe Verdi. Er hatte noch überlegt, seinen Sohn Sergej zu nennen, aber das war ihm dann doch zu russisch. Er hat auch seine anderen Söhne nach berühmten Komponisten benannt: Ludwig, Camille und Franz. Nur bei seinen beiden Töchtern musste er improvisieren; sie heißen Frédérique und Johanna.

Als ich am Samstagabend bemerkte, dass Willy weg war, fühlte ich mich einsam. Einsam und zum zweiten Mal an einem Tag in meine Schranken gewiesen. Denn es war eine Flucht – gibt es ein deutlicheres Statement? Als hätte sie laut und deutlich Nein gerufen. Ich schimpfte mit mir selbst, dass ich mich durch den aufgeblasenen Künstler-Small-Talk ablenken ließ und nicht besser auf sie aufgepasst hatte.

Zum Glück konnte mein chinesischer Chauffeur Shing mir berichten, dass er sie am Bahnhof abgesetzt hatte. Irgendwie beruhigte mich das, als würde durch Shing eine Verbindung zwischen ihr und mir entstehen.

Ich bemerke, wie Willy das Gebäude verlässt, und richte mich auf. Sie sieht mich, kommt aber nicht in meine Richtung – sie ist offensichtlich auf der Hut.

»Hi«, sage ich und gehe auf sie zu. Ich nehme mir vor, behutsam zu sein.

»Hallo«, begrüßt sie mich. »Professor Goldsmith ist noch drinnen.«

Sie deutet kurz zum Eingang. Als ob ich wegen Mark hier wäre! Ich möchte sie berühren, aber sie ist zu weit weg. Ich erkundige mich, wie das Vorspielen gelaufen ist. Als sie erzählt, dass sie angenommen ist, beglückwünsche ich sie. Willy nickt, bleibt aber distanziert. Ich zeige auf mein Auto.

»Kann ich dich mitnehmen? Wo musst du hin?«

»Nach Hause. Aber das ist kein Problem, ich kann den Bus nehmen ...«

»Es ist nur eine Mitfahrgelegenheit ...«

»... und es ist nicht weit«, beendet sie ihren Satz.

»... und du bist mich sofort wieder los«, beende ich meinen.

Wir schweigen beide. Ich fange an zu lachen. Zaghaft stimmt sie in mein Lachen ein.

»Wir haben uns nicht ordentlich voneinander verabschiedet. Und wie du schon sagtest: Ich sollte mich wie ein Gentleman benehmen.« Ich halte ihr die Wagentür auf. Sie zögert kurz und steigt dann ein.

Während der Fahrt berichte ich ihr von den Aufritten, die sie am Sonntag verpasst hat. Ich versuche, ganz ungezwungen zu bleiben. Sie hört vor allem zu, meldet sich nur gelegentlich zu Wort, um die Fahrtrichtung anzusagen.

»In dieser Straße wohne ich«, sagt sie, als wir nach einer Viertelstunde in der Lower East Side ankommen.

Ich lenke den Wagen in eine lange Straße, zu deren Seiten sich Mietskasernen aufreihen. Hohe Gebäude mit endlosen Treppen, ohne Aufzug. Überall sind Leinen mit Wäsche aufgespannt, sonst gibt es nicht viel Sauberes in dieser Straße. Ich frage mich, ob sie sich dafür schämt, denn plötzlich schaut sie mich eindringlich an.

»Wahrscheinlich hast du etwas anderes erwartet.«

»Nein«, sage ich.

»Oder gehofft.«

Ich habe keine Ahnung, was ich gehofft habe. Ich wollte sie nur sehen, das ist alles. Ich muss die Geschwindigkeit verringern, denn hier sind viele Leute unterwegs. Händler bieten ihre Waren an. Mitten auf der Straße spielen einige Jungs Baseball mit einem Knüppel. Sie machen uns Platz. Deshalb sehe ich erst jetzt, dass etwas entfernt einige Möbel und anderer Krempel am Straßenrand stehen.

Ein rothaariger Bengel, er ist vielleicht sechs, benutzt die Sprungfedern eines Bettgestells aus Metall als Trampolin, aber ich werde abgelenkt: In der Gosse liegt eine Gasmaske, als wäre das ganz normal. Ich schaue zu lange darauf, in meinem Kopf schießen bereits Bilder vorbei, an die ich nie wieder denken wollte, die mich aber trotzdem Tag für Tag begleiten.

»Hier zieht jemand um«, sage ich und blicke nach vorn.

Willy sieht die Sachen jetzt ebenfalls. Sie dreht sich auf ihrem Sitz und schaut durch das Seitenfenster hinaus. Ich kann ihr Gesicht nicht mehr beobachten.

»Welche Hausnummer?«

»Äh ...«

Sie wartet, bis ich an den Möbeln vorbeigefahren bin, und sagt nach etwa dreißig Metern: »Hier ist es.«

Ich halte an, ich will nicht, dass sie schon wieder geht. Ich schaue sie mit aller Wärme an, die ich für sie empfinde.

»Deine Eltern sind bestimmt stolz auf dich«, sage ich.

Sie antwortet nicht. Was soll sie auch mit meinen hohlen Sprüchen anfangen. Ich nehme ihre Hand, spüre, dass sie zittert. Was ist mit ihr los? Die Nachwirkungen der Prüfung? Oder von unserer Fahrt? Also meine Gegenwart? Ich kann mich nicht daran erinnern, dass es je zuvor so schwierig war, jemandem den Hof zu machen.

»Ich werde ein paar Wochen weg sein und eine Tournee von Paderewski vorbereiten. Weißt du, wer das ist?«

»Der ehemalige polnische Ministerpräsident«, antwortet sie. So etwas weiß sie. Ministerpräsident und Meisterpianist.

»Sehe ich dich wieder, wenn ich zurückkomme?«, frage ich so unverbindlich wie möglich.

»Jetzt weißt du, wo du mich finden kannst«, sagt sie mit einem zerbrechlichen Lächeln, als würde sie etwas ganz anderes meinen. Bevor ich aussteigen kann, um ihr die Tür aufzuhalten, ist sie schon draußen.

Als ich wegfahre, suche ich sie im Rückspiegel. Sie ist stehen geblieben. Wie versteinert. Ich habe es nicht geschafft, sie aus ihrem Kokon hervorzulocken.

~ Willy ~

17

*I*ch warte, bis er weggefahren ist. Als hätte ich Blei in den Schuhen, gehe ich dann zurück zu unserem Haus. Ich komme an den Sachen auf dem Bürgersteig vorbei und kann nicht glauben, dass es wirklich meine sind, aber es besteht kein Zweifel. Der Junge springt auf meinem Bett herum, als wollte er sich über mich lustig machen. Die Matratze, die Decken, auch diejenigen, mit denen ich das Klavier dämpfte, die Lampe, der Kleiderschrank, das Nachtschränkchen und sogar meine Gasmaske. Ein anderer Junge aus der Nachbarschaft marschiert wie ein Soldat mit dem langen Stock mit den Filzlappen auf und ab – als wäre es die amerikanische Flagge.

Selbst meine Partituren liegen auf dem Boden, sie blätterten auf, als Frank vorbeifuhr. Ich traute mich nicht, ihn anzuschauen, und hatte riesige Angst, er würde die Noten sehen. Er erwähnte es nicht, also konzentrierte er sich wohl auf die Straße. Ich achtete darauf, dass er in einiger Entfernung von unserer Wohnung hielt. Erst dort wagte ich es, auszusteigen.

Meine Befürchtungen bewahrheiten sich, als ich auf der Treppe eine einzelne Klaviertaste entdecke. Ich hebe sie auf und schaue nach oben, ins Treppenhaus. Hier stimmt etwas nicht, ganz und gar nicht.

In der Wohnung laufe ich zuerst in mein Zimmer. Ich weiß, dass es leer sein wird, aber mein ausgeräumtes Zimmer erschreckt mich dann doch. Auf dem Fußboden liegen ein paar Saiten und Holzsplitter vom Klavier. Auf der Tapete sieht man noch die hellen Ränder, wo die Fotos und Zeitungsausschnitte von Schweitzer und Mengelberg hingen. Das Baby schreit in seinem Netz am Fenster. Mir tut das Kind leid. Ich werde es jetzt nie mehr mit meiner Musik trösten können.

Ich kann den Anblick nicht länger ertragen und gehe durchs Wohnzimmer in die Küche. Mutter steht am Herd und kocht. Erst jetzt bemerke ich den unangenehmen Geruch in der Wohnung.

»Wo ist mein Klavier?«, bringe ich mit heiserer Stimme hervor.

Sie dreht sich um und hält die Schöpfkelle wie eine Waffe vor sich. »Das ist im Herd gelandet, damit ich Suppe kochen kann, Zwiebelsuppe!«

Sie will mich unbedingt verletzen.

»Du bist verrückt geworden!« Ich hole aus, aber mein Vater, den ich bislang überhaupt nicht bemerkt habe, blockiert die Bewegung, indem er einen Koffer hochhält.

»Willy«, mehr bringt er nicht heraus. Ich merke, dass ihn das alles sehr bewegt, aber das reicht natürlich nicht. Seine Unterstützung könnte ich jetzt gut gebrauchen.

Er drückt mir den alten Koffer mit den vergilbten Etiketten der Holland-America Line in die Hand. Mutter rührt stur in der Suppe. Niemand sagt ein Wort. Sie haben sogar irgendwie recht – hier ist alles gesagt.

~ Robin ~

18

Im ersten Augenblick möchte ich ihr die Tür vor der Nase zuschlagen. Ich kann niemanden gebrauchen, der mir auf die Finger schaut.

»Darf ich heute Nacht hier schlafen?«, fragt sie, nachdem sie erzählt hat, dass ihre Eltern sie rausgeschmissen haben. Das ist keine gute Idee, denke ich. Aber dann sehe ich den Koffer, den sie in der einen Hand trägt, unter dem anderen Arm schaut ein Stapel Partituren hervor. Sie schaut mich mit einem hilflosen Blick an. Dadurch werde ich schwach.

»Selbstverständlich.« Ich öffne die Tür ganz und lasse sie herein.

Während ich Tee für sie ziehen lasse und selbst etwas Stärkeres nehme, erzählt sie nach und nach die ganze Geschichte. Ich frage gezielt nach, damit sie den Faden nicht verliert, und drei Tassen Tee und eine Mahlzeit später ergeben die Puzzleteile ein Gesamtbild. Zu diesem Bild gehört auch, dass sie sich in den Toilettenbesucher verliebt hat – auch wenn ihr das noch gar nicht klar ist. Seinen Namen hat sie bislang diskret vermieden. Ich verabscheue ihn jetzt schon. Ihre Eltern taugen nichts, aber der Kerl ist noch schlimmer.

Weil ich nun einmal Robin bin, vertiefe ich dieses Thema nicht weiter. Stattdessen betone ich wiederholt, wie wunderbar es doch ist, dass sie am Konservatorium aufgenommen wurde. Sie nickt ungläubig, als wäre das Ergebnis des Vorspielens noch gar nicht zu ihr durchgedrungen. Wie sagt man noch gleich? Gott öffnet immer ein Fenster, wenn er eine Tür schließt? So in etwa.

Ich räume den Tisch ab. Willy scheint nicht einmal wahrzunehmen, was ich mache. Sie schaut schon eine ganze Weile bekümmert auf die Klaviertaste in ihrer Hand.

»Das Klavier hat mich gerettet ... Ohne es wäre ich verrückt geworden.«

»Wir werden alle irgendwann einmal verrückt«, sage ich möglichst beiläufig.

Jetzt habe ich ihre volle Aufmerksamkeit. Sie wendet den Blick von der Taste ab.

»Du auch?«

Ich kann ein ironisches Grinsen nicht unterdrücken: »Ja, sogar ich.«

Sie schaut mich fragend an.

»Bloß nicht verzweifeln«, sage ich, während ich die Teller unter dem Wasserhahn abwasche. »Den Staub von den Kleidern schütteln und weitermachen.«

»Was weiß ein Mann schon vom Abstauben?«, fragt sie.

»Mehr als du, *Scrubby Dutch*«, scherze ich.

Eine Führung durch meine Wohnung habe ich bislang mit Absicht aufgeschoben, aber jetzt ist es so weit. Zum Glück ist alles aufgeräumt. Ordnung ist quasi meine zweite Natur, so bin ich vor Überraschungen gefeit.

»Komm, ich zeige dir mein Reich.«

Willy steht auf und folgt mir.

»Das ist mein Schlafzimmer, es hat ein eigenes Bad. Für alle anderen außer mir ist es tabu, die Tür bleibt also verschlossen.« Um meine Worte zu unterstreichen, drehe ich den Schlüssel im Schloss. Willy ist so erschöpft, dass sie nicht einmal mehr reagiert.

Ich zeige ihr das zweite Badezimmer des Apartments. »Dieses ist deines ... Und hier kannst du schlafen.« Ich öffne die Tür zum Gästezimmer. Willy geht an mir vorbei in den Raum. Sie begutachtet das Zimmer, während ich den Koffer und die Partituren hole. Ich lege sie ihr aufs Gästebett.

»Ich weiß gar nicht, wie ich mich bedanken soll! Und ich werde dir etwas dafür bezahlen, sag nur, wie viel!«

»Darüber sprechen wir später«, entgegne ich.

Sie öffnet den Koffer. Ganz oben liegen einige Papiere und Zeitungsausschnitte, das berührt sie, wie ich sehe. Dann packt sie ihre Kleidung aus und legt sie in den Schrank. Ich stehe in der Tür und beobachte, wie sie die Kleider aufhängt.

»Weißt du, was ich mich die ganze Zeit frage?«, sagt sie, ohne mich anzuschauen. »Ist Verschweigen dasselbe wie Lügen?«

Ich denke darüber nach, unterstehe mich aber, ihr eine Antwort zu geben.

~ Willy ~

19

Zum ersten Mal in meinem Leben habe ich das Gefühl, an dem Ort, den ich »Zuhause« nenne, atmen zu können. Robin gibt mir den Raum, dass ich endlich ich sein kann. Er lässt mich in Ruhe, aber ich spüre, wie er mich behütet und auf mich achtet. Dagegen habe ich nichts, ganz im Gegenteil. Er ist mein bester Freund.

Das könnte unpassend sein, weil ich ja auch noch für ihn arbeite, aber so ist es ganz und gar nicht. Er lässt den Chef nicht raushängen. Dafür kümmern wir uns im Club um alles viel aufmerksamer als beispielsweise bei Direktor Barnes oder meiner alten Chefin. Häufig reicht es schon, wenn Robin uns einen Blick zuwirft. Und wenn doch Worte notwendig sind, erläutert er ruhig und präzise seine Meinung; sowohl während der Bandproben als auch in einem normalen Gespräch. So kam er einmal auf meine leibliche Mutter zu sprechen.

»Deine echte Mutter …«, fing er an. Dann machte er eine Pause.

»Ja? Was soll mit ihr sein?«

»Willst du nicht herausfinden, wer sie ist?«

Ich schnaubte. Das hatte ich bestimmt nicht vor. Wenn sie mich nicht haben wollte, konnte sie mir gestohlen bleiben. (Und das galt auch für meine sogenannte Adoptivmutter, die mich ebenfalls nicht mehr wollte. In Gedanken nannte ich sie längst Stiefmutter, denn sie unterschied sich in nichts von den Stiefmüttern von Aschenputtel oder Schneewittchen.)

»Und deine Eltern?«, fragte ich ihn. »Erzähl mal von ihnen.«

Robin schwieg wie ein Grab über seine Vergangenheit. Er lächelte. »Ich habe keine Familie.«

»Jeder hat eine Familie«, sagte ich. »Ob man will oder nicht.«

Er schaute mich immer noch lächelnd an, mit diesen hellen blauen Augen. »Na gut«, sagte er schließlich, »du darfst nicht alles glauben, was man dir erzählt.« Dann tauchte er wieder in seine *Variety* ab.

Klavier, Harfe und Geige – das sind die Instrumente meiner fünf Mitstudentinnen. Ob es einem Holländer schon einmal aufgefallen ist, dass es in meiner Muttersprache nur für diese Musiker weibliche Varianten gibt? Ich kann »Pianistin« werden, aber eine weibliche Form von »Dirigent« existiert auf Niederländisch nicht. Hier in den USA stellen sie einfach ein Wörtchen voran: *lady pianist*. Das ist eigentlich ganz sympathisch. Die vierunddreißig Männer in der Klasse können aus allen Instrumentengruppen wählen, ihre Berufsbezeichnung braucht natürlich auch keine Ergänzung.

Seit der Unterricht vor drei Wochen angefangen hat, schwebe ich auf einer rosa Wolke. Die freien Wochen zuvor krochen im Schneckentempo dahin. Ich konnte es nicht erwarten, es auf dem Konservatorium allen zu zeigen.

Sie haben mich zum Studium zugelassen, und ich will den Lehrkräften beweisen, dass sie sich nicht in mir geirrt haben. Bei jeder Frage, deren Antwort ich weiß, hebe ich begeistert den Finger. Das nervt vor allem die anderen jungen Frauen. Ich höre, wie sie laut seufzen, oder sehe, wie sie die Augen verdrehen. Das ist ihre Sache, sollen sie doch.

Kurz habe ich überlegt, meine Begeisterung etwas weniger zur Schau zu stellen und mehr Solidarität mit ihrer Unwissenheit zu zeigen, aber wem sollte das nützen? Wenn man etwas erreichen möchte, darf man sich nicht ins eigene Knie schießen.

Es hat geklingelt, und ich ströme mit meinen Studienkollegen aus dem Raum. Zu meiner großen Überraschung steht Robin vor der Tür, im Smoking.

»Wartest du etwa auf mich?«

Er macht seine Zigarette aus. »Wir müssen für eine Band einspringen, die im letzten Augenblick abgesagt hat.«

»Wo treten wir auf?«

»Hier.«

Ups. Ich erkläre Robin, dass meine Kommilitonen mich auf keinen Fall auf der Bühne sehen sollten. Sie halten mich sowieso schon für eine Streberin. Robin beruhigt mich, es sei ein Fest für eine geschlossene Gesellschaft in der Aula. Er hält einen Kleidersack hoch.

»Go get yourself dolled up.«

Robin kann man nichts abschlagen. Ich ziehe mich im *restroom* um, stecke meine Haare hoch und setze jene kleinen Tricks ein, die ich von den Tänzerinnen gelernt habe. Im Spiegel erkenne ich mich selbst nicht wieder, ich blicke ins Gesicht einer Puppe. Fertig für den Auftritt. Also los. Ich werde meinen ganzen Charme spielen lassen.

Als ich mich der Aula nähere, sehe ich, dass es um einen Empfang geht, bei dem Spendengelder aus den Taschen der oberen Zehntausend eingeworben werden sollen. Es stehen nicht nur unzählige Tafeln herum, die diese Wohltätigkeitsaktion ankündigen, der Saal ist auch brechend voll mit geladenen Gästen, die sich bei einem Glas Limonade gepflegt unterhalten.

Natürlich kommt es mir zugute, wenn die Schule ihre Einnahmen aufbessert, indem sie Geld bei Leuten sammelt, die davon mehr als genug haben, aber ob ich hier wirklich auftreten möchte ...? Ich bin mir da nicht sicher.

Ich suche den Zugang hinter die Bühne, kann ihn aber nirgends entdecken. Um nicht quer durch den Empfang laufen zu müssen, betrete ich einen ruhigeren Seitengang. Das stellt sich schnell als Fehler heraus: Fast stoße ich mit Mrs Thomsen zusammen. Sie ist definitiv die letzte Person, die ich hier treffen will. Neben ihr geht ein bildschönes blondes Mädchen, etwa in meinem Alter.

»Willy Wolters, hat man dich auch eingeladen?«

Das klingt fast wie eine normale Frage, hätte sie nicht etwas zu viel Betonung auf »dich« gelegt. Als wäre es absolut unvorstellbar, dass ich auf der Gästeliste stünde.

»Guten Tag, Mrs Thomsen.«

Die junge Frau neben ihr will unsere Unterhaltung nicht stören, oder ich interessiere sie keinen Deut, das ist auch möglich.

»Ich gehe wieder hinein«, sagt sie.

»Natürlich, liebes Kind, du hast recht«, sagt Mrs Thomsen.

Das wohlerzogene Kind nickt mir höflich zu und geht weiter. Mrs Thomsen schaut ihr hinterher.

»Emma ist so eine phantastische Frau! Wir sind mit ihren Eltern befreundet. Wir hoffen ja heimlich, Frank und sie verloben sich eines Tages.«

Ich mache mir noch nicht einmal die Mühe, ihr genau zuzuhören, denn ich sehe, wie sich Frank nähert. Sein Gesicht hellt sich auf, als er mich neben seiner Mutter entdeckt. Auch das noch.

»Willy! Wie geht es dir?«

»Könnte nicht besser sein«, lüge ich.

»Wie schön, dich zu sehen. Komm doch mit hinein.« Seine Stimme klingt so herzlich, dass ich ein dümmliches Lächeln aufsetze. Ich reiße mich zusammen. Ich muss die Kontrolle behalten.

»Ich ... ich suche Robin.«

»Robin? Wer ist Robin? Ein Freund?«

»So in der Art.« Er muss nicht wissen, dass Robin mein Chef ist. Ich will weiter, aber Frank gibt nicht auf.

»Du kannst nicht gehen, ohne meinen Vater zu begrüßen, das würde ihm das Herz brechen.«

Die Einladung passt Mrs Thomsen überhaupt nicht, das ist deutlich. Es wäre sehr unhöflich, wenn ich die Aufforderung ablehnen würde; zudem habe ich eine Schwäche für Franks Vater.

Mr Thomsen begrüßt mich äußerst herzlich und stellt mich den drei Herren vor, mit denen er gerade gesprochen hat.

»Eine Freundin von Frank ist auch meine Freundin. Wie schön, dass du hier bist.«

Dazu gibt es hier unterschiedliche Meinungen, denke ich, aber ich schaffe es, den Mund zu halten. Einer seiner Gesprächspartner erkundigt sich bei mir, was ich genau mache. Bevor ich Auskunft geben kann, lenkt Mrs Thomsen das Gespräch in eine andere Richtung.

»Sind das dahinten nicht die Rothschilds?«, wirft sie in die Runde. »Wie interessant!«

Die Gesellschaft wendet sich dem Eingang zu, um den Einzug des reichen Ehepaars mitzuerleben. Ich merke, wie Trotz in mir aufkommt.

»Ich studiere hier«, beantworte ich die Frage, die an mich gerichtet wurde. »Klavier«, ergänze ich.

»Wir sprachen gerade davon, dass musikalische Begabung sich häufig schon sehr früh zeigt«, informiert mich Mr Thomsen.

»Wie war das bei dir?«, möchte Frank wissen. Sein Blick sorgt dafür, dass mein Herzschlag kurz aussetzt. Allmächtiger, das kann ich jetzt nicht gebrauchen.

»Ich war fünf«, sage ich. »Ich ging an einer Kirche vorbei, und die Orgel spielte. Das hatte ich noch nie gehört, denn wir sind nie in die Kirche gegangen.«

Ich sehe die erstaunten Blicke, hier sind alle fleißige Kirchgänger.

»Die Leute standen sogar draußen, um die Musik zu genießen«, fahre ich fort, und noch einmal unterbricht mich Mrs Thomsen.

»Habt ihr gesehen, was die Rothschilds gespendet haben?«

Niemand antwortet ihr, und ich tue es ihr gleich und beachte sie nicht weiter. »Ich huschte hinein und ging die Treppe hinauf«, fahre ich fort, »was natürlich eigentlich nicht erlaubt war. Da saß der Organist. Ich wusste nicht, wie er hieß, aber ich war vollkommen verzaubert. Ich konnte meine Augen nicht abwenden.«

»Mehr als fünftausend Dollar«, beantwortet Mrs Thomsen ihre eigene Frage. Ich bin weiterhin Luft für sie.

»Viel später erfuhr ich erst, dass es Albert Schweitzer war ...«

Mit Absicht mache ich eine Pause, der Name soll sie beeindrucken. »Seit diesem Erlebnis habe ich um ein Klavier gebettelt.«

Und genau wie ich schon vermutet habe, gehört mir nun die volle Aufmerksamkeit von Mrs Thomsen. Ungläubig starrt sie mich an.

»Schweitzer ist noch nie in Amerika gewesen.«

»Wir lebten noch in den Niederlanden«, sage ich. »Er spielte Bach.« Kurz schaue ich zu Frank hinüber, der mit gesenkten Augen die *pink lemonade* in seinem Glas begutachtet.

»Sind deine Eltern auch so musikalisch?«, fragt Mr Thomsen.

»Nein ... eigentlich nicht«, sage ich. »Aber es sind auch nicht meine echten Eltern. Ich wurde adoptiert.«

Frank schaut hoch, und ich sehe, wie er versucht, die Situation einzuschätzen. Was ist bloß mit mir los, dass ich diese Geschichte gleich jedem aufs Brot schmiere?

»Oh, das tut mir leid für dich – sind deine Eltern gestorben?«, erkundigt sich Mr Thomsen mitfühlend.

»Nein, über meinen Vater weiß ich nichts. Und über meine Mutter weiß ich nur, dass sie mich verkauft hat.«

Mrs Thomsen wirft Frank einen Blick zu. Ihr Mund erinnert mich jetzt an meine Stiefmutter. Das trägt dazu bei, dass ich noch übermütiger werde.

»Und die Menschen, bei denen ich aufgewachsen bin, haben mich gekauft. Ich meine ... adoptiert. Ich muss noch herausfinden, wie viel sie genau für mich bezahlt haben.«

Alle starren mich mit offenem Mund an.

»Du heißt also eigentlich ganz anders?«, fragt Frank.

»Ja«, sage ich.

»Und wie?«

»Das ist nicht wichtig. Das alles wurde für mich entschieden, ich war erst zwei.« Herausfordernd blicke ich Mrs Thomsen an. »Ist das interessant genug für Sie?«, frage ich schelmisch. »Das dachte ich mir. Es ist übrigens alles erfunden.«

Die Gruppe um mich herum fängt lauthals an zu lachen. Mrs Thomsen ist ganz perplex und nickt verwirrt. Als ich Frank anschaue, fange ich einen vorwurfsvollen Blick auf. Ich müsse jetzt leider gehen, entschuldige ich mich und mache mich davon. Eigentlich bin ich sogar stolz auf mich. Wenn ich möchte, kann auch ich ein Gespräch dominieren.

Frank holt mich ein.

»War das wirklich nötig?«

»Entschuldigung?«

»Meine Mutter so dem Spott auszusetzen?«

»Es ist an der Zeit, dass du aufhörst, mit zweierlei Maß zu messen«, sage ich wütend.

Er stellt sich vor mich, das ist nicht ungefährlich. Jetzt muss ich ihn ansehen.

»Warum gerate ich mit dir immer in derart brenzlige Situationen?«

»Vielleicht weil deine Mutter nicht aufhören kann, Öl ins Feuer zu gießen?«

Na also. Jetzt fällt ihm nichts mehr ein.

»Willy, ich verstehe dich nicht.«

Aus den Augenwinkeln sehe ich, dass Emma in der Nähe steht. »Dann such dir eine bessere Gesellschaft! Du findest hier bestimmt jemanden, den du verstehst.«

Ich lasse ihn einfach stehen. Wenn er jetzt frustriert ist, sind wir zumindest quitt.

~ Robin ~

20

*W*illy ist noch nicht wieder aufgetaucht, und wir müssen gleich anfangen. Ich habe die Gänge schon nach ihr abgesucht, jetzt schaue ich noch in der Aula nach. Die Luft ist zum Schneiden, so viel wird geraucht; es riecht nach Zigarren und starkem Parfum. Das Licht wurde gedimmt. Meine Augen müssen sich erst an die schummrige Beleuchtung gewöhnen. Aber dann sehe ich sie.

Anscheinend führt sie ein lebhaftes Gespräch mit einem ausgesprochen adretten Mann. Ich habe ihn zwar noch nie getroffen, weiß aber sofort, wer es sein muss. Ich bin erstaunt, ihn hier zu sehen. Er stammt aus einer steinreichen Familie, seinem Vater gehört ein großes pharmazeutisches Unternehmen. Willy hätte allen Grund, ihm gegenüber höflich und zuvorkommend zu sein, aber ganz offensichtlich sieht sie das anders. Als sie auf mich zukommt, verheißt ihr Gesicht nichts Gutes. Der Mann schaut ihr mit einem finsteren Blick hinterher. Sie eilt an mir vorbei. Ich muss mich anstrengen, um mit ihr Schritt zu halten.

»Hast du dich mit dem Mann gestritten?«, frage ich.

»Ich wollte nur von ihm wissen, wo die Bühne ist.«

Sie will mir nicht die Wahrheit sagen, also steckt mehr dahinter. Ich will wissen, was los ist.

»Weißt du eigentlich, wer das war?«, frage ich.

»Ja, er heißt Frank.«

Sie kennt ihn also. Die Frage ist nur, wie gut.

»Frank Thomsen, einer der wichtigsten Agenten zurzeit«, ergänze ich. Es ist so einfach, jemanden aufs Glatteis zu führen.

»Solange er mich nur in Ruhe lässt«, sagt sie schnippisch.

Sie läuft weiter zur Tür, die hinter die Kulissen führt, und ich drehe mich zu diesem Frank Thomsen um. Er steht noch immer da und schaut mich geradewegs an. Sein Blick ist noch immer finster, als wäre ich der Grund für ihren Wortwechsel. Dann wendet er sich ab, als könnte er meinen Anblick nicht länger ertragen; typisch Mann, würde ich sagen.

Ich betrete die Bühne. Willy sitzt schon am Klavier. Ich richte meinen Kontrabass auf und beobachte sie heimlich. Sie schaut die anderen Musiker oder mich sowieso nicht an.

Ich zähle ein, und noch während sich der Vorhang hebt, fangen wir an zu spielen. Das Licht im Saal wird weiter heruntergedimmt, und ein Scheinwerfer richtet sich auf uns. Der Lichtkreis wandert von Bandmitglied zu Bandmitglied und setzt schließlich Willy in Szene.

Im Publikum entdecke ich Frank Thomsen. Als das Scheinwerferlicht Willy erreicht, bleibt er wie angewurzelt stehen. Als würde ein Geist am Klavier sitzen. Willy macht den Eindruck, als würde sie am liebsten im Boden versinken. Die knisternde Spannung zwischen ihnen scheint den ganzen Saal zu elektrisieren.

Und plötzlich trifft es mich wie ein Schlag in die Magengrube: Frank Thomsen ist der Toilettenbesucher, in den sie sich verliebt hat. Warum muss es um Gottes willen so ein gut aussehender Mann sein, ausgestattet mit Vermögen und Schönheit? Was für ein Glückspilz. Ich schaue von den billigen Plätzen aus zu, wie ein einfältiger Zaungast meines eigenen Unglücks.

Who's Sorry Now?, spielt die Band. Ich habe es selbst als erste Nummer ausgewählt, jetzt könnte ich mich dafür ohrfeigen.

~ Willy ~

21

»Fertig für heute.« Ich nehme die Hände vom Flügel in Professor Goldsmiths Unterrichtszimmer. Nach einer schwierigen Stunde lässt er mich zum Abschluss immer etwas Einfaches spielen. Dieses Mal *Rêverie* von Debussy. Die verträumte Melodie hat sich in meinem Kopf eingenistet.

Die Ablenkung tut mir gut. In dieser Stunde hat Goldsmith mich immer wieder ein unheimlich kompliziertes Stück spielen lassen, das ich irgendwie nicht in den Griff bekam. Ich hasse es, wenn ich etwas nicht schaffe, insbesondere wenn Goldsmith ungeduldig wird. Er hat es mir als Hausarbeit aufgegeben. Aber nach *Rêverie* sehe ich, wie auch er sich entspannt. Erleichtert atme ich auf.

Goldsmith legt seine Hand auf meinen Oberschenkel. Ich versuche, dies als väterliche Geste zu interpretieren – der Meister und sein Schüler –, aber er spürt anscheinend, dass ich mich verkrampfe.

»Hast du Angst vor mir?«, fragt er.

»Nein, Herr Professor. Ich habe das Gefühl, ich würde Sie schon seit Jahren kennen.«

»Und ich bilde mir ein, dass du mich sehr bewunderst«, sagt er. »Das stimmt doch, Willy?«

»Ich bewundere Sie, weil ich das Gleiche wie Sie werden will.«

Er schaut mich überrascht an. »Was denn, Lehrer?«

»Nein ... Dirigent.«

Ich bin überrascht, dass er davon noch nicht aus der Gerüchteküche gehört hat. Er schiebt seine Hand ein Stückchen an meinem Bein hoch.

»Das sagst du nur, weil du in mich verliebt bist.«

Wie Männer Bewunderung mit Verliebtheit verwechseln können, ist mir ein Rätsel. Erstens finde ich ihn mit seinen fünfundvierzig Jahren viel zu alt für mich. Zweitens würde meine Loyalität, würde sich die Frage überhaupt stellen, ganz bei seiner armen Ehefrau liegen. Und drittens kann man Verliebtheit nicht planen. Erschrocken bemerke ich, dass sich Frank in meine Gedanken eingeschmuggelt hat. Es kann doch nicht sein, dass er das vierte Argument ist: Jemand hat diesen Platz schon in meinem Herzen besetzt.

»Ich sage es, weil ich Dirigent werden möchte.«

»Das ist unmöglich. Frauen werden nicht Dirigent. Sie sind dazu gar nicht in der Lage.«

»Warum denn nicht?«

»Sie können nicht die Führung eines Orchesters übernehmen.«

»Aber Sie können mir das doch beibringen«, sage ich.

»Eine Frau, die mit einem Taktstock in der Hand vor lauter Männern steht und wild herumfuchtelt? Das ist doch kein Anblick!«

»Wen interessiert es, wie ich aussehe?«

»Mich interessiert es.« Er schiebt mir eine Haarlocke aus dem Gesicht. »Ich möchte, dass du schön aussiehst.«

Enttäuscht halte ich den Mund.

Goldsmith beugt sich viel zu dicht zu mir herüber. An

seinem Atem rieche ich, dass er zu Mittag Käse gegessen hat. Ich versuche, den Kopf wegzudrehen.

»Willst du vielleicht Macht über andere haben?«, schnauft er in meinem Nacken.

»Überhaupt nicht, im Gegenteil, ich will mich vollkommen in der Musik verlieren.«

Ich versuche mir noch immer einzureden, dies wäre eine ganz normale Unterhaltung. Hoffentlich beendet er dann sein schmieriges Verhalten.

»Und ich möchte mich in dir verlieren.« Seine Hand gleitet zwischen meine Beine. Ich schiebe sie weg. Er küsst mich auf den Hals.

»Und merk dir, wo Frauen hingehören: unter die Männer. Damit kommen sie weit genug«, keucht er mir erregt ins Ohr.

Seine Lippen ziehen eine Spur über meine Wange zu meinem Mund. Ich empfinde Ekel vor ihm und bitte ihn aufzuhören. Aber er ist nicht mehr zu stoppen, drängt mich immer weiter zurück.

Er legt einen Arm über die Tasten, um mir keinen Ausweg zu lassen. Ich versuche, ihn wegzuschieben, mich loszumachen. Dabei verliere ich fast das Gleichgewicht und halte mich am Klavier fest. Peng. Der Deckel des Flügels schlägt mit einem lauten Schlag zu.

Goldsmith stößt einen Schmerzensschrei aus. Seine Hand ist eingeklemmt. Er fängt an, mich unflätig zu beschimpfen, und schreit, ich hätte ihm die Hand gebrochen. Ich schaue wie erstarrt zu, bis er schließlich brüllt, ich solle verschwinden. Rasch mache ich mich davon.

Verstört gehe ich durch die Flure. Beim Ausgang fangen meine Schultern an, wie wild zu zucken. Die Schwäche der Frauen, mault eine Stimme in meinem Kopf, als ich die Tränen nicht mehr zurückhalten kann.

Am nächsten Tag sitze ich auf der Polizeiwache einem schlecht gelaunten Beamten gegenüber, einem echten Paragraphenreiter, der mir schon durch die Art, wie er mich anschaut, signalisiert, dass ich hinter Gitter gehöre.

Ich weiß nicht, was Goldsmith unternommen hat, aber als ich am nächsten Tag zum Konservatorium kam, wurde mir der Zutritt verweigert. Die Verwaltung hat mich zur Wache geschickt. Das war mir nicht geheuer, also habe ich Robin gebeten, mitzukommen. Er steht hinter mir, an einen Aktenschrank gelehnt. Der Rauch seiner Zigarette weht an mir vorbei.

Der Polizist studiert die Anzeige von Goldsmith und räuspert sich zum wiederholten Male. Viele Leute machen das ohne ersichtlichen Grund. Nie geht ein Konzert zu Ende, ohne dass diese spezielle Spezies sich räuspert oder hüstelt, als würde sie ihr eigenes Hustkonzert aufführen.

Es ist immer gut, wenn sich jemand Gehör verschafft, aber doch nicht so.

»Er hat zu Protokoll gegeben – ich zitiere: ›Sie griff mich hysterisch an, als ich ihr Klavierspiel kritisierte.‹«

»Hysterisch«, wiederhole ich.

»So steht es hier.« Er zeigt auf das Dokument.

»Also sein Wort gegen meines?«

»Darauf läuft es hinaus. Es gibt keine Zeugen ...« Jetzt schaut er mich durch die schwarz geränderten Brillengläser doch mitfühlend an.

»Er zieht die Beschuldigung zurück, wenn Sie das Konservatorium verlassen.«

Die Stille danach dauert lange an.

»Ich habe schon eine dementsprechende Erklärung vorbereitet«, sagt er schließlich.

Ich sitze am kürzeren Hebel; das ist ein himmelschreiendes Unrecht, aber es hilft nicht, sich jetzt darüber aufzuregen. Was kann ich machen? Man wird mir doch niemals glauben. Dieser verdammte Goldsmith.

»Wo muss ich unterschreiben?«

Der Polizist legt seine knochigen Finger auf die Tasten der Schreibmaschine.

»Wie lautet dein vollständiger Name, Mädchen?«, will er wissen.

Ich schaue auf die Schreibmaschine und schlucke. Meine Stimme lässt mich im Stich, ich müsste irgendwie den Hals freibekommen, husten, aber das hasse ich.

»Willy ...«, sagt Robin in die Stille. »Willy Wo...«

»Brico«, falle ich ihm ins Wort. »Antonia Brico.«

Der Beamte tippt. Buchstabe für Buchstabe bringt er meine neue Identität zu Papier.

~ Antonia ~

22

*E*rmutigt von Robin, sitze ich eine Woche später selbst an einer Schreibmaschine. Ich habe einen Brief an die Botschaft der USA in den Niederlanden geschrieben. Darin stelle ich mich vor und erkundige mich, ob sie dort die Adresse meiner leiblichen Mutter ermitteln können. Ich unterschreibe den Brief mit meinem neuen Namen.

A-n-t-o-n-i-a Leertaste B-r-i-c-o Punkt.

Ich blicke auf und sehe, dass Robin mich beobachtet. Er sitzt am Klavier, aber er hat aufgehört zu spielen. Das Theater ist menschenleer, dann mag ich es am liebsten. Die lockere Atmosphäre des Clubs, das Gefühl, dass wir alle eine große Familie sind. Warum reicht mir das nicht, warum muss ich denn unbedingt die Götter herausfordern?

Auf dem Tisch liegt meine Geburtsurkunde – ausgestellt von der Stadt Rotterdam –, aber ich bin nicht so leichtsinnig, das Original zu versenden. Der Botschaft müssen die Angaben und die Porträtaufnahme genügen, die ich extra habe machen lassen.

Ich schaue mir noch einmal die Anzeige an. Adoptivkind ... Gegen Höchstgebot. Was für eine Mutter macht so etwas? Möchte ich die Frau überhaupt kennenlernen?

Ich zögere. Soll ich den Brief wirklich abschicken? Robin sagt, man könne nie wissen, was einen erwartet, wenn man einen neuen Weg einschlägt. Man öffnet eine Tür.

Was aber, wenn ich am Ende dieses Weges gegen eine verschlossene Türe pralle? Wenn meine Mutter noch immer nichts von mir wissen möchte? Mein Vater hat gesagt: Sie liebte dich nicht. Sollte ich den Brief nicht besser zerreißen? Alles so lassen, wie es ist? Endlich akzeptieren, dass ich ein unerwünschtes Kind bin?

Ich greife nach dem Brief in der Maschine, aber Robin ist schneller. Er zieht das Blatt mit einem Ruck heraus. Ich habe nicht gehört, wie er näher gekommen ist.

»Hier«, er hält mir eine Partitur unter die Nase. »Zu einem neuen Leben gehört neue Musik.«

Rhapsody in Blue, steht auf dem Titelblatt. Darunter: *An Experiment in Modern Music.* Eine Komposition von George Gershwin.

»Er hat das vor zwei Jahren komponiert«, sagt Robin, »in wenigen Wochen. Die Idee bekam er auf einer Zugfahrt. Weißt du, wie alt er da war?«

Ich habe keinen blassen Schimmer.

»Fünfundzwanzig«, sagt er.

Fünfundzwanzig! Das werde ich in einem Jahr. Im Sommer haben wir hier meinen vierundzwanzigsten Geburtstag gefeiert; das erste Fest für mich in meinem Leben.

Ich schlage die Partitur auf. Schon die ersten unkonventionellen Takte packen mich.

»Interessante Eröffnung für den Klarinettenpart«, sage ich, als ich die Anmerkung *glissando* sehe.

»Genau, die muss gleitend gespielt werden, aufsteigend, fast schon heulend«, sagt Robin, während er resolut den Brief und das Foto in den Umschlag steckt und diesen verschließt. Spricht er eigentlich noch über die Musik oder schon über meine Situation? Als wollte er sagen: Verschone mich mit deinem weinerlichen Selbstmitleid, es gibt Schlimmeres im Leben.

Robins Ablenkungsmanöver funktioniert perfekt, denn ich muss diese Noten einfach lesen. Mit der Hand dirigiere ich vorsichtig. Wenig später sitze ich schon am Klavier. Die Musik ist vollkommen anders als alles, was ich kenne, sie gibt mir einen *rush*. Buchstäblich, denn eine enorme Getriebenheit ergreift von mir Besitz; eine Eile, die in der Musik liegt, als würde man auf einen fahrenden Zug aufspringen und ohne Halt davonrasen.

In meinem Kopf passiert das alles so schnell, dass meine Finger auf den Tasten kaum folgen können. Ich schiebe die Gedanken an Goldsmith zur Seite, er ist von mir erlöst. Ich schiebe die Gedanken an meine Eltern zur Seite, sie sind von mir erlöst. Und ich schiebe den Gedanken an Frank zur Seite, von dem ich erlöst bin.

Am selben Abend werfe ich den Brief an die Botschaft in den Briefkasten, zu warten würde nur Stillstand bedeuten.

~ Frank ~

23

Zwanzig Namen starren mich an. Nirgendwo ist ein Namensschild der Wolters zu entdecken. Vielleicht hing es an einer der leeren Stellen, an denen jetzt nur noch die Löcher der Befestigungsschrauben zu sehen sind.

Ich habe schon einen Monat nichts von ihr gehört. Ich habe Mark angerufen, um etwas in Erfahrung zu bringen, aber er sagte, er wisse auch nicht, wo Willy sei. Er vermutete, sie sei vielleicht krank und würde wieder auftauchen, wenn es ihr besser ginge. Vom Dekan erfuhr ich allerdings, dass sie sich exmatrikuliert hat.

Das teilte ich Mark mit, und er zeigte sich ebenfalls sehr erstaunt, dass sie von einem auf den anderen Tag nicht mehr zum Unterricht erschienen war. Wo sie ihr Studium doch so sehr liebte. Er machte die Launenhaftigkeit der Frauen dafür verantwortlich. Ich habe ernsthaft darüber nachgedacht, ob das tatsächlich der Grund für ihr Verschwinden sein könnte.

Ich hoffe sehnsüchtig, sie steht gleich gesund und wohlbehalten vor mir. Und freut sich darüber, dass ich für sie die Teilnahme an einer Meisterklasse des berühmten Pianisten Sigismond Stojowski habe organisieren können. Er ist ein guter Freund seines Landsmannes Paderewski, mit dem ich im vorigen Sommer viel unterwegs war.

Stojowski wird ein Wochenende lang Pianisten unterrichten, die bereits einen Abschluss an einer Musikhochschule vorzuweisen haben. Das war eine unumstößliche Teilnahmebedingung, aber ich habe ihn um den Gefallen gebeten, dass Willy als Zuhörerin dabei sein darf. Zunächst wand er sich etwas, aber als ich ihm die Anekdote erzählte, wie Willy sich beim Konzert von Mengelberg mit einem Klappstuhl ganz nach vorn gesetzt hat, sagte er, jemand, der Mengelberg so sehr bewundere, sei natürlich herzlich in seiner Meisterklasse willkommen. Dass ich Willy wegen des Vorfalls habe feuern lassen, verschwieg ich der Einfachheit halber.

Die Gegend hat schon bessere Zeiten gesehen. Aber ich bin mir sicher, dass ich sie hier abgesetzt habe, vor diesem Eingang. Ein magerer Junge mit Sommersprossen kommt die Treppe herunter. Als er die Haustür öffnet, frage ich ihn, ob er Willy Wolters kennt.

»Wen?«

Ich wiederhole ihren Namen. Er zuckt mit den Schultern.

»Kenn ich nicht«, sagt er desinteressiert. Er ist schon an mir vorbei, als mir klar wird, dass er der rothaarige Trampolinspringer auf dem Bett gewesen ist. Ich folge ihm. Er läuft auf eine Gruppe Jungs zu, die mein Auto am Straßenrand bewundert. Vielleicht kennt ja einer von ihnen die Familie Wolters. Ich gehe zu ihnen.

»Tolles Auto, oder?«, sage ich.

»Was willst du?«, fragt der Mutigste aus der Gruppe. Die Haare auf seinem Kopf sind so kurz, dass seine abstehenden Ohren riesig erscheinen. »Kümmer dich um deinen Kram.« Er streckt seine Hühnerbrust heraus und versucht, mich abgebrüht anzuschauen. Es ist doch immer das gleiche Spiel.

»Okay, schon verstanden. Schade, dass ihr euch nichts dazuverdienen wollt«, sage ich. »Ich habe jemanden gesucht, der auf mein Auto aufpasst.«

Wie nicht anders zu erwarten, geben sie sofort ihre Prinzipien für den Umgang mit Erwachsenen auf.

»Wie viel?«, fragt Segelohr.

Ich fange niedrig an und gönne ihnen den Verhandlungserfolg, denn sie beginnen gleich zu schachern. Mit einem Dollar fünfundzwanzig sind sie einverstanden, das bedeutet fünfundzwanzig Cent pro Kind. An ihren Gesichtern sieht man, das muss für sie ein Vermögen sein. Scheinbar beiläufig frage ich, ob jemand die Wolters kennt. Sie sind so begeistert von ihrem Sieg, dass sie ganz vergessen, etwas für die Information auszuhandeln.

»Das ist doch die Klimperfrau, oder?«

»Klimperfrau?«, frage ich nach. Vielleicht bezieht sich das ja auf Willys Klavierspiel.

»Ja, die hat doch immer Münzen im Kittel. Die hört man schon von weitem.« Segelohr blickt zu seinen Kumpels. Die nicken alle zustimmend.

Ich habe keine Ahnung, was er eigentlich meint, aber der Bengel zeigt auf einen Eingang ein Stückchen weiter. Ich will schon sagen, dass sie da nicht wohnt, aber ich beschließe, doch erst einmal nachzuschauen.

Hilfsbereit läuft der Junge mit den Segelohren mit und zeigt mir den Namen auf der Tafel an der Haustür. Mein Herz macht einen Satz. Gefunden. Er drückt die Tür auf und zeigt hoch. Er sagt, sie wohne da oben.

»In welchem Stock?«, frage ich.

Er zuckt mit den Schultern. »Oben.« Das muss ich also selbst herausfinden.

Ich laufe die Treppe hoch und suche an den Türen nach der richtigen Wohnung. Wenn ein Namensschild fehlt, klopfe ich einfach.

»Ein Stockwerk höher«, sagt eine alte Frau mit krächzender Stimme auf der vierten Etage. Sie zeigt mit einem runzligen, krummen Finger nach oben.

Auf der letzten Treppe nehme ich immer zwei Stufen auf einmal. Hier muss es sein. Ich schlage etwas zu enthusiastisch auf das Türblatt. Eine korpulente Frau öffnet die Tür, allerdings keinen Zentimeter weiter als unbedingt erforderlich. Sie ähnelt Willy überhaupt nicht. Ich höre, wie das Kleingeld in ihren Taschen klingelt.

»Mrs Wolters?«, frage ich zur Sicherheit.

»Ja«, antwortet sie mürrisch. Das eine Wort reicht schon, um den starken niederländischen Akzent herauszuhören. Sie mustert mich mit einem raschen Blick vom Kopf bis zu den Zehen.

»Ich suche Willy.«

»Die wohnt hier nicht mehr.« Sie schiebt die Tür schon wieder langsam zu. Ich muss mich zusammenreißen, den Fuß nicht dazwischenzuschieben.

»Wissen Sie vielleicht, wo sie ist? Ich kann sie nirgendwo finden.«

»Wenn man sie nicht finden kann, will sie auch nicht gefunden werden.« Und damit schlägt sie mir die Tür vor der Nase zu.

~ Robin ~

24

New York, 1927

Es ist erstaunlich, wie still die Welt wird, wenn sie von einer dicken Schicht Schnee bedeckt ist. Die Geräusche der Stadt klingen leiser, als wären sie unsicher in dieser neuen weißen Welt.

Ich rauche mit Dennis unter dem Vordach des Portals und betrachte die dicken Schneeflocken, die herunterwirbeln. Die Kälte kriecht sogar unter meine Kamelhaarjacke. Dennis hat vorgesorgt und den Pelzkragen seiner Jacke hochgeschlagen.

Die Ruhe ist vorbei, als die Tür aufgestoßen wird und die Revuemädchen kreischend ins Freie laufen, verfolgt von den Musikern der Band. Antonia kommt als Letzte. Genau wie die anderen hat sie es auf den frischen Schnee abgesehen, und im Nullkommanichts fliegen die ersten Schneebälle hin und her.

Dennis und ich schütteln die Köpfe über so viel jugendlichen Leichtsinn und schauen zu wie zwei Senioren, springen hin und wieder zur Seite, um einem treffsicher geworfenen Schneeball zu entkommen. Ich halte mich gerne für unantastbar. Auch angesichts dieser Schneegewalt.

Aber ich kann nicht jedem Schneeball ausweichen.

Klatsch, ein Volltreffer ins Gesicht. Als der Schnee herabrutscht, sehe ich durch die Eiskristalle auf den Wimpern, wie Antonia auf mich zuläuft.

»Mach schon, Robin! Sei kein Waschlappen und wehr dich!«, ruft sie provozierend und stellt sich vor mich. Ihre Wangen sind gerötet, und die Augen funkeln vor Freude.

»Spielverderber«, sagt sie mit einem Lachen, als sie merkt, dass ich keine Anstalten mache, mich an der Schneeballschlacht zu beteiligen.

Dennis bläst mir den Rauch der Zigarette ins Gesicht. Das macht er gelegentlich, wenn er schlecht gelaunt ist.

»Weißt du denn nicht, dass Robin einmal einen Unfall hatte?«

»Nein, das wusste ich nicht«, antwortet Antonia und wendet den Blick fragend von ihm zu mir, das gefällt mir überhaupt nicht. Ich schaue Dennis warnend an, aber er beschließt, diese Warnung zu ignorieren.

»Er hat einen bösen Rücken und trägt ein Korsett ... genau wie ich.« Er lacht spöttisch. »Hast du das noch nicht bemerkt?«

Antonia schüttelt den Kopf.

Dennis neigt sich verschwörerisch zu mir: »Oh, ich habe vergessen, dass du ein Geheimnis daraus machst.«

Ich könnte ihn erwürgen. Aber das lasse ich natürlich bleiben. Stattdessen werfe ich meine Zigarette auf den Boden und gehe weg, in die Gasse.

Ich bin auf dem Nachhauseweg. Die Wohnung ist nicht weit entfernt, ich brauche gewöhnlich zehn Minuten. Aber durch den tiefen Schnee dauert es doppelt so lange. Das ist genügend Zeit, um auch innerlich abzukühlen, denn ich bin richtig sauer.

Ein Geheimnis? Schon möglich. Soll ich etwa überall

mit der Geschichte von meinem Unfall hausieren gehen? Das würde niemandem nützen. Was bringt es, wenn ich erzähle, dass mich ein Schulbus angefahren hat, als ich auf dem Fahrrad unterwegs war? Dass ich gelähmt auf dem Boden lag und alle Kinder aus dem Bus um mich herumstanden? Ein paar Kinder lachten sogar, weil sie den Ernst der Situation nicht verstanden.

Wenn jemand wirklich interessiert ist, erzähle ich ihm auch von meiner langen Rekonvaleszenz – ich musste erst wieder lernen zu laufen. Leider ist auf meinen Rücken immer noch kein Verlass. Manch einer lebt nicht freiwillig in einem Käfig, sie haben keine andere Wahl, ich habe auch keine. Niemand macht sich darüber Gedanken. Zum Glück gibt es heutzutage mehr als genug Korsetts, auch solche, die mir helfen weiterzuleben.

Heute ist es modern, dass Frauen knabenhaft aussehen. *Garçonnes* nennt man sie jetzt. Der Körper ist gerade, die Taille unsichtbar, und die Brüste müssen flach sein. Dieses Idealbild stammt noch aus dem Krieg, als die Frauen zum ersten Mal arbeiten durften, um die Männer an der Front zu ersetzen. Nach dem Krieg griff die Mode das Phänomen auf.

Die Korsettindustrie, die zuvor das Einschnüren der Taille und den überquellenden Busen zum Schönheitsideal erkoren hatte, musste sich umstellen. Aber dadurch klingelte die Kasse, denn neue Käuferinnen kamen hinzu. Und genau diese Korsetts helfen mir. Aber das muss Miss Denise nicht an die große Glocke hängen. Die hinterhältige Tucke kann mich mal. Und Antonia sieht das falsch: Ich bin kein Waschlappen, sondern schlage mich tapfer.

Ich stehe nackt im Badezimmer, als die Wohnungstür aufgeht. Ich höre durch die geschlossene Tür, wie Antonia mich ruft. Ob sie mir gefolgt ist? Ich tue einfach so, als wäre ich gar nicht zu Hause. Hier kommt sie doch nicht rein. Dieser Raum ist mein sicherer Hafen, auch weil ich ihn absperren kann.

Wie ich an ihrer Stimme erkenne, läuft sie vom Flur ins Wohnzimmer und wieder zurück. Sie klopft an die Schlafzimmertür.

»Robin?«

Ich bewege mich nicht. Aber mich trifft fast der Schlag, als ich höre, wie die Tür sich öffnet. Habe ich vergessen abzuschließen? Sie kommt ins Schlafzimmer. Ich stelle mir vor, wie sie mein Zimmer begutachtet. Das Bett ist gemacht. An den Wänden hängen Fotos von mir, zusammen mit anderen Jazzmusikern. Nichts von früher. Außerdem Plakate vom Varieté. Alles, worauf ich stolz bin.

Während ich mir so geräuschlos wie möglich die Hose anziehe, höre ich, wie Papier zerreißt. Öffnet sie einen Umschlag? Ich kann mir keinen Reim darauf machen. Dann ist es lange still. Als ich mir sicher bin, dass sie weg ist, verlasse ich in Hemd und Hose das Badezimmer. Aber sie steht noch da, mit dem Rücken zu mir.

»Was machst du hier?« Es klingt abweisender, als es sollte. Sie dreht sich um und schaut mich mit einem verlorenen Gesichtsausdruck an. Sie hält einen Brief in der Hand.

»Post von der Botschaft«, sagt sie.

»Schlechte Neuigkeiten?« Was für eine dumme Frage, ihre Wangen sind tränennass.

»Sie haben sie gefunden.«

»Freust du dich nicht?«

»Nein ... Sie ist tot.«

Sie schluchzt. Ich ertrage ihren Schmerz kaum. Auf der Suche nach Trost schmiegt sie sich an mich. Ihr Kopf liegt an meiner Brust. Sie hat mich noch nie ohne Sakko gesehen, aber das hängt über dem Stuhl am Fußende des Bettes. Warum benehme ich mich bloß so tölpelhaft? *Weil sie jetzt das Korsett unter dem Hemd spürt.*

Erst zögere ich, dann lege ich ungeschickt die Arme um sie. So stehen wir eine Weile da. Und in der ganzen Zeit kann ich es nicht lassen, mir zu sagen, wie sehr ich sie liebe. Mein Gott, ich muss es ihr irgendwann sagen.

Wenig später legt sie ihre Hand auf das Korsett und schaut mich an.

»Tut es weh?«, fragt sie mitfühlend.

»Jeden Tag«, sage ich leise. Und das ist keine Lüge.

~ Antonia ~

25

»*Can you tame wild wimmen?*«, singt Miss Denise aus voller Brust, während ich munter auf dem Klavier herumklimpere. Dennis hat sein Repertoire um die eine oder andere alberne Nummer erweitert. In diesem Lied wird die verzweifelte Bitte an einen Zirkusartisten gerichtet, ob er nicht auch wilde Frauen zähmen könne. Mit wilden Tieren hat der Dompteur zwar einige Erfahrung und kann ihnen allerlei Kunststücke beibringen, aber – und das ist der eigentliche Clou des Liedes – es stellt sich heraus, dass es nichts Schwierigeres gibt, als wilde Frauen zu zähmen. Na also. Man darf hier nicht alles auf die Goldwaage legen.

Ich schaue in den Saal und beobachte das Publikum. Dabei denke ich über meine nahende Reise in die Niederlande nach. Seitdem ich vom Tod meiner Mutter weiß, hat Robin immer wieder darauf gedrängt, dass ich mich auf die Suche nach meinen Wurzeln mache. Fast nebenbei sagte er, in den Niederlanden gebe es auch Konservatorien. Ob ich schon einmal darüber nachgedacht hätte?

Zuerst wehrte ich ab, aber die Idee hatte sich schon in meinem Kopf eingenistet. Der Samen fiel auf fruchtbaren Boden. Ich fing wie verrückt an zu sparen. Ich hatte genau ausgerechnet, wie viel die Reise kosten würde und was ich für einige Monate in den Niederlanden aufbringen müsste. Alles, was ich im Club verdiente, legte ich auf die hohe Kante. Irgendetwas habe ich also doch von meiner Stiefmutter gelernt.

Aber die Medaille hat eine Kehrseite. Ich werde die Menschen hier ganz schrecklich vermissen. Vor allem Robin. Das scheint ihm aber ziemlich egal zu sein. (Oder er möchte mich loswerden, das kann auch sein.) Vor zwei Wochen schleppte er mich zur Verkaufsstelle der Holland-America Line, und ich habe das Ticket für die Überfahrt gebucht. Nur die Hinreise, damit ich nicht gebunden bin. Genau so hat es Robin mir empfohlen. Der Preis ist derselbe. Die Schiffslinie befördert nämlich vor allem Auswanderer, die fahren nur in eine Richtung. Jetzt, wo es beinahe so weit ist, zähle ich die Tage herunter.

»You made a tiger stand and eat out of your hand.
You made the hippo do the flippo, honest it was grand,
but can you tame wild wimmen,
so they'll always lead a sweet and simple life?«

Plötzlich entdecke ich ein bekanntes Gesicht im Publikum. Ich bin so überrascht, dass ich mitten im Spiel aufhöre. Robin bekommt das natürlich sofort mit und folgt meinem Blick. Zwischen den auf- und abschwingenden Beinen der Tänzerinnen sehe ich, wie Frank näher kommt. Er bleibt stehen, den Blick auf mich gerichtet.

Rasch spiele ich weiter, aber mein Herz rast. Alles Mögliche schießt mir durch den Kopf. Was hat er hier zu suchen? Was denkt er jetzt von mir? All die Monate, in denen ich ihn nicht gesehen habe, sind wie verflogen. Seine Gegenwart hat noch dieselbe Wirkung auf mich.

»Can you tame wild wimmen?«, singt Miss Denise. *»If you can, please tame my wife!«*

Das ist der letzte Vers des Liedes. Gott sei Dank, wir sind fertig. Ich kann weg. Als der Applaus losbricht und sich die Tänzerinnen verbeugen, springe ich auf, verlasse die Bühne und laufe rasch in die Garderobe.

Ich setze mich an einen Frisiertisch, um zur Ruhe zu kommen. Daran, mein Make-up aufzufrischen, verschwende ich jetzt keinen Gedanken. Im Spiegel sehe ich, wie Frank die Garderobe betritt. Mut hat er ja, das muss ich sagen. Für das Publikum ist das hier verbotenes Gelände, und das besagt auch in großen Buchstaben das Schild am Eingang. Er kommt auf mich zu und blickt mich im Spiegel an. In diesem grotesken Raum sieht er überall sein Spiegelbild, das wird seinem Ego guttun.

»Weißt du überhaupt, wie lange ich dich gesucht habe? Du warst wie vom Erdboden verschluckt, ohne eine Nachricht zu hinterlassen, und jetzt machst du dich schon wieder aus dem Staub?«

»In der Pause sind wir immer in der Garderobe«, sage ich lahm.

Das klingt nach einer dämlichen Ausrede, und das ist es auch.

»Du kannst Menschen nicht einfach wegschieben, als würde das niemanden verletzen«, fährt er fort, ohne Luft zu holen. »Und warum besuchst du das Konservatorium nicht mehr?«

»Das solltest du vielleicht Goldsmith fragen«, antworte ich spitz.

»Dachtest du, das hätte ich nicht gemacht?«

»Und was hat er gesagt?« Ich kann den vorwurfsvollen Unterton nicht unterdrücken.

Frank schüttelt den Kopf, als würde sich das Gespräch

in eine Richtung entwickeln, die ihm nicht passt. Verärgert läuft er auf und ab. Goldsmith ist natürlich sein Freund. Was macht es für einen Sinn, ihn anzuschwärzen? Die Scherben kittet das nicht.

Robin kommt herein. Im Spiegel schaut er zu uns herüber. Frank beruhigt sich etwas.

»Jetzt habe ich dich ja wiedergefunden. Das ist das Wichtigste.« Sein Blick wird weicher. »Wie geht es dir?«

»Alles geht seinen Gang. Ich werde bald verreisen«, antworte ich.

Eine Spur von Panik zeigt sich in seinem Gesicht. Unwillkürlich frage ich mich, ob es dieselbe blinde Panik ist, die ich selbst spüre, seit er den Raum betreten hat.

»Wohin?«

»In die Niederlande.«

»Wann fährst du?«

»In einer Woche.«

»Du darfst nicht gehen.« Er schaut mich so zärtlich an, dass ich es kaum wage, ihn anzublicken.

»Warum nicht?«

»Ich kann nicht ohne dich leben.«

Ungläubig starre ich ihn an. Ich muss ihn verkehrt verstanden haben. Robin, wie immer mein Retter, tritt einen Schritt nach vorn. »Antonia, lass uns wieder hineingehen.«

Ich stehe auf und will ihm folgen. Als ich mit gesenktem Blick an Frank vorbeigehe, ergreift er meinen Arm.

»Antonia?«, fragt er.

»So heiße ich.«

»Also ist die ganze Adoptivgeschichte wahr?«

Zum ersten Mal schaue ich ihm direkt in die Augen und benutze nicht mehr einen der verfluchten Spiegel.

»Ja, Frank, ich bin ein Bastard.« Und damit befreie ich mich aus seinem Griff.

~ Robin ~

26

Frauen, die Männer zähmen, das würde eine Menge Probleme lösen, überlege ich mir, als sie ihm unter die Nase reibt, sie sei ein uneheliches Kind. Das wird dem verwöhnten Muttersöhnchen aus besserem Hause wohl den Wind aus den Segeln nehmen. Sie macht ihren Arm los und folgt mir aus der Garderobe.

Damit muss Schluss sein. Das ist für alle das Beste. Denn eines ist klar: In diesen Kreisen gilt ihre Herkunft als Schande. Die benehmen sich nämlich so, als flösse besonderes Blut durch ihre Adern, das auf keinen Fall verunreinigt werden darf. Dabei stellt das die Wahrheit auf den Kopf: Wenn irgendwo uneheliche Kinder geboren werden, dann im Adel. Er wird sie sitzenlassen und die Fliege machen.

Ich greife nach dem Kontrabass und will gerade meinen Platz zwischen den anderen Musikern einnehmen, als ich sehe, wie Frank Antonia hinterherläuft. Kurz bevor sie die Bühne betreten will, hält er sie wieder am Arm fest. Sie dreht sich halb zu ihm um. »Warum machst du das?«, zischt sie ihm zu. Und dann zieht er sie zu sich und küsst sie.

Als er zu sich kommt, lässt er sie los. Sie keuchen beide. Vermutlich wird sie ihm jetzt eine Ohrfeige geben.

Und vollkommen zu Recht, das stand ihm nicht zu. Er schaut sie an, als würde es ihm zwar leidtun, er sich aber trotzdem leidenschaftlich nach ihr sehnen. Was sie wohl denkt?, frage ich mich, bis sie die Arme um seinen Hals legt und ihn hingebungsvoll küsst. Die Leidenschaft beruht anscheinend auf Gegenseitigkeit. Es gibt kein schlimmeres Gefühl als das.

In der letzten Woche vor ihrer Abreise bekomme ich Antonia kaum zu Gesicht. Jede freie Minute verbringt sie mit Frank. Und ich muss zugeben, er macht sie glücklich. Ihre Augen haben diesen verträumten Glanz, und um ihren Mund liegt ein permanentes Lächeln. Wenn sie sich unbeobachtet fühlt, pfeift sie – etwas, das sie früher nie gemacht hat. Dass ich leide, nimmt sie nicht wahr. Obwohl ich es nicht wissen will, berichten mir die Tänzerinnen alles, was die beiden unternehmen. Natürlich haben sie die liebevolle Umarmung in den Kulissen auch gesehen, und die wildesten Spekulationen machen die Runde.

Frank nimmt sie überall mit hin, in Restaurants, Parks, Museen, in sein Haus außerhalb der Stadt. Zu ihrer Arbeit im Club kommt sie immer gerade noch rechtzeitig. Dann darf ich kurz ihr Lächeln bewundern, und schon flattert sie wieder davon. Hin zu ihm. Sie sind bis spät in den Abend zusammen. Dann höre ich, wie sie leise in die Wohnung kommt und auf Zehenspitzen in ihr Zimmer geht. Ob sie wirklich denkt, ich würde schlafen?

Einmal begegneten wir uns, als sie nach Hause kam. Ich saß im Dunkeln im Sessel am Fenster und rauchte. Ich hatte das Licht ausgelassen, um besser in den Regen schauen zu können. Es goss in Strömen. Sie stand am Esstisch und betrachtete für eine gefühlte Ewigkeit die

Tischplatte. Die Bewegung der glühenden Zigarettenspitze verriet mich. »Robin«, sagte sie. Mehr nicht.

Sie setzte sich. Meine Augen hatten sich an die Dunkelheit gewöhnt; sie sah aus wie ein begossener Pudel. Etwas beschäftigte sie. Wir schwiegen. Was hatten wir uns auch zu sagen? Die Stille dauerte vielleicht fünf Minuten. Dann drückte ich meine Zigarette im Aschenbecher aus.

»Ich habe gerade meinen Vater gesehen ...«, sagte sie wie in Trance. »Er schuftete in diesem Regen ... Fegte den ganzen Schmutz der Straße auf einen Haufen. Widerliche Dreckstadt!«

Besser als jeder andere weiß ich, wie sehr sie an dieser Stadt hängt.

»Hast du ihn bei dieser Gelegenheit mit Frank bekannt gemacht?«, fragte ich scheinheilig.

»Nein ... mein Vater hat mich nicht gesehen.«

»Du hättest zu ihm hingehen können.«

»Ja ... das hätte ich machen können.«

Sie schämte sich dafür, ihren Vater verleugnet zu haben. Ich kenne dieses Gefühl, denn im Verleugnen kenne ich mich besser aus als sie. Ich verleugne meine Herkunft schon seit Jahren.

Wenn es jemand unbedingt wissen will: Ja, ich habe einen Vater. Und eine Mutter. Er ist Landwirt und sie eine einfache Hausfrau. Zu beiden musste ich auf Distanz gehen, denn ich konnte ihnen nicht sagen, was ich mache. Meine Mutter backte Plätzchen und pflegte ihren Gemüsegarten. Montags wusch sie, nachdem sie die Wäsche schon am Freitag eingeweicht hatte. Mein Vater hielt es für überflüssig, dass eine Waschmaschine – oder welche Maschine auch immer – ihr die Arbeit erleichterte. Also erledigte sie alles per Hand, mit einem Lächeln.

Sie kümmerte sich um die Hühner und die Kälber, die nach der Geburt quasi sofort von ihren Müttern getrennt wurden, damit man die Milch der Kuh verkaufen konnte. Meine Mutter tröstete die Kälbchen, die nach ihrer Mutter heulten, wie sie immer jeden tröstete, der Kummer hatte. Bis ihr eigener Kummer zu groß wurde. Ich habe sie zwar seit einer Ewigkeit nicht mehr gesehen, aber ich vermute, dass ihr Lachen nicht zurückgekehrt ist.

Mein Vater bewirtschaftete die Felder und hielt auch Vieh. Er stand jeden Tag vor Tagesanbruch auf, um die Kühe zu melken. Danach bestieg er den Traktor und fuhr raus auf die ausgedehnten Äcker. Denn dass er all seine Maschinen brauchte, daran zweifelte er keinen Augenblick. Er musste schließlich pflügen, eggen, säen, spritzen und ernten.

Die Kopfhaut meines Vaters war von der Sonne gegerbt, die Unterarme braun, aber unter seinem blauen Overall war seine Haut so weiß wie die Milch der Kühe. Um fünf Uhr nachmittags wurden die Kühe wieder gemolken, und danach setzte er sich an den Tisch, auf dem meine Mutter das Essen für ihn servierte.

Meine alten Herrschaften gingen nie aus; das ließ die Viehhaltung nicht zu. Sie besuchten den Gottesdienst, das war der Höhepunkt der Woche. Vermutlich machen sie das noch heute so, aber ich glaube nicht, dass sie auch für mich beten. Das macht mir nichts aus, ich bin es gewohnt, dass mir mein älterer Bruder vorgezogen wird. Sie haben genug damit zu tun, für ihn zu beten.

Er war der Sohn ihrer Träume, aber Ray war auch der beste Bruder, den ich mir wünschen konnte. Alle waren von ihm begeistert, nicht nur meine Eltern, sondern jeder im Dorf – die gesamte Kirchengemeinde, seine Lehrer, die Klassenkameraden und vor allen die Mädchen in der

Schule. Wenn man ihn anschaute, sah man eine goldene Zukunft: Der bringt es mal zu was. Er war groß und muskulös und hübsch mit seinen blonden Haaren und den blauen Augen. Wenn er lachte, was er häufig tat, zeigte sich eine Reihe strahlend weißer Zähne.

Er hatte aber nicht nur körperliche Pluspunkte vorzuweisen, sondern war zudem charmant und liebenswert, und – möglicherweise war das das Wichtigste – er spielte meisterhaft Gitarre. Mädchen sind verrückt nach Jungs, die Gitarre spielen.

Als wir gemeinsam den Jazz für uns entdeckten, tauschte er die Gitarre gegen einen Kontrabass und brachte mir – nach einigem Bitten und Betteln – auch ein paar Kniffe bei. Ich war mindestens so fanatisch wie er, durfte seinen Bass aber nur benutzen, wenn er nicht selbst üben wollte. Logischerweise war er viel weiter und besser als ich. Ein schwacher Trost war, dass ich ihm am Klavier überlegen war; das Instrument war ein Erbstück unserer Oma.

Ray war mein großartiger, außergewöhnlicher, hübscher, lebenslustiger Bruder, zu dem ich aufschaute. Mir genügte es schon, in seinem Schatten leben zu dürfen.

Dann brach der Weltkrieg aus. Und der erwies sich als vorteilhaft für die amerikanische Landwirtschaft. Die Betriebe liefen auf Hochtouren, um die Lebensmittelknappheit in den alliierten Ländern in Übersee auszugleichen. Mein Vater wollte diesen Goldesel nicht vorüberziehen lassen und hatte große Pläne für Ray. Er sollte den Betrieb übernehmen und ausbauen.

Die Versorgungsschiffe waren jedoch leichte Beute für die deutschen U-Boote; so landeten sehr viele Nahrungsmittel auf dem Grund des Ozeans. Es wurde immer deutlicher, dass Amerika sich an diesem verfluchten Krieg würde beteiligen müssen.

Ich sehe die Gesichter meiner Eltern noch vor mir, als ihr *Boy Wonder* ihnen erzählte, er habe zu lange in die hypnotisierenden Augen eines Uncle-Sam-Plakats geschaut, das auf dem Postamt in unserem Dorf hing.

»*I Want You for U. S. Army*«, sagte Uncle Sam, und sein Zeigefinger deutete auf Ray. Mein Bruder hatte sich beim nächsten Rekrutierungsbüro gemeldet.

Ray ging weg, und ich hatte alle Zeit der Welt, um auf seinem Kontrabass zu üben und meinen Rückstand wettzumachen. Ich malte mir aus, was er wohl sagen würde, wenn er meine Fortschritte hörte, sobald er aus dem Krieg zurückgekehrt war.

In unserer Umgebung erlebten wir die Trauer vieler Familien, als sie die Nachricht bekamen, dass ihre Söhne gefallen waren oder aber schwere Verletzungen erlitten hatten. Auch uns bedrückte es, dass Ray etwas passieren könnte. Aber tief in meinem Innern wusste ich: Ray war unsterblich. Und ich behielt recht. Ray kehrte zurück, hatte die Hölle erlebt, war aber körperlich unversehrt – zumindest schien es so.

Wie stolz er auf mich war, als er hörte, welche Fortschritte ich auf dem Kontrabass gemacht hatte. Er nahm mich in die Arme, und ich musste ihm versprechen, sogar schwören, dass ich weitermachen würde mit der Musik. Das wollte er am liebsten auch selbst, obwohl Vater auf ihn einredete, er solle den Betrieb übernehmen.

Während Ray in den Wochen nach seiner Rückkehr versuchte, wieder in sein Leben zu finden, fiel mir auf, wie er sich gelegentlich an die Ohren fasste. Er selbst schien es gar nicht zu bemerken. Das hatte er früher nie gemacht. Ich fragte ihn, ob er Schmerzen habe.

»Manchmal höre ich nichts mehr, nur ein lautes Piepen«, antwortete er.

»Ein lautes Piepen?«

»In meinem Kopf.«

»Woran liegt das?«

»Das Schießen hörte nie auf ... und ich musste die Haubitzen nachladen.«

»Die was ...?«

Ray erklärte mir, die Haubitze sei eine Art Kanone, die in einem Bogen schießen könne. Im Dienst stand er immer direkt daneben. Dann schaute er mich intensiv an. Ich sah die Angst in seinen Augen.

»Robin, was soll ich machen, wenn ich taub werde?«

»Du wirst bestimmt nicht taub«, beruhigte ich ihn. »Du hörst doch noch alles?«

Er schaute weg und starrte nach draußen, wo unsere Mutter im Garten beschäftigt war.

Das Gehör ist für einen Musiker sein heiligstes Gut.

Es passierte wahrscheinlich ein paar Wochen später. Das Datum weiß ich noch genau. Mein Vater saß auf dem Traktor und fuhr rückwärts. Er rief Ray zu, er müsse zur Seite gehen, aber das hat Ray nicht gehört. Er hörte vermutlich nur das Piepen, fragen konnten wir ihn nicht mehr. Mein Vater hat seinen eigenen Sohn überfahren. Meine Eltern haben das nie verarbeitet. Und ich kam nicht damit zurecht, dass sie nicht darüber hinwegkamen. Aber das einzige wirkliche Opfer blieb natürlich Ray. Ein Unglück kommt selten allein.

Ich treffe Ray noch immer. Jeden Sonntag. Dann besuche ich ihn in dem Heim, wo er seine Tage verbringt wie irgendein Gemüse in einem Gewächshaus. Er erkennt mich nicht, genauso gut könnte ihn irgendein Fremder besuchen. Wir sitzen uns dann gegenüber, er in seinem

Rollstuhl, ich auf einem Besucherstuhl. Die Pflegerinnen bringen uns Tee und helfen Ray beim Trinken, wenn der Tee kalt genug ist.

Wenn das Wetter es zulässt, mache ich einen Spaziergang mit ihm durch den Garten des Heims, oder wir gehen – ganz selten – raus, frische Luft schnappen. Er sieht noch immer gut aus, nur seine Augen sind matt, und manchmal tropft ihm Speichel aus dem Mund. Den wische ich mit einem Taschentuch weg. Das kann er nicht selbst, seine Muskeln haben sich zurückentwickelt. Dann bringe ich ihn wieder auf sein Zimmer. Ich stelle den Rollstuhl so hin, dass er auf die Wand schaut, auf ein Plakat, das ich extra für ihn gekauft habe, als ich es in einem Laden entdeckte.

Es ist so ein Poster wie das Uncle-Sam-Rekrutierungsplakat, allerdings die britische Version. Ein dickleibiger Mann mit Zylinder, einem Spazierstock und der englischen Flagge auf der Weste zielt mit dem Zeigefinger auf den Betrachter und schaut ihm direkt in die Augen, als würde er ihn ansprechen:

»WHO'S ABSENT? IS IT YOU?«

Das darf sich Ray angucken, dank mir. Er versteht es doch nicht. Aber der alte Ray hätte den Witz umwerfend gefunden.

~ Antonia ~

27

Long Island – New York

Es hat mich völlig aus der Bahn geworfen, dass ich gestern meinen Vater gesehen habe. Wir kamen gerade aus der Vorstellung von *Castles in the Air*, als ein heftiger Sommerregen einsetzte. Zum Glück hatte Frank einen Regenschirm mitgenommen, und wir blieben halbwegs trocken. Ein paarmal senkte er den Schirm, bis wir ganz darunter verborgen waren, und küsste mich, ohne dass es die Passanten sehen konnten.

Das ging eine Weile gut, aber dann rannten wir fast einen miesepetrigen Fußgänger über den Haufen, der eine ganze Schimpfkanonade auf uns losließ. Das war uns egal. Lachend liefen wir durch den Regen.

Die ganze Zeit über fiel mir immer wieder auf, dass wir über dieselben Sachen lachen können. Ich spürte eine Leichtigkeit, die ich nicht gekannt hatte. Und ich stelle mir gerne vor, dass es bei ihm genauso war. Wenn ich mich mit Männern ähnlich gut auskennen würde wie mit Musik, müsste ich darüber nicht grübeln.

Er war der Grund dafür, dass ich mich phantastisch fühlte. Er hatte mich erwählt. Es lässt einen nicht kalt, wenn ein Mann einem so leidenschaftlich den Hof macht. Wir hatten es auch eilig, denn es blieb uns nur eine Woche.

Und dann habe ich ihn gesehen. Meinen Vater. In seiner weißen vollkommen durchnässten Müllmannuniform. Zusammen mit seinen Kollegen fegte er den Abfall aus der Gosse. Autos fuhren an ihnen vorbei und durchschnitten die schlammigen Pfützen, sodass das Wasser in einem Schwall auf die Müllmänner herunterplatschte. Als wäre das alles nicht schon schlimm genug.

Meine Kehle war wie zugeschnürt. Ich wusste nicht, wie ich reagieren sollte. Träumte ich nicht gerade von Luftschlössern? War ich, was Frank betraf, etwa genauso dumm wie die Schauspieler in der Vorstellung, die wir gerade besucht hatten?

Unwillkürlich blieb ich stehen, und der Regen prasselte auf mich herunter, da Frank schon ein paar Schritte weiter war. Er kam sofort zurück und hielt mir den Schirm hin. Ich nahm seinen Arm und folgte ihm. Er wollte wissen, warum ich stehen geblieben sei, und ich habe mir schnell eine Geschichte ausgedacht, ich weiß schon nicht mehr, welche. Er küsste mich, als er mich zur Tür von Robins Wohnung brachte, flüsterte mir zum Abschied Koseworte ins Ohr, und ich konnte nur daran denken, ob ich denn überhaupt eine gute Partie für ihn war.

Auch heute, einen Tag später, lässt mich der Gedanke nicht los. Ich sitze im Garten von Franks Haus auf Long Island und blicke über das Meer. Das Haus liegt etwas außerhalb der Stadt, im Grünen. Ich bin beruhigt, dass es nicht die gigantische Größe seines Elternhauses hat, aber auch hier kann man unsere unterschiedliche Herkunft nicht verleugnen.

Mein Kopf hämmert wie ein Metronom, das komplett den Rhythmus verloren hat: tik-tak, tik-tik-tak, tak-tak-tik. Meine Gedanken pendeln hin und her. Das Pendel schwankt zwischen einer möglichen Zukunft mit Frank und der kompletten Unmöglichkeit dieser Zukunft. Meine Gefühle machen eine Achterbahnfahrt. Ich weiß nicht, woran ich bin. »Mögliche Zukunft« hat in der letzten Woche die Oberhand gewonnen, meine Verliebtheit hat gesiegt, die Liebe gab den Ausschlag.

Bis ich meinen Vater sah und mich nicht traute, ihn Frank vorzustellen. Robin hat den Finger genau in die Wunde gelegt. Ich habe mich für meinen Vater geschämt. Obwohl Frank längst weiß, dass mein Vater ein Müllmann ist. Woran lag es? Die Antwort lautete: an allem. Jetzt wiederholt eine Stimme in meinem Kopf unentwegt: »unmögliche Zukunft«.

Frank kommt über den Rasen auf mich zu. Ich schaue zu ihm hoch.

»Es ist schön hier, oder?«, sage ich.

»Ja«, sagt er und setzt sich neben mich ins Gras, »vor allem, weil du hier bist.«

Wir schweigen und schauen aufs Wasser. Ein wundervoller, sonniger Tag, aber wir denken beide daran, dass das Wasser des Atlantiks uns bald trennen wird.

»Antonia, ich will mich nicht von dir verabschieden. Ich möchte bei dir sein.«

»Das möchte ich auch«, sage ich, und wir schauen uns an, als würde nur unsere Sehnsucht nacheinander zählen. »Unmögliche Zukunft« verstummt wieder.

Dann spricht er aus, was ich schon die ganze Woche denke.

»Vergiss die Reise und bleib hier.«

Ich kann nichts sagen, was irgendeinen Sinn ergeben würde. Ich weiß nur, ich möchte ihn küssen und niemals mehr aufhören.

Es fängt dort an, auf dem warmen Gras in dieser wunderbaren Landschaft. Es endet in Franks Schlafzimmer, in dem wir die ganze Nacht verbringen. Wir schlafen nicht. Was wir stattdessen tun, ist neu für mich. Wir erfahren die Liebe im Tiefsten unseres Wesens, wie sie in der Musik besungen, in Gedichten beschrieben, auf Leinwänden gemalt, in Stein gehauen wird – um sie nie wieder zu vergessen. Mein Geist und mein Körper werden eins, aber auch eins mit ihm. Und ich spüre, dass das auch für ihn gilt. Als würden unsere Seelen die Körper verlassen, für ewig verschmelzen und einander nie wieder loslassen. Wir gehen vollkommen ineinander auf. Wir können gar nicht anders. Denn wir wissen nicht, was passieren wird, wenn wir voneinander getrennt sein werden. Er in Amerika, ich in Europa. Jetzt oder nie.

Am nächsten Tag packe ich meinen Koffer. Ganz nach oben lege ich die Reste meiner Träume: die Bücher, Zeitungsausschnitte und Fotos von Albert Schweitzer und Willem Mengelberg. Zuletzt schiebe ich die einsame Klaviertaste meines zerstörten Pianos in den Koffer. Dieses Bruchstück ist noch immer mein wertvollster Besitz.

Frank fährt mich mit dem Auto zum Schiff, aber auf dem Weg geraten wir in ein enormes Verkehrschaos. Wir hatten so viele andere Sachen um die Ohren und haben komplett vergessen, dass heute der Flugpionier Charles Lindbergh in der Stadt gefeiert werden soll – ausgerechnet am Tag meiner Abreise.

Anscheinend will niemand dieses Fest verpassen. Die ganze Stadt ist auf den Beinen, um einen Blick auf den Helden zu erhaschen, der ganz alleine von New York nach Paris geflogen ist, und zwar in einem Nonstop-Flug. Dreiunddreißig Stunden benötigte er dafür mit seinem

Flugzeug. Mit dem Schiff werde ich zehn Tage brauchen. Und dann habe ich noch eine schnelle Verbindung gebucht, andere Schiffe sind vierzehn Tage lang unterwegs.

Mit der Geschwindigkeit einer Schildkröte kommt der Verkehr voran. Ich habe Angst, das Schiff zu verpassen, und schlage vor, die U-Bahn zu nehmen. Frank will davon zuerst nichts hören, aber als er meint, einen Schleichweg auf die 7th Avenue nehmen zu können, bricht die *ticker-tape parade* auf dem Broadway wie ein Schneesturm über uns herein. Er sieht ein, dass die U-Bahn die bessere Alternative ist. Wenn ich erst am Fluss bin, komme ich auch irgendwie zur Anlegestelle, wo das Schiff der Holland-America Line festgemacht hat.

Schnell steige ich aus dem Auto. Frank hilft mir mit dem Koffer. Wir schauen einander an. Wir werden uns hier voneinander verabschieden müssen. Überall schwirren Papierstreifen wie Konfetti von den Wolkenkratzern auf uns herunter. Und dann legt Frank eine Hand um meine Taille und umarmt mich heftig. Die Menge ist außer sich vor Freude und jubelt Lindbergh, dem glorreichen Helden, zu – aber ganz kurz scheint es so, als würden sie uns zujubeln und die Fähnchen nur für uns schwenken. Die Szene ist so absurd, dass wir beide einen Lachanfall bekommen: Die Zeit zu fliegen ist noch nicht gekommen, für die Schiffspassage ist es fast zu spät, es ist zu viel los, um sich richtig zu verabschieden, und die Stimmung ist zu überdreht, um traurig zu sein.

Ich muss wirklich los. Als ich fast in der U-Bahn-Station verschwunden bin, schaue ich mich noch einmal um: Frank steht neben seinem Auto und blickt mir lachend nach. Mein Herz macht einen Satz, dann kann ich ihn nicht mehr sehen.

Als das Schiff in See sticht und wir die Freiheitsstatue passieren, komme ich endlich zu Atem. Ich kann kaum glauben, dass ein Mann wie Frank plötzlich sowohl mein Herz als auch meinen Kopf erobert hat. Verliebt zu sein ist ein herrliches Gefühl, aber man verliert sich auch selbst dabei.

Ich lehne an der Reling und schaue auf den Horizont, wo sich das Blau des Meeres und das des Himmels treffen. Ich hatte geglaubt, nach dieser schier endlosen Nacht todmüde zu sein, aber ich bin hellwach.

Ein Abenteuer liegt vor mir.

Mir fällt ein, dass ich als Willy schon einmal den Ozean überquert habe, aber ich weiß nicht, wie das Schiff damals hieß. Nun fahre ich als Antonia auf der SS Rotterdam IV, und ich kehre dorthin zurück, wo ich herkomme. Gut dreitausend Passagiere beherbergt das zweihundert Meter lange Schiff. Der größte Teil von ihnen reist in der dritten Klasse, so wie ich. Wir leben unten im Schiff, das sind die billigsten Plätze.

Ich betrachte den Rauch, der aus den beiden gelben Schornsteinen quillt. Eine Zeitung weht an meine Beine. Der Wind gibt sein Bestes, um sie ins Meer zu pusten. Ich halte die Zeitung fest und sehe, dass auf der Titelseite ein Beitrag über den Flug von Charles Lindbergh steht. Ich überfliege die Schilderung seiner Pionierleistung, alles wird in Superlativen beschrieben, es nimmt kein Ende. Er hat einen Spitznamen, der sich tief einprägt: *The Lone Eagle.*

Aber am meisten beeindruckt mich sein Alter. Ich wusste nicht, dass dieser Mann, der jetzt bereits eine Legende ist, im selben Jahr wie ich geboren wurde. Er ist gerade erst fünfundzwanzig! Ich werde in zwei Wochen genauso alt. Mit Mühe bezwinge ich meine Ungeduld.

~ Antonia ~

28

Amsterdam

An meinem Geburtstag treffe ich in Amsterdam ein. Der Zielhafen des Schiffs war Rotterdam. Dort wurde ich geboren, es wäre also nur logisch gewesen, mit meiner Suche dort anzufangen, aber ich möchte so gerne das Amsterdamer Concertgebouw sehen. Daher schenke ich mir die Fahrt nach Amsterdam selbst zum Geburtstag. Außerdem stand im Brief der Botschaft, dass meine Mutter eigentlich aus Amsterdam kam, ich habe also eine doppelte Entschuldigung.

Vom Hauptbahnhof nehme ich die Straßenbahn. Die Linie kreuzt alle berühmten Grachten, und ich kann gar nicht genug in mich aufsaugen. Mit Absicht steige ich zu früh aus, damit ich mir die Stadt erlaufen kann. Ich will mir alles ganz genau anschauen.

Ich spaziere entlang der Prinsengracht und bewundere die historischen Grachtenhäuser an beiden Seiten des Wassers. Nach einigen Hundert Metern sehe ich rechts das Rijksmuseum, wo die weltberühmten Gemälde von Rembrandt hängen. Hier ist alles Kultur, so weit das Auge nur reicht.

Mitten durch das Museumsgebäude führt eine Passage, die man auch mit dem Auto befahren kann. Als ich durch die dunkle Öffnung gehe, glitzert das Tageslicht schon auf der anderen Seite. Die Straße gabelt sich, vor mir liegt eine riesige Rasenfläche. Und am anderen Ende der Fläche erhebt sich wirklich das Concertgebouw. Mein Herz schlägt schneller, aber das kann auch daran liegen, dass meine Arme schlapp vom Kofferschleppen sind.

Ich ruhe etwas aus und lasse das Panorama auf mich wirken. Leider kann ich von meinem Standpunkt aus nur den dreieckigen Giebel sehen; ein breites Gebäude davor verstellt die Aussicht.

Zehn Minuten später gehe ich an dem Gebäude vorbei und sehe, dass es zum Amsterdamer IJsclub gehört. Schaukästen zeigen, wie der Platz im Winter aussieht. Die ganze Fläche wird dann unter Wasser gesetzt, und Dutzende Menschen fahren Schlittschuh; auf einer Natureisbahn, die vierhundert Meter lang ist, wie ich lese. Die Fotos sehen sehr verlockend aus. Ich bin noch nie in meinem Leben Schlittschuh gefahren.

Aber jetzt ist noch Sommer, und meine Aufmerksamkeit gilt dem Concertgebouw, das nun nicht mehr verdeckt wird. Der Baustil erinnert an die Griechen und Römer des klassischen Altertums, das liegt vor allem an den sechs Säulen, auf denen das Vordach ruht.

Neben dem Concertgebouw befindet sich ein Café-Restaurant. Ich verdurste fast und beschließe, mich selbst zu einem Kaffee einzuladen. Wenig später sitze ich am Fenster, mit Blick auf den Künstlereingang an der Seite des Gebäudes. Leider kann ich das Concertgebouw nur von außen bewundern, aber wenn ich hier nur lange genug sitzen bleibe, kann ich vielleicht Mengelberg sehen, wenn er das Gebäude betritt oder verlässt. Der große Mengelberg: mein Idol! Hier lebt und arbeitet er!

Meine Gedanken wandern zu Frank, und ein schales

Gefühl des Verlustes überfällt mich. Warum denke ich bloss an Mengelberg? Ich muss meine Aufgabe einfach möglichst schnell hinter mich bringen, dann kann ich wieder zurück in die USA.

Nach einer Weile bezahle ich den Kaffee und mache mich auf die Suche nach einem Zimmer für die Nacht. Ich frage eine einfache Frau auf der Strasse, wo ich eine günstige Übernachtungsmöglichkeit finden könne. Sie empfiehlt mir, das Neubauviertel hinter dem Concertgebouw zu meiden, das sei viel zu teuer. Sie schickt mich nach De Pijp, einem nahe gelegenen Arbeiterviertel. Wie gut, dass ich die Sprache spreche und die Leute hier verstehen kann. Im Viertel mache ich mich in den schmalen Strassen auf die Suche.

Die Häuser erinnern mich an die Mietskasernen in New York, ich fühle mich also gleich wie zu Hause. Hier und da verstecken sich auch Fabriken. In einer der Strassen komme ich an einem grossen Klaviergeschäft vorbei, und natürlich betrachte ich die Schaufenster genau. Das Geschäft hat eine erstaunliche Auswahl an Flügeln und Klavieren. Und dann entdecke ich das Schild im Fenster: KLAVIERSTIMMER GESUCHT.

Ich habe einen Brief an Frank angefangen. Was soll ich ihm schreiben? Dass ich ein sehr schönes Hotel gefunden habe und aus meinem Zimmer einen traumhaften Blick habe? Ich schaue mich um. Meine Unterwäsche trocknet an einer Wäscheleine, die ich selbst aufgespannt habe. Über der Werkbank hängt ein kleines Gemälde von einer Landschaft mit einem Bauern, der Heu macht. Das ist die Aussicht von meinem Feldbett. Ansonsten ist die Restaurierungswerkstatt vollgestopft mit Klavierersatzteilen.

Für mich ein wahres Walhalla. Ich bin so glücklich, dass der Besitzer des Klaviergeschäfts mir erlaubt, hier zu schlafen. So spare ich die Kosten für ein Hotelzimmer, und gleichzeitig verdiene ich noch etwas, wenn auch nicht sonderlich viel.

Frank hat darauf bestanden, dass ich ein Zimmer in einem guten Hotel nehmen soll. Er wollte es sogar bezahlen, genau wie eine Überfahrt in der ersten Klasse. Davon wollte ich nichts wissen. Ich sagte, ich hätte genug gespart, was mehr oder weniger stimmt, aber vor allem will ich nicht schnorren. Nicht dass er auf die Idee kommt, ich wäre hinter seinem Vermögen her. Außerdem ist Bescheidenheit eine Zier. Und hier habe ich zig Flügel, auf denen ich üben darf – das kann man wirklich nicht bescheiden nennen. Nur falls ich mich doch zu einem Musikstudium in den Niederlanden entscheiden sollte.

Der Gedanke durchfährt mich wie ein Schock. Diese Idee hatte ich doch ad acta gelegt? Ich habe mit Frank gar nicht darüber gesprochen. Dafür hatte ich keinen Kopf – und daran hat sich nichts geändert, ermahne ich mich. Dass ich beim Konservatorium vorbeigeschaut habe, das ganz in der Nähe liegt, hat nichts zu bedeuten. Ich wollte mich nur kurz informieren, ob dort Unterricht im Dirigieren angeboten wird – dagegen ist doch nichts einzuwenden? Der Dekan hat mich angeschaut, als wäre ich irgendein Ungeziefer, das gerade aus der Kanalisation gekrochen käme. »Wie man ein Orchester dirigiert, lernt man nur in der Praxis«, bekam er noch über seine fleischigen Lippen. Pah.

Ich werde Frank auf jeden Fall schreiben, dass ich dabei bin herauszufinden, wo meine Mutter begraben liegt und ob ich noch Verwandte habe. Der Name Brico ist hier selten, das weiß ich bereits. Mein neuer Chef hat mich zur Hauptpost geschickt, um ein Paket abzuholen, und dort habe ich das Amsterdamer Telefonbuch zurate gezogen und nach Brico gesucht. Den Namen gab es nur ein einziges Mal! Die Adresse – die ich mir sofort aufgeschrieben habe – ist in der Kalverstraat.

Ich war mir nicht klar darüber, wie ich die Sache anpacken sollte. Einfach anrufen? Das könnte ich in einer der vielen Telefonzellen auf der Post. Ich könnte vom Geschäft aus telefonieren, abends. Ich könnte das mit dem Telefonieren auch lassen und einfach zu der Adresse gehen. Es ist schwieriger, jemanden wegzuschicken, als einfach einen Hörer aufzulegen. Als ich mich nach der Adresse erkundigte, erfuhr ich, dass sie nur einen Steinwurf von der Post entfernt liegt. Ich muss es einfach versuchen, dachte ich. Sonst würde ich mir darüber den Kopf zerbrechen und den Mut verlieren.

Schon nach fünf Minuten erreichte ich die Adresse in der langen, schmalen Straße. Im Erdgeschoss waren meistens Geschäfte, darüber Wohnungen. Es dauerte eine Weile, bis ich mich traute zu klingeln. Ich wartete eine Ewigkeit – meine Nerven flatterten buchstäblich –, aber niemand öffnete. Was rückblickend gar nicht so verkehrt war. Mein Chef schaute schon auf die Uhr und wunderte sich, wo ich abgeblieben war, als ich mit dem Paket endlich zurückkam.

Nun gehe ich Abend für Abend zum Telefon im Laden und wähle die Nummer, die ich mittlerweile auswendig kenne. Ich zittere dann wie Espenlaub, und ein Teil von mir hofft, dass niemand abnimmt. Denn was soll ich sagen? Hatte mein Stiefvater nicht gesagt, meine Mutter sei von ihrer Familie verstoßen worden? Jedes Mal lege ich enttäuscht den Hörer wieder auf. Niemand scheint zu Hause zu sein.

Ich seufze tief. Ich möchte so gerne einen guten Eindruck auf Frank machen. Was gibt es noch mehr zu berichten, ohne dass der Brief eine klägliche Angelegenheit wird? Ich kann ihm ja wohl kaum schreiben, dass ich hier sehr gut Klavier üben kann, weil mich niemand hört und mir die ganze Nacht zur Verfügung steht?

Und ich erzähle ihm besser nicht, dass ich dann immer Dvořáks *Romanze für Violine und Klavier* spiele, wenn auch ohne Violine. Das ist zu meinem Lieblingsstück geworden, da ich mich in dieser Musik verliebt davonträumen kann.

Ich möchte ihm auch nicht schreiben, dass ich meine Klaviertaste in der Hand halte, wenn ich schlafe, weil ich Angst habe, sie zwischen den Ersatzteilen der vollgestopften Werkstatt zu verlieren.

Und ich werde ihm auf keinen Fall schreiben, dass ich in meiner freien Zeit das Café-Restaurant gegenüber dem Künstlereingang des Concertgebouw aufsuche, in der Hoffnung, Mengelberg zu sehen. Das ist doch irgendwie armselig.

Obwohl ... Einmal überquert Mengelberg tatsächlich mit einigen Herren die Straße, um im Café-Restaurant ein Mittagessen einzunehmen. Als er an mir vorbeiging, setzte ich mein amerikanisches Lächeln auf und wollte ihn ansprechen, aber er lief geradewegs an mir vorbei.

~ Frank ~

29

Long Island

Ich sitze am Schreibtisch in meinem Arbeitszimmer, als meine Mutter mit der Post den Raum betritt. Nacheinander studiert sie die Absender, eine schlechte Angewohnheit, die sie nicht ablegen kann. Sie konzentriert sich vor allem auf den obersten Brief und gibt ihn mir getrennt von den anderen.

»Wer ist diese Dame?«, fragt sie neugierig.

Ich schaue auf den Absender, und mein Herz macht einen Sprung. Ich kann das wohl kaum vor meiner Mutter verbergen, und darum spiele ich mit offenen Karten.

»Du hast sie kennengelernt … Willy.«

»Benutzt sie jetzt einen Künstlernamen?«, hakt sie nach.

Aber ich habe den Brief von Antonia bereits geöffnet und versenke mich ganz in ihn; schon der Anfang lässt mich lächeln.

Mein allerliebster Frank, ich wohne in einem sehr schönen Hotel, in einem Zimmer mit einer traumhaften Aussicht. Du brauchst keine Angst zu haben, dass Du mich an die Musik verlierst. Es gibt hier nichts, was ich umsonst hören könnte, und Geld, um ein Konzert zu besuchen, habe ich nicht. Das macht mir aber nichts aus. Denn jetzt habe ich ja Dich. Ich liebe Amsterdam. Ich schaue mir jede Straße und jede Gasse an. Wonach ich suche? Ich weiß es nicht. Ich kenne hier niemanden. Ich sammle all meinen Mut, um mehr über meine Herkunft zu erfahren ...

»Frank, ich habe dich etwas gefragt.«

Meine Mutter nervt mich wie eine störende Mücke, die mit einem hohen Ton an meinem Ohr summt. Kurz hatte ich sie völlig vergessen.

»Benutzt sie jetzt einen Künstlernamen?«, fragt sie ungeduldig. Wenn sie nicht so gut erzogen wäre, würde sie dabei mit dem Fuß aufstampfen.

Früher bin ich mit meiner Mutter oft aneinandergeraten. Vor allem als sie hörte, dass ich an die Front gehen würde, um gegen die Deutschen zu kämpfen. Man konnte die Todesangst in ihren Augen sehen. Heute, so viele Jahre später, kann ich ihr das nicht mehr übel nehmen. Ich bin ihr einziger Sohn, für sie war meine Einberufung fast schon gleichbedeutend mit einer Todesnachricht.

Sie hat Himmel und Hölle in Bewegung gesetzt, damit ich hinter der Frontlinie stationiert wurde; sie ging davon aus, dort sei es sicherer. Ich wollte nichts davon hören, aber eines Tages teilte sie mir mit, sie habe dafür gesorgt, dass ich dank meines Medizinstudiums beim Roten Kreuz eingesetzt würde. Dass ich noch mitten im Studium war, machte für sie keinen Unterschied. Wir stritten heftig, und meine Mutter brach schließlich in Tränen aus. »Verstehst du denn nicht?«, stieß sie schluchzend hervor. »Ich will doch nur, dass du am Leben bleibst.«

Ich willigte schließlich ein, und ihr Mutterinstinkt hat mir wahrscheinlich das Leben gerettet, das weiß ich heute nur allzu gut. Aber ich habe ihr das nie gesagt. Der Krieg war zu brutal, als dass man darüber sprechen könnte.

Ich lege den Brief von Antonia kurz zur Seite und berichte ihr möglichst knapp, dass die Geschichte über die Adoption, die Antonia erzählt hat, der Wahrheit entspricht. Meine Mutter spielt mit ihrer langen Perlenkette, die über ihrem rosa Kleid baumelt. Es beruhigt mich, dass sie die Angelegenheit auf sich beruhen lässt. Sonst ist sie immer sofort zur Stelle, wenn es eine Möglichkeit gibt, mein potenzielles Interesse an Frauen zu kommentieren.

Niemand wird sich zwischen mich und Antonia stellen, vor allem nicht meine Mutter. Ich stehe auf und spaziere durch die geöffneten Terrassentüren in den Garten. Mit den Augen verschlinge ich den Rest von Antonias Brief und merke, wie auf meinem Gesicht ein Grinsen von Ohr zu Ohr entsteht.

Eine Woche darauf lädt mich meine Mutter zum Abendessen zu sich ein. Ich schaue im Kalender nach und sehe, dass ich bereits einen Termin habe. Aber ich verspreche ihr, diesen zu verschieben, und sie ist zufrieden.

Ich ziehe den Smoking an und bitte Shing, mich zu fahren. Während der ganzen Fahrt sind meine Gedanken bei Antonia. Ich war noch nie so verliebt.

Meine Mutter hat für diesen Abend eine kleine und intime Gesellschaft eingeladen. Für gewöhnlich kann man ihr die Sitzordnung ruhig überlassen, aber zu meinem Entsetzen sehe ich, wen sie dieses Mal zu meiner Tischdame erkoren hat: niemand anderen als Emma.

~ Antonia ~

30

Amsterdam – Nimwegen

Die weiße Kaffeetasse habe ich schon vor einer halben Stunde ausgetrunken, aber ich rühre immer noch darin, als wollte ich den Boden auskratzen. Das Café ist voll, und ich nehme schon eine ganze Zeit lang den Tisch in Beschlag. Ich merke, wie die Kellner zu mir herüberschauen, sie haben schon dreimal gefragt, ob ich noch etwas anderes möchte als den einen Kaffee. Ich habe gesagt, ich würde auf jemanden warten. Das stimmt sogar. Aus der Entfernung beobachte ich Mengelberg, der mit einigen Herren zu Mittag isst, und warte darauf, dass er endlich einmal aufsteht.

Auf meinem Tisch liegt Briefpapier, allerdings habe ich erst einen Satz geschrieben: »Bald werde ich das Kloster besuchen, wo meine Mutter beerdigt wurde.« Vor ein paar Tagen habe ich erfahren, dass ihr Grab in Nimwegen ist.

Ich will Frank gerade schreiben, woher ich das weiß, als Mengelberg endlich aufsteht und zum Ausgang geht. Ich lasse meinen Stift fallen und springe auf.

»Herr Mengelberg? Wissen Sie noch, wer ich bin?«, sage ich und stelle mich vor ihn, damit er nicht einfach weitergehen kann. »Antonia Brico.« Ich weiß, der Name kann ihm nichts sagen, aber auch meinen alten Namen hat er wahrscheinlich längst vergessen.

Ich reiche ihm die Hand. Es dauert etwas, bevor er mich wiedererkennt.

»Wie könnte ich dich vergessen?«, sagt er.

»Ich habe gehofft, dass Sie das sagen würden. Denn ich möchte Sie um etwas bitten. Könnten Sie mir das Dirigieren beibringen?«

Sein Mund klappt auf. »Das Dirigieren beibringen?«

»Ja, ich möchte es lernen.«

»Das ist mal eine Bitte.«

Er versucht eindeutig Zeit zu gewinnen. Also muss ich einen Gang zulegen.

»Ich verstehe, Sie sind ein viel beschäftigter Mann, aber ich weiß nicht, wie ich sonst anfangen soll. Ich dachte …«, und nun spiele ich meinen Trumpf, »weil Sie auch Frank Thomsen gut kennen … Wir sind befreundet … habe ich gehofft …«

»Darf ich darüber nachdenken?«

»Natürlich«, antworte ich und lächele beflissen.

Er kann gar nicht schnell genug Reißaus nehmen. Das macht mir keine große Hoffnung. Ich bezahle den Kaffee und sehe die Erleichterung der Kellner, dass ich endlich den Platz räume. Es gibt keinen Zweifel: Alle sehen mich lieber verschwinden als irgendwo auftauchen.

Einige Tage später gehe ich mit einem Blumenstrauß an dem endlosen Gitterzaun entlang, der das katholische Kloster von der Außenwelt abschirmt. Ich suche den Eingang. In einiger Entfernung entdecke ich die Glocke, ich habe es fast geschafft.

Ich ziehe an der Kette, und die Glocke klingelt. Eine ältere Nonne mit tiefen Falten im Gesicht nähert sich dem Tor. Sie hat es nicht eilig, und als sie mir gegenübersteht, macht sie keinerlei Anstalten, mich hineinzulassen.

»Der Herr sei mit dir. Was kann ich für Sie tun?«, nuschelt sie, ohne ihren Mund richtig zu öffnen. Vielleicht versucht sie, ihre schlechten Zähne zu verbergen.

»Ich ...«

Wie sagt man so etwas denn? Ich halte den Blumenstrauß hoch. »Ich möchte ein Grab besuchen.«

»Von wem?«

»Das meiner Mutter, Agnes Brico.«

Jetzt schaut mich die Nonne aufmerksam an. Ob sie meine Mutter gekannt hat? Sie ist schon seit achtzehn Jahren tot. Andererseits: Sind Nonnen nicht ihr ganzes Leben über im selben Kloster? Dann wäre es möglich. Ich will jetzt erst einmal hineinkommen, dann kann ich der Sache später auf den Grund gehen.

Wie aus dem Nichts zaubert sie einen großen Schlüsselbund unter der schwarzen Nonnentracht hervor, die bestimmt einen besonderen Namen hat, aber von so etwas habe ich keine Ahnung. Dann schließt sie das Tor auf, das sich mit einigem Ächzen und Quietschen öffnet, als wollte es ebenfalls deutlich machen, dass man hier nicht so einfach ein und aus geht.

Die Nonnen haben es gerne trocken, wenn es regnet, überlege ich, während ich der Nonne unter einem langen, gewölbten Vordach hinterherlaufe, das von Säulen gestützt wird und sich zum Garten hin öffnet. Ich vermute, wir gehen zum Friedhof, sie hat bislang kein weiteres Wort verloren.

In einiger Entfernung sind noch mehr Nonnen unterwegs. Ihre Gesichter sehen aus, als wären sie mit weißen Verbänden umwickelt worden. Die Innenseite der Kopfbedeckungen ist auch aus weißem Stoff. Der steht im Kontrast zur schwarzen, steifen Außenseite, die ihr Sichtfeld einschränken muss. Ob sie sich überhaupt die Haare waschen? Was sie wohl unter der Tracht anhaben? Nur Unterwäsche? Oder Unterröcke? Tragen Nonnen eigentlich auch BHs? Und wo kaufen sie diese? Denn raus kommen sie hier nicht.

Und was machen sie wohl den ganzen Tag über in dieser selbst gewählten Gefangenschaft? Ich muss mir eingestehen, dass ich vom Leben in einem Kloster keine Ahnung habe.

Wir kommen erst an einem Begräbnisfeld mit Dutzenden identischen Kreuzen vorbei, ich vermute, hier werden die Nonnen begraben, alle auf die gleiche Weise. Dann erreichen wir einen Friedhof, wie man ihn auch außerhalb der Klostermauern finden könnte.

Die Nonne deutet auf ein gut gepflegtes Grab, neben der Grabplatte stehen frische Blumen. Ich lese den schlichten Text auf dem Stein: HIER RUHT AGNES BRICO. 1880–1909.

Ergriffen gehe ich in die Hocke und lege die Blumen auf das Grab. Näher bei meiner Mutter werde ich nie sein. Ich wische eine Träne weg, die an meiner Wange herunterläuft, und richte mich wieder auf. Erst als ich schon eine ganze Weile vor dem Grab stehe, fällt mir auf, dass alle anderen Gräber ringsum mit Unkraut überwuchert sind. Ich zeige auf das Grab meiner Mutter und frage: »Wer kümmert sich so gut darum?«

»Schwester Louigiana. Die Schwester deiner Mutter«, antwortet die Nonne.

Es trifft mich völlig unvorbereitet, dass ich hier Familie habe.

»Wo ist sie? Kann ich mit ihr sprechen?«

Die Nonne presst die Lippen zusammen, dann sagt sie: »Das wird nicht gehen. Sie hat ein Schweigegelübde abgelegt.«

»Darf ich sie denn sehen?«

»Nein.«

»Warum nicht?«

»Gottes Wege sind unergründlich.«

Das ist gut möglich, aber eine unbefriedigende Antwort.

»Darf ich die Chefin hier sprechen?«

Voller Verachtung schaut sie mich an. »Die Mutter Oberin?«

»Ja, die meine ich.«

Die Nonne ist unsicher.

»Bitte? Ich kenne mich nicht damit aus, wie es hier läuft.«

»Bist du nicht christlich erzogen worden?«

Ich halte sicherheitshalber den Mund. Ich glaube, sie wäre nicht erfreut darüber, von den Séancen meiner Stiefmutter zu erfahren.

Etwas später führt die Nonne mich durch einen Gang des Klosters. Ich nehme an, wir gehen zur Mutter Oberin, aber das stimmt nicht. Mit ihrem großen Schlüsselbund öffnet die Nonne eine Zelle, in der eine Nonne mit geschlossenen Augen vor einem Kreuz betet.

»Zehn Minuten. Absolute Stille.«

Ich betrete den Raum. Ein Gitter trennt mich von Schwester Louigiana, die sich zu mir umdreht und erschrickt, als hätte sie einen Geist gesehen.

»Agnes«, sagt sie heiser, mit einer Stimme, die lange nicht benutzt wurde. Sie schlägt ein Kreuz.

Die Nonne mit dem Schlüsselbund richtet die Augen zum Himmel.

»Lieber Gott, vergib ihr«, fleht sie laut, aber ich beachte sie nicht weiter. Ich kann meine Augen nicht von der knienden Schwester abwenden. Ich erkunde ihr Gesicht, sie ist meine Tante, die erste leibliche Verwandte, die ich bewusst sehe. Offensichtlich ähnle ich meiner Mutter sehr, sonst hätte sie nicht gedacht, ich wäre Agnes.

»Ich bin ihre Tochter ... Antonia«, sage ich.

Die Nonne lässt uns allein, aber ich höre, wie sie den Schlüssel im Schloss umdreht. *Erst ein paar Sekunden hier drin, und schon werde ich eingeschlossen.*

Schwester Louigiana schreibt etwas mit Kreide auf eine Schiefertafel und zeigt sie mir dann. *Wo bist Du gewesen?*

»In Amerika«, sage ich laut.

Sie schreibt aufgeregt: *Du warst unauffindbar!*

Ich gehe auf sie zu, umklammere mit den Händen das Gitter.

»Hat sie mich denn gesucht?«, frage ich.

In sich gekehrt fängt Schwester Louigiana an zu beten. Nervös gleiten ihre Finger über die Perlen des Rosenkranzes.

»Wissen Sie vielleicht, wie sich meine Eltern begegnet sind?«, frage ich.

Schwester Louigiana betet ungerührt weiter.

»Wenn ich das richtig verstanden habe, müssen Sie schweigen – aber dieses Gelübde wurde doch sowieso schon gebrochen«, sage ich.

Sie reagiert nicht. Ich schaue mich in der Zelle um. Dieses Einsiedlerleben zu sehen, macht mich rebellisch.

»Warum wollte sie mich loswerden? Würde mich schon interessieren.«

Schwester Louigiana hält weiterhin Zwiesprache mit Gott. Sie ist nur drei Meter von mir entfernt, aber der Abstand zwischen uns ist unüberwindbar.

»Vielleicht können Sie Gott fragen, ob irgendwer meine Fragen beantworten möchte?«

Das Kreuz, das an ihrem Rosenkranz baumelte, wird jetzt zwischen ihren zusammengepressten Händen gewürgt. Niemand bekommt hier genug Luft.

Mir wird klar, dass es sinnlos ist zu versuchen, mich zwischen sie und Gott zu stellen; trotzdem muss ich es ihr sagen: »Verschweigen ist lügen.«

Ich gehe zur Tür und schlage dagegen, auch wenn die zehn Minuten noch lange nicht um sind. Dann höre ich die leise Stimme von Schwester Louigiana hinter mir.

»Sie wollte dich nie loswerden. Weißt du, was ihre letzten Worte waren, bevor sie starb? ›Um Himmels willen, finde Antonia.‹«

~ Antonia ~

31

Nimwegen

Ich habe das Zeitgefühl verloren und weiß nicht, wie lange ich in der Zelle war, als die Nonne mich abholt. Zehn Minuten, hatte sie gesagt. Schwester Louigiana besteht darauf, mir noch etwas mitzugeben. Die Nonne mit dem Schlüsselbund protestiert zwar, aber Schwester Louigiana macht ihr unmissverständlich klar, dass sie sich einen Dreck darum kümmert, da ich extra aus Amerika gekommen sei. Zum ersten Mal erkenne ich etwas von mir in ihr.

Sie nimmt mich mit zu ihrer Schlafzelle, die sich in einem Labyrinth aus Dutzenden Holzverschlägen in einem riesigen Klostersaal befindet. Die Trennwände sind kaum zwei Meter hoch. Die Verschläge messen zwei mal drei Meter; in ihnen stehen ein Bett, ein Spind, ein nackter Holzstuhl und ein Nachttopf aus weißem Email. Am Kopfende des Betts hängt ein schlichtes Kreuz.

Diese Zellen müssen hellhörig sein. Wenn jemand Wasser lassen muss, hören das alle anderen. Wie machen die Nonnen das, wenn sie austreten müssen? Oder ihre Tage haben? Was passiert, wenn der Nachttopf voll ist? Der Inhalt dieser ganzen Töpfe muss zum Himmel stinken. Nirgendwo ist ein Deckel zu entdecken. Wie kann man so spartanisch leben? Das sind die Fragen, die mir im Kopf herumgehen.

»Lebte meine Mutter auch so?«, ist die einzige Frage, die ich mich traue, laut zu formulieren.

»Ja, sie schlief da, wo ich jetzt schlafe.«

Es bricht mir das Herz.

»Aber sie wollte keine Nonne werden. Sie konnte nicht beichten. Sie bereute es nicht, dich bekommen zu haben.«

Schwester Louigiana öffnet den Spind, nimmt einen Stapel Briefe aus einer Blechdose und gibt ihn mir.

»Von deiner Mutter«, sagt sie.

Dann bringt sie mich in die Kirche. Dort wartet die Nonne mit dem Schlüsselbund wie eine Gefängnisaufseherin auf mich.

»Du willst bestimmt noch beten«, ist das Letzte, was Schwester Louigiana zu mir sagt. Ich nicke, mein Hals ist wie zugeschnürt. Die Briefe brennen in meiner Tasche, aber ich bin nach allem, was ich gehört habe, nicht in der Lage, sofort nach Amsterdam zurückzufahren.

Die Aufseherin lässt mich passieren. Jemandem, der beten will, legt man keine Steine in den Weg. Ich gehe durch die Kirche, sie ist majestätisch, mit ihren Säulen, dem Gewölbe und den bleiverglasten Fenstern. Das Haus Gottes, so wurde mir erzählt. Er hat einige davon.

Ich schaue mich um, die Aufseherin steht unbeweglich beim Eingang. Ob sie wohl glaubt, heute eine Seele dazugewonnen zu haben? Das ist eine wichtige Sache in der Kirche. Aber wenn sie denkt, ich würde mich in eine Bank setzen, liegt sie falsch. Dafür bin ich viel zu aufgewühlt.

Meine Mutter Agnes war das älteste von acht Kindern und erst zwanzig, als ihre Mutter an Bauchfellentzündung starb. Von diesem plötzlichen Verlust hart getroffen, sah ihr Vater in ihr eine Art Ersatzmutter für die jüngeren Geschwister. Mein Großvater – der tatsächlich dort wohnt, wo ich vergeblich geklingelt habe, aber zurzeit mit Tuberkulose im Krankenhaus liegt – sah keine andere Möglichkeit. Das kleinste Kind war erst eineinhalb, und er musste arbeiten, um die hungrigen Mäuler zu stopfen.

Wie Schwester Louigiana berichtete, nahm Agnes diese Aufgabe sehr ernst. Sie hatte eine fröhliche Art, und die Kinder waren verrückt nach ihr. Aber sie war auch eine junge Frau, und eines Tages verliebte sie sich in meinen leiblichen Vater.

Sie haben einander zum ersten Mal am Weihnachtsabend gesehen, in der Christmette. Mein Vater gehörte zu einer Gruppe von Musikern aus Antwerpen, die dort spielte. Agnes konnte die Augen nicht von ihm lassen. Selbstbewusst ging sie auf ihn zu und wollte ihn kennenlernen. Er hieß Robbers.

In den Monaten danach ließ Agnes ihn tagsüber heimlich ins Haus. Schwester Louigiana wusste noch, dass alle gemeinsam Lieder gesungen haben. Er begleitete die Kinder auf dem Klavier. Agnes beschwor sie, auf keinen Fall dem Vater etwas zu verraten. Dieser bekam aber doch Wind von der Geschichte und verbot ihr den Umgang mit Robbers. Er hatte erfahren, dass dieser ein echter Herzensbrecher war und einen üblen Ruf als Schürzenjäger genoss.

Agnes war aber über beide Ohren verliebt und brannte mit ihm nach Antwerpen durch. Schon am nächsten Tag brachte ihr Vater sie wieder zurück. Aber es war schon zu spät ... Agnes war schwanger. Schwester Louigiana sagte, dass sie »*angesichts dieser delikaten Angelegenheit*« in ein Heim für gefallene Mädchen nach Rotterdam geschickt wurde. In der Obhut der Nonnen hat sie mich einsam zur

Welt gebracht. Mein leiblicher Vater hat sich nie wieder gemeldet.

Ich irre an brennenden Kerzen vorbei, die vor Statuen von Menschen stehen, die mir nichts sagen. Ich werde vom Licht angezogen, denke ich unwillkürlich, als ich bei einer Nische stehen bleibe, in der einige Nonnen auf Kniebänken vor einer Marienfigur beten. Auch hier trennt mich wieder ein Gitter von den Nonnen.

Ich denke an meine Mutter, wie sie hier als junge Frau dafür büßen musste, dass sie mich empfangen hatte. Damals war sie ungefähr so alt wie ich heute. Plötzlich kommen mir die Tränen; es ist fast wie ein Krampf, und ich kann nichts dagegen tun. Meine Schultern zucken unkontrolliert, und alle Dämme brechen.

Ich beruhige mich erst, als ich die himmlische Musik von Bach höre – das mir so vertraute Orgelwerk BWV 731, *Liebster Jesu, wir sind hier*. Wie hypnotisiert drehe ich mich um und sehe erst jetzt die wundervolle Orgel. Sie zieht mich wie ein Magnet an, und ich nähere mich durch den Mittelgang der Treppe zur Empore. Mir fällt wieder ein, wie ich fünf war und die verbotene Treppe Stufe für Stufe hinaufschlich. Ich brauche die Magie der Musik jetzt so dringend. *Bach war ein Komponist, der die Sprache Gottes beherrschte*, hatte Frank gesagt.

Damals sah ich zuerst die Füße auf den Pedalen, dann die Hände auf der Klaviatur und schließlich das beeindruckende Gesicht von Albert Schweitzer, der nur für mich zu spielen schien. Aber heute sehe ich, sobald ich um die Ecke biege und den Platz des Organisten erreiche, dass dort überhaupt niemand sitzt. Die Musik spielte nur in meinem Kopf.

~ Antonia ~

32

Amsterdam

*I*ch hatte Glück und konnte mich unbemerkt ins Gebäude schleichen. Aus eigener Erfahrung kenne ich den richtigen Moment genau, in dem die Platzanweiserinnen abgelenkt sind und nicht merken, dass ich bei der Kartenkontrolle gar nicht zu der Gruppe gehöre, der ich hinterherlaufe. Die Kunst besteht darin, im richtigen Moment wieder abzubiegen.

Ich muss mit Mengelberg reden. Er dirigiert ein Konzert im Concertgebouw, aber ich gehöre nicht zu den Zuhörern. Alle Karten waren ausverkauft. Darum warte ich auf einem Stuhl im Flur, auf der Rückseite der Bühne. Als wäre ich wieder eine Platzanweiserin.

Ich lausche dem dritten Satz von Mahlers Dritter Symphonie durch die geschlossenen Türen des Konzertsaals. *Was mir die Tiere im Walde erzählen*, lese ich in einem Programmheft, das ich vom Boden aufgehoben habe. Etwas entfernt wartet ein einsamer Posthornspieler angespannt darauf, seinen Beitrag zur Symphonie leisten zu können. Gleich wird sich die Tür für ihn öffnen. Für die Menschen im Saal wird seine Melodie wie aus der Ferne klingen, genau das beabsichtigte Mahler auch mit diesem sogenannten Fernorchester. Von meinem Platz im

Flur aus habe ich das Privileg, das Solo von ganz nah zu erleben.

In der Komposition kündigt das Posthorn die Ankunft des Menschen in der Natur an. Für mich steht das Posthorn für das Eintreffen des Postboten, der weit gereiste Briefe bringt, mit guten oder schlechten Nachrichten. Ich muss an die Briefe meiner Mutter denken, die ich heute auf dem Rückweg vom Kloster im Zug gelesen habe; für mich heißt dieser Teil des Konzerts: *Was mir die Briefe meiner Mutter erzählen.*

Sie schrieb die Briefe an Cato Brico, so hieß Schwester Louigiana, bevor sie in den Orden eintrat. Ihre Handschrift berührt mich, da sie meiner eigenen sehr ähnlich ist.

Schon vor meiner Geburt klagte meine Mutter verzweifelt über zu wenig Geld und über die Nonnen, die auf sie einredeten, doch endlich Sachen für das Baby zu kaufen. Sie weinte viel und wusste nicht weiter. Die Briefe an ihren erbosten Vater blieben unbeantwortet.

Bei meiner Geburt kam es zu einer folgenschweren Komplikation, durch die sie noch jahrelang unter Blutungen litt. Ich kenne mich mit Geburten und mit dem, was dabei alles schieflaufen kann, nicht aus. Meine Stiefmutter schwieg über solche Dinge. Was hätte sie auch sagen können, sie hat selbst ja nie ein Kind zur Welt gebracht. Ob ihr das leidgetan hat? Ich möchte nicht an meine Stiefmutter denken.

Auf jeden Fall musste meine Mutter nach meiner Geburt fort von den Nonnen, und wir kamen in ein protestantisches Heim, wo sie andauernd ihre katholische Konfession verteidigen musste. Sie hatte noch immer kein Geld und schneiderte meine Babysachen aus ihrer eigenen Kleidung. Die Situation war so aussichtslos, dass sie hoffte, bald zu sterben. Denn sie sah weder für sich noch für mich irgendeine Zukunft.

Das stimmte die protestantische Leitung des Heims aber keineswegs milde, denn meine Mutter wurde rausgeworfen, sobald sie aufhörte zu stillen. Ich durfte noch eine Weile im Heim bleiben.

Meine Mutter fand eine Anstellung als Dienstmädchen, gegen Kost und Logis sowie einen mageren Lohn. Die Leute, bei denen sie arbeitete, beanspruchten sie Tag und Nacht, deshalb hatte sie kaum Zeit, mich zu sehen. Darüber war sie sehr unglücklich.

Mittlerweile war ich in eine neue protestantische Einrichtung verlegt worden. Anscheinend war ich in meiner Entwicklung so zurück, dass ich mit zwei noch nicht ordentlich laufen konnte. Meine Mutter war wütend. Sie warf dem Heim vor, dass ich an den Stäben des Kinderbetts festgebunden würde, damit sich niemand um mich kümmern müsse.

Zum wiederholten Male war meine Mutter dem Wahnsinn nahe. Sie schrieb Cato, sie wisse keinen anderen Ausweg mehr, als mich abzugeben. Sie habe bereits eine entsprechende Anzeige aufgegeben. Daraufhin »kaufte« mich das Ehepaar Wolters, das nach eigener Auskunft protestantisch war (davon habe ich übrigens nie einen Deut gemerkt) und selbst keine Kinder bekommen konnte.

Vor Schmerz über diese Entscheidung wurde meine Mutter zusehends schwermütig und suchte schließlich Schutz im Kloster. Dort hörte sie, ihr drohe die Exkommunikation, weil sie zulasse, dass ich protestantisch erzogen wurde. »Exkommunikation« musste ich erst im Wörterbuch im Klaviergeschäft nachschlagen.

Verstoßen …

Ich schaue zu dem ausgeschlossenen, aber für die Komposition essenziellen Musiker hinüber, dem Posthornspieler. Auch er gehört dazu.

Zwei Saaldiener öffnen die Doppeltür zur Bühne, und das Posthorn ertönt von seiner erhöhten Position im Gang. Eine Melodie, die so melancholisch und schön ist, dass ich tief getroffen bin.

Der aufstrebende Erneuerer Gustav Mahler hat diese Musik erschaffen, als würde eine höhere Macht ihn antreiben. »Man ist, sozusagen, selbst nur ein Instrument, auf dem das Universum spielt«, lautete seine Philosophie.

Stimmt das? Lenken wir unser Schicksal nicht selbst?

Die Nonne hat mich heute gefragt, ob ich nicht religiös erzogen worden sei. Eine trotzige Antwort gewinnt in meinem Kopf Gestalt: Ja, doch – Musik ist meine Religion.

Nach einer Pause und nach *Was mir der Mensch erzählt*, *Was mir die Engel erzählen* und *Was mir die Liebe erzählt* verlässt Mengelberg endlich durch dieselbe Tür den Konzertsaal. Schweiß tropft von seiner Stirn, als er über den Flur läuft. (Unter den bedeutenden Dirigenten gilt die Aufführung dieser langen Symphonie mit großem Orchester als Meisterprüfung, wie einer der Besucher in der Pause hervorhob.)

Ich muss Geduld haben, denn Maestro Mengelberg wird noch einige Male zurück auf die Bühne müssen, um den Applaus in Empfang zu nehmen. Als dieser endlich verklingt und er schließlich endgültig den Saal verlässt, passe ich ihn ab.

»Sitzt du jetzt hier?«, fragt er ziemlich dümmlich, denn ich stehe mittlerweile genau vor seiner Nase. Ich habe lange genug gesessen.

Ich komme sofort auf den Punkt. »Haben Sie noch einmal darüber nachgedacht?«

Er betupft sich die ganze Zeit über die Stirn mit einem weißen Taschentuch, als würde ihm so einfallen, wie er mich abwimmeln könnte.

»Geh nach Hause«, sagt er schließlich und schaut mich zum ersten Mal direkt an.

»Ich habe kein Zuhause.«

»Nach Amerika.«

Ich verlagere mein Gewicht auf das andere Bein und sage etwas, das mich selbst überrascht: »Sie verstehen mich nicht. Musik bedeutet alles für mich. Ich kann sie nicht aufgeben. Ich würde lieber sterben, als darauf zu verzichten, es zumindest zu versuchen.«

Mein Flehen verfehlt nicht sein Ziel. Mengelberg gibt seinen Widerstand auf.

~ Antonia ~

33

Hamburg

Zwei Tage später sitze ich im Zug nach Deutschland. Ich betrachte mein Spiegelbild im Fenster und höre auf die Geräusche des Zugs. Die eisernen Räder auf den Schienen rotieren. Was treibt mich an? Ist es nicht lächerlich, dass ich unterwegs bin, ohne wirklich zu wissen, wohin?

Ich versuche, nicht darüber nachzudenken, was Frank von alldem halten wird. Ich habe Überstunden im Laden machen müssen und bin dadurch noch nicht dazu gekommen, ihm zu schreiben. Das ist natürlich eine dürftige Ausrede; ich habe mich einfach nicht getraut.

Mengelberg überraschte mich übrigens dann doch noch, denn ich nahm an, ich könnte bei ihm in die Lehre gehen. Aber er hat für diese Aufgabe jemand anderen im Sinn: Vier Jahre lang hat er mit Dr. Karl Muck zusammengearbeitet, einem berühmten deutschen Dirigenten. Mir war der Name unbekannt, aber wenn Mengelberg es sagt …

Er breitete die ganze Karriere von Muck vor mir aus, als wollte er sich selbst noch einmal vom Genie dieses Mannes überzeugen. Er hat auch ein Empfehlungsschreiben für den Maestro verfasst, das er mir in einem verschlossenen Umschlag überreichte. Auf der Vorderseite stand die Adresse. Er platzte fast vor Stolz – war das nicht eine wirklich großzügige Geste von ihm?

Was hätte ich sagen sollen? Ich nahm den Brief und bedankte mich mit einem unterwürfigen Kopfnicken, das ich als Platzanweiserin perfekt gelernt habe. Genau wie das Lächeln. Eine Frau, die nicht lächelt, hat die Hoffnung auf ein besseres Leben bereits aufgegeben.

Einen fahrenden Zug kann man nicht aufhalten. Ich seufze tief und nehme einen Sprachführer aus der Tasche. *Deutsch für Anfänger.* Den habe ich gerade am Bahnhof gekauft. Ich schlage das Buch auf.

»*Ich heiße Antonia Brico. Ich freue mich, Sie kennenzulernen*«, lautet der erste Satz, den ich mir einpräge. Die Deutschen haben einen merkwürdigen Buchstaben, ich spreche ihn aus wie ein b. Ein hilfsbereiter Mitreisender erklärt mir, wie ich dieses ß tatsächlich aussprechen muss. Wie ein scharfes s. Und »zu« klingt wie »tzoe« im Niederländischen. Wenn ich gedacht habe, die Begrüßung würde kein Problem darstellen, lag ich wohl falsch.

Mit meinem Koffer in der Hand laufe ich durch Hamburg und suche die Straße, in der Muck wohnt. Auf dem Weg wiederhole ich stumm die deutschen Sätze. Ich habe die Adresse gefunden. Ein stattliches Herrenhaus; ich muss ein Gartentor passieren, um zur Eingangstür zu kommen. Zum Glück ist es nicht verschlossen.

Nachdem ich mich mit dem schweren Türklopfer bemerkbar gemacht habe, öffnet mir die Haushälterin. Ich glaube zumindest nicht, dass sie Mucks Ehefrau ist, denn sie trägt eine Schürze und schwarze Dienstkleidung.

»*Was wollen Sie?*«, fragt sie leicht gereizt.

Wahrscheinlich möchte sie wissen, warum ich hier bin.

»*Ich heiße Antonia Brico*«, versuche ich es in meinem besten Deutsch. »*Ich freue mich, Sie kennenzulernen.*«

Die Haushälterin schaut mich erstaunt an. Ich finde die richtigen Worte nicht und wechsle ins Englische.

»Ich möchte Herrn Muck sprechen.«

Ich bin jedes Mal wieder verblüfft, dass Europäer viel mehr Sprachen beherrschen als Amerikaner, denn sie antwortet auf Englisch.

»Woher kommst du?«

»Ich komme aus Amerika«, antworte ich. Hoffentlich beeindruckt sie das.

»Herr Muck ist nicht zu Hause. Vor zwölf Uhr am Mittag ist er sowieso nicht zu sprechen.«

»Oh«, sage ich verdattert.

Aber dann erscheint Karl Muck mit viel Lärm im Flur. Er stößt mit dem Fuß gegen einen Zinkeimer, den die Haushälterin stehen gelassen hat.

»*Else, was soll das denn?*«, meckert er.

Die Haushälterin setzt an, sich zu entschuldigen, aber jetzt hat er mich entdeckt und hört schon gar nicht mehr zu. In einem Hausmantel, den er halb offen über einem Schlafanzug trägt, kommt er die Treppe zur Haustür herunter. In der einen Hand balanciert er eine Tasse Kaffee, während er die Zeitung unter dem Arm eingeklemmt hat. In der anderen Hand hält er eine Zigarette. Auf der rechten Wange seines etwas eingefallenen, spitzen Gesichts ist eine Narbe zu sehen. Ich versuche sein Alter zu schätzen, vielleicht Ende sechzig?

»*Und wer sind Sie?*«

»Ich …«

»Sie kommt aus Amerika«, informiert die Haushälterin ihn auf Englisch, sodass ich es auch verstehe. Muck wechselt dann ebenfalls ins Englische. Mengelberg erzählte, Muck habe jahrelang in Boston gearbeitet.

»Für Amerikaner bin ich nicht zu sprechen.«

Er läuft zwar in einem Schlafanzug herum, aber mit seinen klugen braunen Augen schaut er mich hellwach an. Ich nehme den Brief von Mengelberg aus der Tasche.

»Ursprünglich bin ich Niederländerin. Eigentlich noch immer«, plappere ich los, »denn ich wurde nie eingebürgert. Ich habe ein Empfehlungsschreiben, von Maestro Mengelberg.«

Er reicht seine Tasse der Haushälterin, die neben ihm steht, und nimmt mir den Brief aus der Hand.

»Was will der Halunke?«

Theatralisch reißt er den Umschlag auf und liest rasch den Inhalt. Zweimal lacht er abfällig. Ich weiß nicht, wieso. Bis er den Brief zerreißt und die Schnipsel auf den Boden wirft.

»Wenn er das für ein Empfehlungsschreiben hält, fresse ich meine Zigarette«, sagt er. Er nimmt wieder die Kaffeetasse und geht die Treppe hinauf. Die Haushälterin schließt langsam die schwere Tür.

»Ich möchte Dirigent werden!«, rufe ich ihm hinterher.

»Ich habe Vorurteile gegen Frauen«, antwortet er laut, ohne sich umzudrehen und sich die Mühe zu machen, mich anzuschauen.

Die Tür schlägt vor meiner Nase zu. Verzweifelt suche ich den zerfetzten Brief zusammen. Habe ich etwa die ganze Reise nach Hamburg für nichts und wieder nichts gemacht?

Als ich zurück zur Straße gehe, lasse ich das Tor auf. Durch das offene Fenster an der Vorderseite sehe ich, wie Muck im dahinterliegenden Zimmer umherläuft. Einen Versuch wage ich noch, was habe ich schon zu verlieren.

Also gehe ich auf das Fenster zu. Dicht heran komme ich eigentlich nicht, dafür ist es zu hoch. Aber ich bin so außer mir, dass ich eine Pflanze, die auf einem Steinsockel steht, wegschiebe. Der Topf geht dabei zu Bruch.

Ich besteige den Sockel und kann so ins Arbeitszimmer von Muck schauen. An der Wand hängt ein Foto von jenem Mann, den ich so verehre.

»Ist er ein Freund von Ihnen?«, frage ich, während ich versuche, mich auf dem Sockel zu halten.

Muck kommt irritiert ans Fenster und blickt auf mich herab.

»Wer?«

Ich zeige auf das Foto: »Albert Schweitzer.«

Muck wendet den Kopf in Richtung der Aufnahme, dann wieder zu mir.

»Wir haben ein paar Gemeinsamkeiten.«

Jetzt muss ich ihn überzeugen.

»Schweitzer wurde im Krieg in Frankreich interniert, nicht weil er etwas Schlechtes getan hatte, sondern nur weil er Deutscher war. Und Sie verurteilen mich, nicht weil ich etwas Falsches tue, sondern weil ich Amerikanerin bin, oder Niederländerin, oder eine Frau, oder zu jung, oder weil ich nicht rauche? Das nenne ich engstirnig.«

Muck zuckt mit den Schultern. »Dann bin ich eben engstirnig.«

»In seinem Buch über Bach schreibt Schweitzer, es sei einer der Charakterzüge schöpferischer Menschen, dass sie auf ihren großen Tag warten würden und dass sie, bis es so weit ist, alles in dieses Warten investieren, bis zur Erschöpfung. Das ist meine Geschichte.«

»Und? Kippst du gleich um?«

Ich schüttele den Kopf. »Noch lange nicht. Schweitzer war so verrückt, seine Musik für ein anderes Leben zu opfern. Und ich bin so verrückt, mein anderes Leben für die Musik zu opfern. Mit Ihrer Hilfe – oder ohne Sie – werde ich irgendwann ein Dirigent.«

Ein listiges Lächeln erscheint auf seinen Lippen, während er sich eine neue Zigarette anzündet.

»Du möchtest also bis zur Erschöpfung arbeiten, sagst du?«

Der erste Brief, den ich aus meiner billigen Pension schreibe, ist für Robin:

Lieber Robin, auf einigen Umwegen bin ich in Deutschland gelandet. Karl Muck unterrichtet mich. Sein Name sagt Dir natürlich nichts, aber er ist großartig. Er ist 67 und lebt in Hamburg, wo er als Chefdirigent das Philharmonische Orchester Hamburg leitet. Außerdem ist er schon seit Jahren der Hauptdirigent der Wagner-Festspiele in Bayreuth, die immer im August stattfinden. Ich durfte Muck als Praktikantin begleiten, und eine ganz neue Welt hat sich mir eröffnet, denn ich konnte alle seine Orchesterproben beobachten. Ich war sogar bei den Schallplattenaufnahmen für die Oper Parsifal *dabei, die er dirigierte.*
Er lebt nur für die Musik. Wie mir seine Haushälterin Else erzählte, ist er seit einigen Jahren verwitwet. Sie zeigte mir ein Foto seiner verstorbenen Frau, ließ mich aber wissen, er würde über sein Privatleben schweigen wie ein Grab.
Mein neuer Mentor hat mir meinen ersten richtigen Taktstock geschenkt und bringt mir die Grundbegriffe des Dirigierens bei. Endlich darf ich lernen, um was es eigentlich geht! Und im Unterschied zu Mengelberg gibt Muck mir eine echte Chance. So hat er drauf bestanden, dass ich die Aufnahmeprüfung an der Staatlichen Musikakademie in Berlin absolviere. Zum Glück konnte ich mich noch dafür anmelden. Das

akademische Jahr besteht dort aus zwei Semestern, einem Winter- und einem Sommersemester. Ich würde im Oktober anfangen. Ich muss wirklich alles geben, denn für das Fach Orchesterdirigieren haben sich zwanzig Studenten beworben, aber es werden nur zwei angenommen. Und eine Frau hat das dort noch nie geschafft ...

Ich schreibe ihm nicht, dass ich den zerrissenen Brief von Mengelberg wieder zusammengeklebt habe. Er hängt nun in einem Rahmen über meinem Bett. Als Erinnerung. Nur damit ich ihn nicht vergesse, wenn ich unsicher bin, ob ich Frank vielleicht schreiben sollte – dann weiß ich wieder, warum ich das besser bleiben lasse.

~ Frank ~

34

Long Island – New York

*J*eden Tag warte ich auf die Post, und jeden Tag bin ich enttäuscht, dass kein Brief von Antonia dabei ist. Das geht jetzt schon seit Wochen so, obwohl wir uns versprochen haben, einander oft zu schreiben. Das macht mich ganz verrückt, und meine Laune wird immer schlechter. Irgendetwas stimmt nicht, ich weiß bloß nicht, was.

Meine Briefe an sie schicke ich postlagernd zur Hauptpost in Amsterdam. Sie wollte mir keine feste Adresse mitteilen, da sie möglicherweise häufiger das Hotel wechseln müsse.

Die letzte Nachricht über sie erhielt ich von Willem Mengelberg. Vor zwei Monaten schickte er ein Telegramm mit einer beunruhigenden Mitteilung. Ich weiß noch, wie Shing mir das Telegramm ins Arbeitszimmer brachte und dass mich Panik ergriff, als ich es las.

Miss Brico bittet um Unterricht im Dirigieren – Stopp – Was tun – Stopp – Willem Mengelberg – Stopp.

Unterricht im Dirigieren? Es war überhaupt nicht geplant, dass sie auf Dauer in den Niederlanden bleiben würde! Ich will, dass sie bald zurückkommt. So hatten wir es besprochen: Sie kommt so schnell wie möglich wieder zurück. Ich schickte Shing sofort zur Post, damit er meine Antwort an Mengelberg durchgab:

Schick sie nach Hause – Stopp – Frank Thomsen – Stopp.

Nachdem ich wochenlang nichts von ihr gehört hatte, habe ich versucht, Mengelberg zu erreichen und ihn zu fragen, ob er wisse, was mit Antonia los sei. Aber er hält sich in der abgelegenen »Chasa Mengelberg« auf, seinem Haus in den Schweizer Alpen. Ich erhalte keine Antwort von ihm.

Ich mache mir Sorgen, sie könnte böse auf mich sein und nicht mehr zu mir zurückwollen. Eine Auswirkung dieser Angst ist, dass sich meine Dämonen wieder öfter blicken lassen.

Als ich heute im Theaterviertel unterwegs war, kam ich an einem blinden Straßenmusiker vorbei, der Akkordeon spielte. Ich sah sofort, dass er ein Opfer des Giftgases war.

Ich hatte zahllose solcher Opfer medizinisch betreut, als ich in der Casualty Clearing Station Nr. 11 arbeitete, vor zehn Jahren. Die grausamen Erinnerungen trieben wieder ungehemmt ihr Unwesen in meinem Kopf. Wie bei einer zerkratzten Schallplatte, bei der die Nadel in einer Kerbe hängen geblieben ist. Die Kerbe der Schützengräben. Ich konnte die Platte nicht anhalten und war plötzlich wieder dort …

Der Feind hatte zuerst damit angefangen, Giftgas einzusetzen. Obwohl die Alliierten diese Art der Kriegsführung für unehrenhaft hielten, zahlten sie es ihm mit gleicher Münze heim. Daher flogen die Granaten in beide Richtungen. Allerdings war häufig keine Explosion mehr zu hören, sondern nur ein leises, zischendes Geräusch beim Ausströmen des Chlor-, Phosgen- oder Senfgases. Fast geräuschlos brachten sie den Tod.

Im sogenannten Gaskriegsjahr, als ich im Lazarett arbeitete, war eine von fünf Handgranaten eine Nervengasgranate. Offiziell hießen die Dinger nicht so, die Armeeführung sprach lieber von einem »Accessoire«, als wäre es eine modische Damenhandtasche. Die Deutschen sprachen von einem »Kampfmittel«, darunter konnte man alles Mögliche verstehen.

Um gegen das Giftgas gerüstet zu sein, mussten die Soldaten in den Schützengräben Gasmasken und spezielle Schutzkleidung tragen. Diese Gasmasken waren die Hölle. Sie waren mit einer Klammer ausgestattet, die die Nase zupresste, und die Soldaten mussten einen Schlauch in den Mund nehmen, durch den sie atmeten. Die eingeatmete Luft gelangte so »gefiltert« in die Lunge. Man bekam davon einen staubtrockenen Mund.

Die Masken bestanden aus imprägniertem Stoff, der einen schwindelerregenden Geruch verströmte. Die runden Sichtgläser beschlugen wahnsinnig schnell, und die Männer konnten die Hand nicht mehr vor Augen sehen. Die Soldaten erstickten fast unter diesen Masken, aber die Alternative war schlimmer. Man musste doch etwas tun, um diesem Meuchelmörder zu entkommen, den sie wie nichts sonst fürchteten.

Aber als Reaktion auf die Gasmasken ließen sich die Kampfgasexperten etwas Perfides einfallen: Sie stellten den Gascocktail so zusammen, dass die Soldaten zuerst einen heftigen Brechreiz verspürten, sodass sie die Masken abnehmen mussten, um sich zu übergeben. Das eigentliche Kampfgas konnte dann ungehindert seine grausame Arbeit verrichten.

Das war schon alles schlimm genug, aber diese »Schweineschnauzen«, wie ein Arzt in meiner Abteilung die Gasmasken nannte, hatten auch einen psychologischen Effekt, denn die Soldaten wurden entmenschlicht, wodurch die Hemmschwelle des sowieso schon abgestumpften Feindes, sie zu töten oder zu verwunden, noch weiter sank.

Ich war einer kanadischen Sanitätseinheit zugeteilt worden, deren Lazarett in der Umgebung des belgischen Orts Passendale lag. Auf Englisch klingt der Anfang des Ortsnamens wie *passion*; tatsächlich fand an diesem gottverlassenen Flecken Tag für Tag ein Martyrium statt.

Man bereitete eine Offensive vor, um das Gebiet von den Deutschen zurückzuerobern. Das Gelände sah sowieso schon wie eine menschenfeindliche Mondlandschaft aus, voller Krater und Löcher – es wurde bereits seit drei Jahren erbittert um diesen Frontabschnitt gekämpft.

Der sintflutartige Regen im August 1917 vergrößerte die Katastrophe nur noch mehr. Es war der schlimmste Regen seit fünfundsiebzig Jahren. Die Schützengräben und Bombentrichter füllten sich mit Wasser, das nicht abfließen konnte. In diesem verdreckten, sumpfigen Schlammloch fing eine Schlacht an, die Monate dauern sollte und die Hunderttausende Leben fordern würde. Die Panzer steckten im Schlamm fest, und die Artillerie konnte auf dem weichen Untergrund nicht mehr zielgenau ausgerichtet werden. Also griff man auf andere »Kampfmittel« zurück.

Das hinterhältigste Gas, das großflächig eingesetzt wurde, war Senfgas. Es ist quasi geruchlos, die Granaten enthielten es als bräunliche Flüssigkeit, und erst nach Stunden zeigten sich erste Vergiftungserscheinungen. Dann war es für die Soldaten zu spät, sich noch zu schützen. Die Chemikalien hatten dann schon unbemerkt Haut und Atemwege angegriffen, sich eingefressen und eingebrannt.

Wenn es schlecht lief, konnte ein Hustenanfall zu einem schrecklichen Erstickungstod führen. Die Opfer des Gases ertranken buchstäblich in ihrer eigenen, gelb-schleimigen Lungenflüssigkeit – manchmal nach einem wochenlangen Todeskampf.

Das Winseln der Vergifteten ging einem durch Mark und Bein. Es war viel schlimmer als das Stöhnen der schwer verletzten Soldaten, die Artilleriefeuer ausgesetzt gewesen waren. Sie starben vor Schmerzen, husteten sich ihre Lungen aus dem Leib oder schnappten ein letztes Mal röchelnd nach Luft.

Ich konnte so wenig für die Opfer tun. Täglich wusch ich ihre Brandwunden aus und besprenkelte die verbrannten und zusammengeschmolzenen Augen mit Öl, was für sie eine neue Folter darstellte. Und konnte nur hoffen, dass sie es schaffen würden – oder dass sie schnell von ihrem Leiden erlöst würden.

Tag für Tag trafen neue Opfer ein, Tag für Tag hofften wir, Tag für Tag waren wir machtlos ...

Niemand konnte das aushalten.

Der Straßenmusiker hat auch sein Heil in der Musik gesucht. Zwar sind seine Augen erblindet, aber er sieht alles noch in seinem Kopf. Ich lege einen ordentlichen Betrag in seinen Hut.

Um mich etwas abzulenken, besuche ich an diesem Abend das *In the Mood*. Insgeheim hoffe ich, dass Robin weiß, wie es Antonia geht.

Als ich den Club betrete, spielt Robin gerade mit seiner Band. Antonia hatte erzählt, er sei auf der Suche nach einem Ersatz für sie, aber er sitzt jetzt selbst am Klavier, dafür ist der Bassist neu.

Er entdeckt mich schnell zwischen den Gästen an der Bar und schaut zu mir herüber. Ihm ist klar, dass ich seinetwegen hier bin; sofort nach der Nummer kündigt er eine Pause an und kommt auf mich zu.

Wir begrüßen einander etwas steif, und er signalisiert dem Barkeeper, zwei Gläser mit Whisky zu bringen. Wegen der Prohibition muss man vorsichtig sein. Der Barkeeper stellt zwei Gläser vor uns hin. Ich kann nur hoffen, dass es kein *moonshine* ist, ein illegales Gesöff, das den richtigen Alkohol ersetzen soll. Gegen ein wenig Betäubung habe ich nichts und nehme einen Schluck. Der Whisky ist überraschend gut.

»Hast du in letzter Zeit etwas von Antonia gehört?«, frage ich. Ich könnte mich dafür ohrfeigen, denn durch meine Frage wird sofort klar, wie hilflos ich bin.

»Schreibt sie dir nicht?«

»Nein … schon eine ganze Weile nicht mehr.« Ich schwenke den Whisky im Glas und betrachte die kreisende Flüssigkeit. Ich bin nervöser, als ich zeigen will, und versuche meinen desolaten Zustand zu verbergen. Dann schaue ich Robin an. »Weißt du, wann sie zurückkommt?«

Die Frage überrascht ihn; ich merke, wie er vorsichtig wird.

»Sie schreibt, dass sie jetzt in Berlin ist«, verrät er.

»In Berlin?«

»Sie nimmt an der Aufnahmeprüfung der Staatlichen Musikakademie teil.«

Ich verschlucke mich fast.

»Orchesterdirigieren«, ergänzt Robin.

Das muss ich erst verdauen. Ich suche in meinem Hirn, aber wir haben über so einen Plan nie gesprochen.

»Wie lange würde das Studium dauern?«, frage ich.

»Zwei Jahre.«

»Zwei Jahre?! Wo will sie das Geld dafür hernehmen?«

»Ist das das Erste, was dir dazu einfällt?«, fragt er.

Er sagt das mit einer Überlegenheit, die mich lächerlich erscheinen lässt. Ich versuche mich zu verteidigen.

»Sie werden sie niemals annehmen.«

Er beugt sich zu mir herüber. »Du unterschätzt sie. Die Akademie hat sie schon zugelassen.«

Das trifft mich wie ein Paukenschlag. Aber Robin hat kein Mitleid mit mir. Er hebt sein Glas und spricht einen Toast aus: »*To Dutch courage.*« Er trinkt das Glas in einem Zug leer und geht zurück auf die Bühne.

Mein Kopf droht zu explodieren: Was um alles in der Welt ist in Antonia gefahren?

~ Antonia ~

35

Berlin

Muck lässt mich *Aus der Neuen Welt* dirigieren, die Neunte Symphonie von Antonín Dvořák. Er hält die unverzichtbare Zigarette zwischen den Fingern und beobachtet durch die Rauchwolken, wie ich mich anstelle.

Ich bin so glücklich, dass er schon so rasch ein Gastseminar an der Akademie gibt. Ich fühle mich wohl bei ihm, ich kenne ihn schon so gut – außerdem erspart es mir die Zugfahrt nach Hamburg. Sonst fahre ich am Wochenende immer zu ihm, und er gibt mir zusätzlichen Unterricht.

Damit will ich überhaupt nicht sagen, dass wir auf der Akademie unsere Zeit vertrödeln. Wir müssen ein ganzes Paket an verschiedenen Kursen besuchen, wie etwa Harmonielehre, Solfège, Komposition, Partiturlesen, Partiturspielen, Kontrapunkt, Musikgeschichte, Instrumentenlehre, Instrumentation, Ästhetik und Akustik. Diese Stunden haben wir in größeren Seminaren. Und ich studiere außerdem noch Klavier als Soloinstrument. Und die Nachbereitung der Seminare erfordert viele einsame Stunden des Studiums. Aber ich bin natürlich vor allem wegen der wöchentlich sechs Stunden Dirigieren hier. Bei diesem Unterricht sind wir nur zu zweit, mein männlicher Kommilitone, er ist zwanzig, und ich.

Damit ich *Aus der Neuen Welt* richtig verstehe, habe ich mich in das Leben von Antonín Dvořák vertieft. Ich habe eine Schwäche für sein Werk, weil es mich – trotz allem – mit Frank verbindet. Dieser böhmische Komponist, der selbst auch dirigierte, starb zwei Jahre nach meiner Geburt. Sein Vorname unterscheidet sich nur in einem Buchstaben von meinem.

Und es gibt noch mehr Gemeinsamkeiten. Was bei ihm zwei Elternteile betraf, konzentrierte sich bei mir auf einen: Sein Vater war das älteste von acht Kindern, und seine Mutter arbeitete als Dienstmädchen. Dvořák hat in Kaffeehäusern spielen müssen, um irgendwie zurechtzukommen. Seine Eltern waren arm. Trotzdem schaffte er es, diese Verhältnisse zu überwinden. Er ergriff die Chance, die sich ihm bot. Sein Leben inspiriert mich, aber es ist vor allem seine Musik, die ich unvergleichlich schön finde. Ich gebe daher alles, damit sie so perfekt wie möglich zum Leben erweckt wird.

Aber die Probe läuft schlecht. Die Musik im eigenen Kopf erklingen zu lassen ist eine Sache, die Mitglieder des Orchesters dazu zu bringen, dass sie die Symphonie auch so spielen, eine ganz andere. Ich gebe einige Anweisungen, um die Musiker zu lenken, aber ich scheine gegen eine Wand anzureden. Das Orchester verhält sich äußerst reserviert, fast schon feindselig. Beim nächsten Durchgang hört sich die Musik immer noch eher wie eine kaputte Maschine an als wie das beeindruckende Amerika, das mit der *Neuen Welt* gemeint ist. Während seines ersten Besuchs war Dvořák begeistert von »meinem« Land. Gereizt hebe und senke ich den Taktstock, im vollen Bewusstsein, gerade zu scheitern. Mir wird heiß.

Mit einer Armbewegung lässt Muck das Orchester verstummen. Wenn ich doch nur dieselbe natürliche Autorität hätte wie er. Vielleicht liegt es daran, wie er sich kleidet, nämlich wie ein echter Aristokrat, immer im Anzug, mit einem steifen Kragen, der ihm bis ans Kinn reicht. Er beugt sich zu mir.

»Eine Frau und hundert Männer. Was wirst du anstellen, damit sie auf dich hören?«, flüstert er mir ins Ohr.

Ich hebe den Kopf und schaue misstrauisch zu den Musikern. Ich vermute, sie sabotieren mich mit Absicht, denn ich habe alles gesagt, was zu sagen ist.

Wieder flüstert Muck mir ins Ohr: »Entscheidest du dich für die sanfte oder für die harte Methode?«

Ich blicke ihn an. Merkwürdigerweise schaut er mir auf die Stirn und nicht in die Augen.

»Noch eine Sache, Brico: Wenn du schwitzt, hast du verloren.«

Er hat recht. Ich spüre die Schweißtropfen auf meiner Stirn, aber ich weigere mich, sie vor diesem Publikum wegzuwischen. In solchen Fällen zeigt man keine Schwäche, sondern steht seinen Mann – das weiß ich inzwischen. Es ist die Schwäche der Frauen, die Muck so verabscheut. Also werde ich ihm diese Genugtuung nicht gönnen. Und das gilt noch mehr für die versammelten Herren vor mir. Denn sie schwitzen genauso, aber ich schlage es mir aus dem Kopf, das anzusprechen.

»Das Crescendo verläuft von Pianissimo zu Forte. Und Sie spielen nur Mezzoforte. Außerdem war es versetzt«, sage ich streng auf Deutsch. Dass ich in den wenigen Monaten, die ich hier bin, schon so gut Deutsch gelernt habe, nötigt ihnen zumindest etwas Respekt ab.

»*So ist es richtig, du sollst ein Taktstocktyrann sein, kein Demokrat*«, flüstert Muck.

Genau, denke ich, ein Taktstocktyrann. Ein Mitspracherecht steht ihnen nicht zu. Ich gebe an, bei welchem Takt wir wieder einsetzen, und die Probe macht große Fortschritte. So soll diese Musik klingen. Und ich spüre zum ersten Mal die überwältigende Freude, wenn das gelingt.

Erst als die Probe vorbei ist und alle Mitglieder des Orchesters den Saal verlassen haben, packe ich meine Sachen zusammen. Ich bleibe gerne länger in der Akademie, denn das Dachzimmer, das ich gemietet habe, ist kalt und dunkel. Ich möchte noch ein wenig Klavier spielen. In der Akademie gibt es einen langen Flur, auf dessen beiden Seiten sich kleine Proberäume befinden, insgesamt bestimmt dreißig. Und in jedem Raum steht ein Klavier.

Als ich zwischen den Stuhlreihen zum Ausgang des Saals gehe, staune ich Bauklötze, denn Frank steht plötzlich vor mir. Ich traue meinen Augen kaum. Er ist extra aus Amerika gekommen, um mich zu sehen. Sekundenlang stehe ich einfach nur so da.

Er wartet ab. Ich frage mich, wie lange er wohl schon im Saal war. Wie viel hat er von der Probe mitbekommen? Auf seinem ernsten Gesicht erscheint die Andeutung eines Lächelns. Freut er sich, mich zu sehen?

Ich lasse meine Tasche fallen und laufe auf ihn zu. Wir umarmen einander, und kurz, ganz kurz, scheint alles in Ordnung. Aber etwas nagt an mir, das können auch all die verliebten Gefühle nicht überdecken. Ich befreie mich aus seiner Umarmung, und wir schauen einander an.

Er unterbricht als Erster die Stille: »Können wir irgendwo reden?«

~ Frank ~

36

Antonia kennt in der Nähe ein Café-Restaurant, zu dem wir nur ein paar Straßen weit laufen müssen. Unterwegs reden wir kaum. Es weht ein scharfer Herbstwind. Jetzt im November verlieren die Bäume die Blätter, sie segeln wild um uns herum.

Ich verarbeite noch die Eindrücke aus der Probe. Ich habe ihre Hochachtung für Karl Muck gespürt, ein Mann mit einer eher dubiosen Vergangenheit. Während des Krieges arbeitete er in Boston, Massachusetts, am Boston Symphony Orchestra. Es gab Probleme, als die Amerikaner hinter seine nationalistische Einstellung kamen. Deutschland über alles, lautete sein Motto. Das ganze Repertoire, das er aufführte, spiegelte das wider. Als man ihn bat, französische Komponisten zu spielen, war er deutlich weniger begeistert.

Er scheint ein persönlicher Freund von Kaiser Wilhelm II. zu sein, unserem Gegner im Weltkrieg. Der Massenmörder hat in den Niederlanden Asyl erhalten. Aber Kaiser ist er nicht mehr. Man meinte wohl, das sei Strafe genug.

Hier in Berlin habe ich heute wieder die entstellten Gesichter der ehemaligen Soldaten aus den Schützengräben gesehen. Miniatur-Bombenkrater. In solch einem Krieg gibt es nur Verlierer.

Es nahm kein gutes Ende mit Muck in den USA, daher ist er verbittert und weigert sich, jemals wieder einen Fuß auf amerikanischen Boden zu setzen. Ich hätte ohnehin nicht vor, ihn zu engagieren. Er ist so eine Art Mann, der Frauen nicht für voll nimmt. Sie gingen ihm auf die Nerven, hörte ich einmal von Mengelberg.

Und jetzt hat ausgerechnet dieser Mann Antonia in seiner Obhut. Wer hätte sich das ausmalen können?

Der Ober sagt etwas auf Deutsch und serviert Antonia einen Teller Suppe – es ist Zwiebelsuppe. Sie schaut auf den Teller und schiebt ihn unschlüssig hin und her. Aber sie sagt nichts. Ich bekomme ein Schnitzel. Der Ober geht wieder, und ich bereite mich auf unser Gespräch vor, für das ich die zweiwöchige Reise auf mich genommen habe. Zeig dich jetzt von deiner besten Seite, ermahne ich mich.

»Ich bin sehr stolz darauf, dass du angenommen wurdest.« Ich lächele sie an.

»Tatsächlich?«, fragt sie misstrauisch.

»Ja, das hättest du mir auch schreiben können.«

Antonia ist kurz still, als wäre sie sich nicht sicher, was sie antworten soll. Aber dann kommt es doch.

»Über meinem Bett hängt ein gerahmtes Empfehlungsschreiben von Mengelberg. Adressiert an Muck, der Amerikaner hasst und dem Frauen auf den Wecker gehen. Weißt du, was Mengelberg darin schreibt?«

Sie blickt mich geradewegs an. Ich mache eine ahnungslose Geste.

»Dass alles Gute aus den Niederlanden kommt, abgesehen von mir. Und ich muss kein Genie sein, um zu kapieren, wer eigentlich dahintersteckt.«

Ich merke, wie böse sie ist, auch wenn sie das ganz ruhig sagt. Ohne ihr die Einzelheiten zu verraten, versuche ich mich zu entschuldigen.

»Ich hoffte natürlich, du würdest zurückkommen. Das hoffe ich noch immer. Ich liebe dich.«

Ich sehe, dass sie das berührt.

»Das bildest du dir nur ein.«

»Wie kannst du das wissen?«, frage ich.

»Ich bin nicht die Richtige für dich. Denk nur an deine Eltern ... und an meine.«

Dieser verdammte Klassenunterschied. Wie bekomme ich sie davon ab?

»Das ist mir egal. Ich will dich. Ich will dich heiraten und Kinder mit dir haben.«

Sie schaut sich kurz um, bevor sie antwortet: »Du wirst schon jemanden finden.«

»Heißt das, dass du mich nicht liebst?«, frage ich verletzt.

Sie nimmt ihren Löffel und rührt in der Suppe. Ich denke, ihr Schweigen heißt Nein. Ich schaue nach draußen, betrachte die reich verzierten Jugendstilfenster des Restaurants. Dann blicke ich wieder Antonia an. Sie führt den Löffel zum Mund und isst die gekochten Zwiebeln.

»Schmeckt die Suppe?«

»Ja ... ganz phantastisch.«

»Ich dachte, du würdest keine Zwiebeln mögen?«

Antonia isst weiter. Ich neige mich zu ihr hinüber. »Antonia, ich muss es wissen, ja oder nein? Wenn du ja sagst, werde ich auf dich warten ...«

Sie hört auf zu essen. Ich nehme ihre freie Hand und schaue ihr tief in die Augen.

»Willst du mich heiraten?«

Zitternd legt Antonia den Löffel hin.

»Darf ich darüber nachdenken?«

»Du weißt doch sicherlich, wie du dich entscheiden solltest«, sage ich etwas gereizt. Ich habe ihr meine Seele offenbart, und außerdem bin ich keine schlechte Partie für sie.

Aber sie scheint in einer Zwickmühle zu stecken.

»Für das, was am wenigsten wehtut ...«, sagt sie stockend.

»Du wirst nein sagen. Diese Welt wirst du nie loslassen können.«

Mir schießen die Tränen in die Augen, und ich habe einen Kloß im Hals. *Ein Mann weint nicht.* Ich versuche mich zusammenzureißen. Auch Antonia ist aufgewühlt. Sie steht auf und will gehen, nimmt ihre Tasche, bleibt dann aber stehen.

»Die Frau von Mengelberg war eine verteufelt gute Sängerin«, sagt sie.

»Was hat das mit uns zu tun?«, will ich wissen.

»Sie hat aufgehört zu singen.«

Dann geht sie wirklich. Ich bleibe zurück. Vom Schnitzel bekomme ich keinen Bissen hinunter. Sie hat mich abgewiesen.

~ Antonia ~

37

Habe ich mich richtig entschieden?, dröhnt es in meinem Kopf, während ich das Restaurant verlasse. Ich bekomme einen Weinkrampf. Die Leute auf der Straße sehen sich nach mir um, ich kann nicht aufhören. Es zerreißt mich, denn ich liebe ihn mehr als jeden anderen Menschen. Was hätte ich sagen sollen? Musste ich meine Liebe wirklich opfern? Oder doch die Chance, tatsächlich einmal Dirigentin zu werden?

Er ist der Grund für Mengelbergs fürchterlichen Brief, in dem er dich total runtergemacht hat, versucht eine Stimme in mir diesen Panikanfall zu beenden. Sie wollten beide verhindern, dass du eine Chance bekommst. Und sie wussten genau, so hättest du keine. Das war der Plan. Und dann wärst du zurückgekehrt. Zu ihm.

Zu Hause falle ich aufs Bett. Ich wusste nicht, dass ich so weinen kann, aber anscheinend kommt der ganze Schmerz, den ich in mich hineingefressen habe, heraus. Stunden verfliegen.

Erst als ich an die bescheuerte Zwiebelsuppe denken muss, beruhige ich mich etwas. Wie bin ich bloß auf die Idee gekommen, die Tagessuppe zu bestellen, ohne mich zu erkundigen, was heute auf der Karte stand? »*Zwiebelsuppe*«, sagte der Ober, als er den Teller vor mich hinstellte. Das Wort kannte ich noch nicht. Es klang überhaupt nicht nach *uien*, dem niederländischen Wort für Zwiebeln. Aber ich war ohnehin so durcheinander, dass ich die Zwiebeln gar nicht herausschmeckte. Der Mensch ist offensichtlich in der Lage, Sinne einfach abzuschalten.

Ich schaue auf die Fotos von Schweitzer, die ich an meinen Schrank gehängt habe. (Die von Mengelberg habe ich zerrissen.) Mir fällt die stundenlange Fahrt mit dem Ruderboot ein, die die schwarzen Naturmenschen ohne Ermüdung hinter sich bringen konnten. Nur weil sie ein höheres Ziel vor Augen hatten.

Kann ich das auch? Arbeiten bis zum Umfallen? Bin ich vielleicht gestört? Ein Opfer meines eigenen Ehrgeizes? Ich denke darüber nach, was Schweitzer dazu gesagt hat. Und mir wird klar: Ich bin frei.

Ich mache das, was ich in einer solchen Situation immer mache: bis zur Erschöpfung arbeiten. Ein Trick, der mich noch nie im Stich gelassen hat. An sechs Tagen in der Woche stehe ich jeden Morgen um sieben vor der Akademie, und der Portier muss mich jeden Abend um sieben Uhr rausschmeißen, damit er pünktlich zu seiner *Bratwurst* kommt.

Aber abends, alleine in meinem Dachzimmer, liege ich stundenlang apathisch auf dem Bett und starre an die Decke. Dann kommen die Gedanken, die ich tagsüber unterdrücken konnte. Mein Herz hat mir noch nie so wehgetan.

Der Winter kommt. Und in Berlin ist er nicht weniger frostig als in New York. Schon seit Wochen herrscht ein sibirischer Ostwind, der genauso kalt ist wie mein erfrorenes Herz. Die Kälte dringt durch alle Ritzen des Dachzimmers, nur eine Verschalung und ein paar Dachpfannen trennen mich von der eisigen Luft. Geld für Kohlen habe ich nicht, daher trage ich auch im Zimmer meine Winterjacke. Irgendwie muss man ja durchkommen.

In dieser Kälte sind die Sonntage am schlimmsten, denn dann ist die Akademie geschlossen. Trotzdem bleibe ich bei dem Rhythmus, zweimal im Monat am Wochenende mit dem Bummelzug nach Hamburg zu fahren. Das habe ich schon vor dem Treffen mit Frank gemacht. Eine Fahrt von gut zweihundertfünfzig Kilometern, über Gleise, die von Schnee und Eis in Mitleidenschaft gezogen sind.

Unterwegs sterbe ich fast vor Kälte, da die vierte Klasse ungeheizt ist. Außerdem esse ich nicht genug, und mir fehlt wintertaugliche Kleidung. Bei Muck kann ich mich aufwärmen. Seine Haushälterin Else schürt das Feuer, wenn sie sieht, wie ich zittere. Und Muck besitzt eine ungebremste Energie, sodass ich gar keine Zeit habe, an meine Misere zu denken. Ich bin dann am Montagmorgen um sechs wieder in Berlin, damit ich um sieben am Tor stehen und dem Portier einen guten Morgen wünschen kann.

Allerdings fällt es mir an solchen Tagen schwerer, während des Unterrichts die Augen offen zu halten.

Die Fahrten nach Hamburg reißen eine Lücke in mein Budget, auch wenn ich so billig wie möglich reise. Irgendwann ist es dann so weit: Mein Portemonnaie ist leer, alles Ersparte ist verbraucht.

Das ist nicht mehr zu leugnen, als im Brotkasten nur noch ein verschimmeltes Endstück liegt und ich kein Kleingeld mehr in der Blechbüchse im Schrank habe, um ein frisches Brot zu kaufen. Ich bin am Ende, es gibt nichts mehr, was ich einsparen könnte.

Zur Not kann ich noch zu einer Garküche für Bedürftige gehen, aber eigentlich ist die zu weit weg. Die Schlangen dort sind lang; wenn man endlich an die Reihe kommt, sind die Zehen fast erfroren, und der Appetit ist einem längst vergangen. Und dann muss man den ganzen Weg noch auf tauben Füßen zurückschlittern und dabei aufpassen, dass man sich nicht den Hals bricht. Auf die Dauer ist die Garküche keine Lösung.

Ich überlege mir, abends als Babysitter zu arbeiten. Als ich noch auf der Schule war, habe ich das oft genug gemacht. Ein weinendes Baby kann ich auch heute noch beruhigen. Das geht sogar ohne Klavier. Ich will mich morgen sofort auf die Suche machen. Ich greife zu meiner Lektüre, *Aus meiner Kindheit und Jugendzeit* von Professor Albert Schweitzer.

»Das große Wissen ist, mit Enttäuschungen fertig zu werden«, steht da. Aha. Was für eine hellsichtige Prophezeiung.

Genau in diesem Augenblick erschreckt mich lautes Klopfen an der Tür. Ich lege das Buch zur Seite und öffne. Es ist meine Zimmerwirtin, die mir mit einem triumphierenden Gesichtsausdruck einen Brief überreicht. Den Absender hat sie natürlich schon kontrolliert.

Ihre ewigen Lockenwickler könnte ich noch ertragen, aber diese krankhafte Neugierde ist entsetzlich. Wenn sie mir die Post hochbringt, durchforstet sie mit ihren Blicken immer das ganze Zimmer. Ich möchte nicht, dass sie die Notenblätter der Partituren sieht, die ich an alle Wände und die Dachschräge gehängt habe, sodass ich von Musik umgeben bin. Die Anmerkungen, die ich mit rotem und blauem Buntstift eingetragen habe, gehen sie nichts an – auch wenn die Notizen für sie sowieso Fachchinesisch sind. Ich will nicht, dass sie meine verschlissene Wäsche auf der Leine begutachtet, die ich selbst aufgespannt habe, daher öffne ich die Tür nur einen Spalt weit. Sie verdreht den Hals wie ein Huhn, um irgendwie an mir vorbei einen Blick ins Zimmer werfen zu können.

Der Brief kommt von der Deutschen Bank; das ist so ungefähr die letzte Institution, von der ich einen Brief erwartet hätte. Das weiß auch meine Wirtin. Die neugierige Nervensäge bleibt vor der Tür stehen, bis ich den Brief aufmache. Ich versuche, die Tür zu schließen, bemerke aber zu spät, dass sie den Fuß in den Spalt geschoben hat. Außerdem trägt sie keine Schuhe, sondern nur weiche Pantoffeln. Sie schreit vor Schmerz auf. Die anderen Mieterinnen stürzen aus den Zimmern, um herauszufinden, was los ist. Da sie jetzt ein Publikum hat, jammert sie noch lauter, vor allem als sie ein Loch in ihrem Strumpf entdeckt.

Die Wirtin schreit Zeter und Mordio und gibt mir die Schuld. Dann fängt sie an, sich die Lockenwickler ruppig aus den Haaren zu reißen. Ich habe keine Ahnung, wieso sie das macht – vielleicht findet sie ihren Aufzug angesichts des Publikums lächerlich. Einige Lockenwickler fallen auf den Boden, und sie kreischt, ich solle sie aufheben. Genau wie meine Stiefmutter, die hatte auch ein Gespür dafür, wie man eine richtige Szene aufführt. Ich weiß also, wie ich damit umgehen muss.

Ich teile der Wirtin im ruhigen Ton mit, sie solle meine Post in Zukunft unten durchschieben. Dafür ist der Spalt unter der Tür in diesem zugigen Haus nämlich groß genug. Ich schließe die Tür vor ihrer Visage und höre noch, wie sie meckernd abzieht. Nervös öffne ich den Brief der Bank.

»Sie können also sagen, dass der Scheck aus den USA kommt, aber nicht, wer ihn ausgestellt hat?« Ich richte diese Frage zum x-ten Mal an den Bankangestellten. Ich kann noch immer nicht glauben, dass ich so einen großen Betrag empfangen habe.

Der Mann verliert langsam die Geduld mit mir.

»Wie ich schon feststellte: Das darf ich Ihnen nicht sagen.«

Ich wippe vor dem Schalter auf und ab und untersuche sein Gesicht hinter den Eisenstäben, als würde ich darin alle Antworten auf meine Fragen finden.

»Er ist bestimmt von Frank Thomsen.« Als ich seinen Namen laut sage, spüre ich, wie mir ein – mittlerweile vertrauter – Schmerz durch den Körper fährt. Auch wenn mein Leben davon abhängen würde – es gelänge mir nicht, diesen Schmerz auszublenden.

Der Bankangestellte wirft mir einen Blick über die halben Brillengläser zu und fährt dann fort, die Scheine zu zählen.

»Dann von seinem Vater? Herrn Thomsen?«

Er beugt sich zu mir herüber und flüstert, als wäre das schon eine unglaubliche Verletzung der Regeln: »Ich kann Ihnen nur sagen, dass der Betrag von einer Frau stammt, die sich der Förderung der Künste verschrieben hat.«

»Eine Frau, die sich der Förderung der Künste verschrieben hat?«, wiederhole ich erstaunt. Ich habe keine Ahnung, wer das sein könnte – Frau Thomsen scheint mir ausgeschlossen –, und beende meine Spekulationen.

Mit dem Geld kann ich so viel Sinnvolles tun. Zum Beispiel eine neue Winterjacke kaufen. Die steht ganz oben auf meiner Liste. Und ich kann jetzt sogar Kohlen einlagern, um zu heizen, und muss nicht mehr in der Kälte in der endlosen Schlange vor der Garküche stehen. Ich denke an all diese Verheißungen, während ich mit meiner gut gefüllten Geldbörse nach Hause gehe.

Aber die schönste Anschaffung, die ich von dem geheimnisvollen Geld mache, ist ein gebrauchtes Klavier. Meine Wirtin weiß nicht, wie ihr geschieht, als das Klavier mit Pferd und Wagen angeliefert wird. Die Lieferanten ziehen das Monstrum fachkundig mithilfe von Flaschenzügen nach oben und holen es durch das Fenster in der Dachgaube herein. Ich habe die Dämpfung für die Saiten schon vorbereitet. Zwar darf ich weder Herrenbesuch empfangen noch Haustiere halten, aber von Musikinstrumenten ist im Mietvertrag nicht die Rede.

~ Antonia ~

38

Berlin, 1929

Die Feiertage sind wieder einmal vorüber. Das neue Jahr hat wie üblich mit eiskalten Temperaturen begonnen. Zum Glück muss ich nicht raus. Wir haben Mittagspause, und ich sitze in der Akademie in einer der Logen des Orchestersaals und nehme eine kleine Mahlzeit ein – mit Essstäbchen, wie früher. Ich habe auch hier in Berlin einen Chinesen gefunden, wo ich etwas zu essen mitnehmen kann, und ich mache oft Gebrauch davon. Es ist nicht so gut wie bei Mr Huang, aber immerhin.

Seit einem Jahr habe ich keine finanziellen Sorgen mehr. Die geheimnisvollen Schecks treffen weiterhin ein. Einmal im Vierteljahr gehe ich zur Bank und löse einen Scheck ein. Ich kann noch immer nicht glauben, dass es jemanden auf dieser Welt gibt, der mich unterstützt. Und dazu noch eine Frau.

Ich betrachte die Skulpturen links und rechts von der Bühne: Frauengestalten, mit einem Tuch um die Hüften, nackte Brüste, feine Gesichtszüge, fließendes Haar. Mit Armen und Köpfen stützen sie die vordersten Logen, die Ehrenplätze der Reichen. Man nennt diese Figuren »Karyatiden«. Es gibt sie überall in Berlin. Die Architekten greifen anscheinend gerne auf diese Frauen zurück, die eine schwere Last zu tragen haben, aber dabei trotzdem bezaubernd aussehen.

Ich höre den Raucherhusten von Muck schon, bevor er die Loge betritt und eine Zeitung vor mich hinwirft. Die riesige Schlagzeile ist kaum zu übersehen:

LISA MARIA MAYER DIRIGIERT
ALS ERSTE FRAU DIE
BERLINER PHILHARMONIKER

»Das hättest du sein sollen. Nicht irgendeine Madame aus Wien«, sagt Muck und fuhrwerkt dabei empört mit seiner Zigarette herum.

»Diese ›Madame‹ will doch dasselbe wie ich.«

»Die Berliner Philharmoniker sind eigentlich gar nicht von ihr überzeugt«, brummt Muck. »Ihr Ehemann musste aus eigener Tasche fünftausend Mark für das Orchester und den Saal berappen.«

Das ist eine Menge Geld, wie ich nur allzu gut weiß.

»Wenn sich also niemand für das Konzert interessiert, sitzt er in der Tinte?«, frage ich.

Muck inhaliert tief und nimmt sich die Zeit, den Rauch wieder auszuatmen.

»Merk dir meine Worte: Das ist deine Zukunft. Willst du dir das Konzert anhören?«

Er steckt seine gelben Nikotinfinger in die Hosentasche und zaubert einen ganzen Stapel Freikarten hervor.

»Hier, achte Reihe. Darf ich verteilen. Die wollen keinen leeren Saal.«

Natürlich gehe ich hin. Ich will sie unbedingt sehen. Ich habe den ganzen Artikel gelesen und bin neugierig, was sie aufführen wird. Beethovens Vierte Symphonie und dann ein Stück von ihr selbst: *Kokain*.

Lisa Maria Mayer ist eigentlich Komponistin und acht Jahre älter als ich. Schon als Kind hielten sie alle für eine außerordentliche Begabung. Ihr Vater zeigte daraufhin Gustav Mahler ihre Kompositionen, um von ihm zu erfahren, ob seine Tochter tatsächlich ein Wunderkind sein könnte. Mahler kam zu dem Schluss, dass Lisa verrückt wäre, wenn sie ihr Leben nicht in den Dienst der Musik stellen würde.

Muck nimmt es mehr mit als mich, dass ich nicht die erste Frau bin, die die berühmten Berliner Philharmoniker dirigiert. Aber ich verstehe seine Enttäuschung. So ein Auftritt sorgt natürlich für einen unglaublichen Medienrummel. Wenn ich dann »nur« die zweite bin, wird auch er weniger im Rampenlicht stehen.

Trotzdem irritiert mich das. Warum ist es so außergewöhnlich, wenn eine Frau am Pult steht? Weil es so gut wie nie passiert? Wichtig ist doch nur, wie gut sie dirigiert! Das ist die Messlatte, nicht ihre Weiblichkeit. Und ihr Talent hat sie noch gar nicht zeigen können.

Ich habe gerade meine beste Kleidung für das Konzert von Lisa Maria Mayer angezogen, als ein Umschlag unter der Tür durchgeschoben wird. Die Zimmerwirtin traut sich nicht mehr anzuklopfen.

Zuerst denke ich an einen neuen Brief von der Deutschen Bank. Auf dem Weg zur Tür fällt mir auf, dass die fallenden Schneeflocken Schatten auf die Wand werfen. Fast sieht es so aus, als würde es auch hier drinnen schneien.

Ich hebe den Brief hoch und suche den Absender. Robin Jones! Ich bin zwar schon spät dran für das Konzert, aber diesen Brief muss ich sofort öffnen. Ich muss lächeln, denn er hat Fotos mitgeschickt, auf denen er strahlend zwischen den Bandmitgliedern und den Tänzerinnen zu sehen ist. Dann falte ich den Brief auseinander.

Der Inhalt trifft mich vollkommen unvorbereitet. Robin hat es vorsichtig formuliert, aber die eigentliche Botschaft der Zeilen ist, dass Frank Thomsen sich mit Emma verlobt hat. Dass sie es ist, ist mir egal, aber die Nachricht selbst schmerzt wie ein Stich ins Herz. Fassungslos setze ich mich aufs Bett. *Er gehört zu mir*, schießt es mir durch den Kopf. Das ist doch lächerlich, denke ich dann, denn wer hat hier wen abblitzen lassen? Ich kann offensichtlich nicht mehr normal denken; meine Gefühle haben meinen Verstand im Griff.

Ich bin vollkommen durcheinander und gebe dem ersten Impuls nach, ihm sofort einen Brief zu schreiben, in dem ich ihn anflehe, uns noch eine Chance zu geben und nicht zu heiraten. Ich appelliere an sein Versprechen, auf mich zu warten, und verspreche ihm meinerseits, unmittelbar nach meiner Abschlussprüfung in die USA zurückzukehren.

Die zusammengeknüllten Blätter häufen sich auf dem Tisch, denn natürlich schaffe ich es nicht, den richtigen Ton zu treffen. Zu dramatisch, zu flehend, zu verzweifelt, zu fordernd, zu hysterisch. Wie in Trance fange ich immer wieder von vorn an.

Als ich endlich fertig bin, schaue ich auf die Uhr. Ich finde keine Ruhe, bis der Brief eingeworfen ist. Wenn ich das sofort mache, kann ich die zweite Hälfte des Konzerts noch miterleben.

Es schneit noch stärker. Ich beeile mich, in die Philharmonie in der Bernburger Straße zu kommen. Auf dem Weg dorthin werfe ich den Brief an Frank in einen Briefkasten.

Zum Glück muss ich nicht weit laufen. Als ich mich dem Musiktheater mit den abgerundeten Seitenflügeln nähere, kommen mehrere Männer aufgeregt aus dem Tor gelaufen. Ich besinne mich. Das Konzert kann doch nicht schon vorbei sein? Ich habe eigentlich geplant, zur Pause einzutreffen.

Beim Betreten des Gebäudes passiere ich noch mehr aufgebrachte Herren in Fräcken. Bitterböse kommentieren sie den Abend. Ich schnappe Satzfetzen auf wie: armselig, skandalös, was für eine Blamage, sogar Betrug. Sie sind auf dem Weg zum Ausgang. Alle tragen merkwürdigerweise eine rote Nelke am Revers. Einige wedeln mit einem Brief. Unwillkürlich muss ich an meine eigenen Zeilen denken, an denen ich so hart gearbeitet habe. Alles um mich herum scheint heute Abend unter dem Zeichen des Briefs zu stehen.

Als ich zu meinem Platz im Saal gehen will, sehe ich, dass das Konzert gar nicht mal so schlecht besucht gewesen sein muss, wie Muck suggerierte. Allerdings hält es das Publikum mittlerweile nicht mehr auf den Plätzen, denn alle stehen und buhen Lisa Maria Mayer aus. Diese hat dem Saal immer noch den Rücken zugewandt und verpatzt gerade Beethoven. Das Orchester spielt eine richtig schwierige Passage, das muss ich zugeben: den Anfang des vierten Satzes. Die höchste Konzentration von Musikern und Dirigentin ist gefordert, damit sie im Rhythmus bleiben. Ich bin erstaunt, dass sie überhaupt noch einmal angefangen haben. Vielleicht hoffte Lisa Maria Mayer, die Musik würde die Gemüter im Saal beruhigen?

Die Buhrufe werden immer lauter. Sie senkt den Taktstock und wendet sich ratlos zum Publikum. Die Wut der Zuhörer wird so bedrohlich, dass sie in Ohnmacht fällt;

die beiden Cellisten neben ihr können im letzten Augenblick ihre wertvollen Instrumente zur Seite ziehen.

Einige Mitglieder des Orchesters fordern das Publikum auf, Ruhe zu bewahren. Aber es nützt alles nichts, das Chaos wird nur noch größer. Die übrig gebliebenen Zuhörer verlassen nun empört die Reihen.

Ein Stück von mir entfernt steht Muck. Ich versuche gegen den Strom der aufbrechenden Menschen anzukommen und zu ihm zu gelangen.

»Um Himmels willen, sie wird in Grund und Boden gestampft«, bringe ich unter Schock hervor, als ich endlich neben ihm stehe.

Muck schüttelt den Kopf. »Die wollen nur ihr Geld zurück.«

»War sie so schlecht?«

Er zuckt mit den Schultern. »Allenfalls mittelmäßig. Aber sie wollen ihr Geld zurück, weil sie mit einer falschen Heiratsannonce hierhergelockt wurden: Reiche Witwe sucht Ehemann. Das hat sich Frau Mayer ausgedacht.«

Sprachlos schaue ich ihn an.

Wir müssen beide Platz machen, da die Dirigentin bewusstlos auf einer Trage weggebracht wird. Sie wird direkt an uns vorbeigetragen. Ich muss sie ansehen. Sie ist leichenblass. Dann schaue ich zu den Leuten um uns herum. Niemand hat Mitleid. Das geht mir durch Mark und Bein. Muck bemerkt es.

»Du bist als Nächste dran«, sagt er mit diesem ironischen Lächeln, das ich so gut kenne. »Traust du dich noch?«

Als wir endlich draußen sind, sehen wir, dass die Polizei gerufen wurde. Die hinters Licht geführten Herren geben wütend ihre Geschichte zu Protokoll. Hoffentlich kühlt der fallende Schnee die aufgewühlten Gemüter etwas ab.

Muck wird rasch von Musikern umringt und lädt mich ein, mitzukommen und noch ein Bier in einer Kneipe zu trinken. Ich gehe nicht darauf ein. Zum einen trinke ich keinen Alkohol, zum anderen möchte ich nach Hause. Dort angekommen, werfe ich die Papierknäuel weg und rechne zum wiederholten Male nach, dass ich nicht vor zwanzig oder dreißig Tagen mit einer Antwort zu rechnen brauche.

Das Drama um Lisa Maria Mayer ist damit noch nicht zu Ende. Die Ereignisse überstürzen sich, rundum herrscht pure Entrüstung, es gibt keine Zeitung in Berlin, die keinen Aufmacher über das katastrophale Konzert auf der Titelseite hätte. Wegen der falschen Anzeige wird es höhnisch »das Hochzeitskonzert« genannt. Nebenbei gesagt – es ist nicht ohne Ironie, dass ich diese Bezeichnung überall hören muss, ausgerechnet einen Tag nachdem ich von Franks Verlobung gelesen habe.

In der Gerüchteküche der Akademie, wo das skandalöse Konzert ebenfalls das Thema des Tages ist, heißt es, Frau Mayer werde im Hotel von Journalisten und Fotografen belagert. Sie sei aber klug genug, sich immer noch nicht zu zeigen, offiziell weil sie krank sei. Offensichtlich gelingt es einem Journalisten aber, doch mit ihr zu sprechen, denn am nächsten Tag erscheint ein großes Interview mit ihr in der Zeitung, in dem sie sagt, der ganze Vorfall beruhe auf Neid, man gönne ihr schlicht den Erfolg nicht, dass sie als Frau vor dem berühmtesten Orchester Europas stehen durfte.

Ihr Ehemann, der den Nachnamen Gaberle trägt, wird von der Polizei verhaftet. Er bestreitet jede Betrugsabsicht; es sei ihm nur um den künstlerischen Erfolg seiner geliebten Gattin gegangen. Er habe nur Zuhörer anlocken wollen und sei darum auf diese ungewöhnliche Idee gekommen. Was sei dagegen einzuwenden? Er bietet sogar an, den Leuten, die sich getäuscht fühlen, das Eintrittsgeld zu erstatten.

Jetzt wird die Ehe der beiden unter die Lupe genommen. Frau Mayer heißt in der Zeitung ab jetzt Frau Gaberle. Das hinterlässt bei mir einen bitteren Nachgeschmack – ob die Presse meint, Lisa Maria Mayer müsse ihr Platz in der Gesellschaft vor Augen geführt werden? Auch wenn sie eine Künstlerin ist, muss sie ihrem Manne untertan sein, so klingt es.

»Frau Gaberle« bleibt dabei, dass sie nichts davon gewusst habe und daher unschuldig sei. Als die Journalisten dies bekräftigen, da ihr Mann alle Schuld auf sich nimmt, beklagt sie, er habe ihre Karriere ruiniert und sie würde über eine Scheidung nachdenken. »Frau Gaberle lässt sich scheiden«, steht am nächsten Tag groß auf der Titelseite.

Das bekommen die Leser in den falschen Hals, und die Presse nimmt jetzt »Frau Gaberle« ins Visier. Für einen ehrbaren Mann ist es nämlich schlichtweg unmöglich, mit einer Künstlerin verheiratet zu sein, wie sich gezeigt hat. Zuerst unternimmt er alles, um sie glücklich zu machen, und als Dank will sie sich von ihm scheiden lassen! Die arme Frau Mayer kann gar nicht schnell genug öffentlich ihre Trennungsabsicht dementieren.

Ich bin wirklich geschockt über die Aufregung, die um Lisa Maria Mayer entstanden ist. Auf der Akademie haben meine Kommilitonen die Seite von Herrn Gaberle gewählt. Ich vermute, dass sie hinter meinem Rücken über mich reden, denn manche Gespräche verstummen, sobald ich auftauche. Das macht mich unsicher und frisst mich innerlich auf.

Eines Abends schreibe ich mir alles in einem langen Brief an Robin von der Seele. Zunächst bedanke ich mich dafür, dass er mich über Franks Verlobung informiert hat, und bitte ihn, das auch weiterhin zu tun. Danach berichte ich ausführlich über die jüngsten Geschehnisse. Zuletzt, quasi als Schlussakkord, präsentiere ich ihm die Kritiken, die Frau Meyer zu verdauen hat.

Robin, die Besprechungen waren rundweg vernichtend! Will man ihnen Glauben schenken, hat die Frau, die laut Gustav Mahler ihr Leben der Musik widmen soll, wirklich alles verkehrt gemacht. Und wenn man wirklich wissen will, wie bösartig mancher Rezensent werden kann, sollte man die Berliner Morgenpost *lesen: ›Die Musikerin und Dirigentin Lisa Maria Mayer ist kritisch zu werten. Es kann sehr kurz ausfallen: denn wo kein Wert ist, da gibt's auch kein Werten.‹ Die Zeitungen nennen sie ein braves, fleischgewordenes Metronom ohne Kunstverstand. Und sie schreiben, Frau Mayer würde den Takt angeben wie ein hölzerner Feldwebel, wodurch die natürliche Abneigung gegen weibliche Dirigenten nur verstärkt würde.*

Diese Logik verstehe ich sowieso nicht, denn was ist falsch daran, wenn sie wie ein Mann dirigiert? Aber darum brauchen sich die Herren Kritiker nicht zu kümmern. Diese Frau wurde von ihnen einstimmig auf das Format einer Eintagsfliege zurechtgestutzt. Nach diesem Tag wird sie nie wieder aufsteigen. Ich darf gar nicht daran denken, dass ich auch einmal am Pult stehen und von ihnen bekrittelt werde. Davon wird mir jetzt schon flau im Magen ...

Ich lege den Füller hin. Was hatte Muck noch mal gesagt? Das ist meine Zukunft.

~ Robin ~

39

New York

*G*ott bewahre, dass eine Frau Erfolg hat. Wenn sie ihr Licht nicht mehr unter den Scheffel stellt, findet sich bestimmt jemand, der es gleich auspustet; Männer hingegen werden für jeden Furz gelobt.

Ich muss oft an den Brief von Antonia über Lisa Maria Mayer denken, denn Ähnliches passiert gerade mit unserem Frauenimitator Miss Denise. Bislang galten seine Auftritte immer als »Triumph der Imitationskunst«, nun werden seine Frauendarstellungen genau unter die Lupe genommen, und er verliert zusehends die Gunst des Publikums.

Im vergangenen Jahr wurde immer häufiger lanciert, Dennis sei homosexuell. Denn aus welchem anderen Grund würde ein Mann Frauenkleidung anziehen und eine Frau so perfekt nachmachen, dass man ihn nicht mehr von einer echten unterscheiden kann?

Und das ist für Dennis ein Problem, denn in diesem Land verbietet ein Homosexuellenparagraph gleichgeschlechtliche Beziehungen.

Als wäre das nicht genug, hört man in New York aus der Politik immer mehr Stimmen, die solche Auftritte wegen ihrer angeblichen »Perversität« untersagen möchten. Wenn starker Alkohol schon verboten ist, passt das doch dazu. Aber so weit sind wir zum Glück noch nicht. Wir können nur hoffen, dass ein dringenderes Thema auf die Agenda der Mächtigen rückt und diese Gefahr abgewendet wird.

Das ändert allerdings nichts daran, dass Dennis immer depressiver wird. Wenn er nicht auf der Bühne steht, benimmt er sich jetzt betont männlich. So hat er aufgehört, Zigaretten zu rauchen, dafür pafft er mittlerweile Zigarren. Oft trinkt er einen über den Durst, seine Wortwahl ist viel aggressiver, vor allem wenn jemand etwas sagt, das ihm nicht passt – das hat auch schon zu handfesten Schlägereien geführt. Und das alles nur, um eine männliche Fassade aufrechtzuerhalten. Gestern hat er mir berichtet, er habe sich verlobt. Mir stand der Mund offen. Dennis! Der sich in dieser Hinsicht noch nie für Frauen interessiert hat. Ich wollte natürlich gleich wissen, mit wem, aber er wich aus und sagte, ich würde die betreffende Dame schon noch kennenlernen. Im Krieg und in der Liebe ist bekanntlich alles erlaubt.

Sind die *Roaring Twenties* denn wirklich zu Ende? Die Schwarzmaler haben in der Welt plötzlich das Sagen. In der letzten Oktoberwoche haben wir den *Black Thursday*, *Black Monday* und *Black Tuesday* miterlebt. Die Wall Street ist abgestürzt. Die Anleger stoßen in totaler Panik ihre Aktien ab, wodurch die Kurse immer weiter fallen. Alle sind verrückt geworden, es gibt Menschen, die von Wolkenkratzern springen, weil sie ihre finanziellen Verluste nicht mehr ertragen. Ich hätte die Götter besser nicht herausfordern sollen, als ich um ein dringenderes Thema für unsere Politiker bat, aber ich denke, Miss Denise ist erst einmal in Sicherheit.

~ Antonia ~

40

Berlin

Jemand fummelt irgendwie an mir herum. Ich senke den Taktstock und schaue mich verblüfft um. Das Orchester verstummt, und die platinblonde Sopranistin Martha Green hört auf zu singen. Ihr verwunderter Blick in Richtung der Geschehnisse hinter meinem Rücken war mir schon aufgefallen. Ich bin mitten in der ersten Probe mit den Berliner Philharmonikern und hochkonzentriert. Daher bemerke ich erst jetzt, dass ein Schneider mit seinem Maßband an mir herummisst, während ich dirigiere.

»Was machen Sie da, um Himmels willen?«, frage ich verblüfft.

»Ich muss ein Kleid für Sie anfertigen«, sagt der Mann mürrisch.

Noch bevor ich antworten kann, fällt ihm die Sopranistin ins Wort.

»Ein Kleid?«, fragt sie. »Dann haben wir zwei Kleider auf der Bühne.« Ihre feuerrot geschminkten Lippen bilden einen Schmollmund.

Ich schaue sie ausdruckslos an. »Ja, und?«

»Das Publikum muss mich anschauen. Ich bin die Solistin!«

Hätte ich sie nur nicht eingeladen. Ihr Gejammer wegen des Kleides ist mir schnurzegal – mir würde es auch nichts ausmachen, in Lumpen auf der Bühne zu stehen –, aber ihre Konzentration lässt zu wünschen übrig. Das macht mir größere Sorgen.

»Ich ziehe an, was die Musiker tragen.« Ich deute auf das Orchester.

Der Schneider hat die Diskussion flink genutzt und alle Maße genommen. Er ist fertig. Ohne dieses Brimborium geht es wohl nicht.

Karl Muck überbrachte die freudige Nachricht. Die Berliner Philharmoniker hatten, auch dank seiner Bemühungen, ihren Segen gegeben. Ich darf mein erstes Konzert bei ihnen dirigieren.

Im September habe ich meinen Abschluss als Orchesterdirigent an der Musikakademie gemacht. Um die Ausbildung abzuschließen, mussten mein Kommilitone und ich – als einzige Studenten in diesem Fach – ein Stück dirigieren. Uns standen dafür sieben Proben zur Verfügung. Mein Mitstudent beschwerte sich, dies sei zu wenig, aber ich hielt meinen Mund. Wenn ich meckern würde, schöben sie es direkt auf eine mutmaßliche weibliche Schwäche, in solchen Sachen bin ich vorsichtig geworden. Die Professoren waren bei den Proben zugegen, mischten sich aber nicht ein. Wir mussten nun selbst ein Ergebnis liefern.

Ich hatte das *Heldenlied* von Antonín Dvořák ausgewählt. Meine Darbietung wurde zum Glück für gut befunden, und ich erhielt mein Diplom. Ich durfte nun – genau wie Muck – offiziell einen akademischen Titel vor meinen Namen stellen. Na also.

Damit schloss ich eine Epoche in meinem Leben ab. Zwar hat sie mir das Äußerste abverlangt, aber ich habe mich hier wohlgefühlt wie ein Fisch im Wasser.

Ich wurde ganz sentimental, als ich mich von meinen Lehrern verabschiedete. Viele von ihnen waren bedeutende Künstler, die mit großen Orchestern oder an großen Häusern arbeiten. Nur einem Dozenten ging ich aus dem Weg. In erster Linie, um mich selbst zu schützen, denn meine ausgestreckte Hand hätte er wahrscheinlich einfach ignoriert. Zwei Jahre lang begrüßte er die Klasse verbohrt mit den Worten »*Guten Morgen, meine Herren*«, auch wenn ich direkt vor ihm saß und er mich unmöglich übersehen konnte.

Wenn er eine Frage an die Klasse richtete und ich aufzeigte, nahm er mich nie an die Reihe. Sogar wenn ich als Einzige die Antwort wusste, konnte er sich nicht überwinden, mich als Studentin zu akzeptieren.

Was soll es – jetzt war ich studierte Dirigentin, die erste Frau, die das geschafft hat, außerdem die erste Person aus den Staaten. Letzteres hat Muck natürlich als Argument zu meinem Vorteil benutzt.

Ich fahre mit der Probe von Beethovens *Ah! perfido* fort. Martha Green verpasst ihren Einsatz. Ich frage mich, wie sie bloß an die guten Referenzen gekommen ist; vor kurzem hat sie noch an der Mailänder Scala gesungen. Genau wie ich will sie sich einen Namen machen – aber heute bekommt sie nicht viel zustande.

»Sei gnädig, geh nicht fort, was soll ich ohne dich?«, singt sie auf Italienisch. Ich muss sie leider wieder unterbrechen. Das ärgert sie, denn sie schaut mit einer übertriebenen Geste auf ihre Uhr, sodass alle anderen es mitbekommen.

»Musst du noch irgendwo hin?«, frage ich meine amerikanische Landsfrau auf Englisch.

»Wo du es ansprichst – ja.« Sie seufzt tief. »Ich muss den Zug nach Mailand kriegen.«

»Wie bitte?«

Die Orchestermitglieder warten scheinbar teilnahmslos darauf, wie dieses Gespräch sich wohl entwickelt. Aber Gezänk unter Mädchen werden sie hier nicht zu sehen bekommen.

»Diese Probe ist bis fünf Uhr angesetzt. Wenn alles gut läuft, kannst du danach aufbrechen«, entgegne ich sachlich.

Sie konzentriert sich jetzt besser, und die Probe verläuft ohne weitere Zwischenfälle. Ein paar Minuten vor der geplanten Zeit höre ich auf, denn ich will Martha noch unter vier Augen sprechen. Sie versucht sich blitzschnell davonzumachen, aber ich bin schneller. Sie muss noch ihren Koffer aus der Garderobe holen, und im Flur passe ich sie ab.

»Was meinst du damit: ›Ich muss den Zug nach Mailand kriegen‹? Du kannst hier nicht einfach so weg!«

»Hast du die Feiertage vergessen?«

Natürlich weiß ich, dass morgen Silvester ist. Vermutlich hocke ich dann ganz alleine in meinem Dachzimmer und gehe die Partituren noch einmal durch.

»Für den dritten Januar ist die zweite Probe angesetzt«, sage ich.

»Dann bin ich noch nicht zurück«, entgegnet sie, ohne mit der Wimper zu zucken.

»Das musst du aber.«

»Du kannst doch zuerst die anderen Stücke proben? Am siebten bin ich wieder da. Rechtzeitig vor dem zehnten.«

Im Prinzip ist das ein Argument. Schumann und Händel stehen auch noch auf dem Programm, und dafür wird sie nicht gebraucht.

»Trittst du in Mailand auf?«, möchte ich wissen.

»Nein, ich treffe meinen Freund, er wohnt dort.«

Würde ich es nicht genauso machen, wenn es um Frank ginge?, frage ich mich. Kurz werde ich eifersüchtig.

Martha eilt davon.

»Sei vorsichtig!«, rufe ich ihr hinterher.

Sie dreht sich noch kurz um. »Natürlich«, ruft sie zurück, und ihr Gesicht strahlt. »Wir sind so verliebt!«

Zu Hause wartet wieder keine Post von Frank auf mich – wie auch in den letzten Monaten. Meine Enttäuschung darüber ist heute größer als an anderen Tagen. Liegt es daran, dass ich meinem Debütkonzert entgegenfiebere?

»Du weißt, mein geliebtes Idol, ich werde vor Kummer sterben«, klingt Beethovens Arie in meinem Kopf. Beethoven, der sich von nichts in die Knie zwingen ließ. Beethoven, dessen komplexe Musik überhaupt erst dafür sorgte, dass man Dirigenten brauchte. Beethoven, der seinem Schicksal trotzte. Frank, ich werde vor Kummer sterben. Warum schreibst du mir nicht zurück?

Die »Feiertage« unterbrechen den Arbeitsrhythmus, an den ich mich so gerne klammere. Ich habe sie schon immer gefürchtet. Als Kind spürte ich bei den anderen die nervöse Erregung; in der Schule und in den Schaufenstern wurde alles weihnachtlich dekoriert, auf der Straße sah man Leute, die Weihnachtsbäume schleppten, aber bei uns zu Hause war alles wie immer. Einen Baum hatten wir nicht – meine Mutter fand schon die Vorstellung schrecklich, dass Nadeln auf den Boden fallen könnten –, und bei uns kam auch keine Gans auf den Tisch. Die Magie des Weihnachtsfestes machte einen großen Bogen um mich. Das galt so ähnlich auch für Silvester; ein richtiges Feuerwerk habe ich nie miterlebt.

Natürlich wusste ich, dass ich etwas verpasste, und davon wurde ich ganz fahrig – meine Fingernägel bekamen das zu spüren. Als ich dann das Klavier hatte, spielte ich darauf Weihnachtslieder, die ich aus der Schule kannte. Das war das Einzige, das ich machen konnte, um ein wenig weihnachtliche Stimmung in die Wohnung zu bringen. Allerdings musste ich aufpassen, dass meine Mutter nicht zu Hause war. Daher fühlte ich mich nur noch einsamer. Was bedeutet Weihnachten, wenn man es mit niemandem teilen kann? Meine Laune stieg erst wieder, wenn ich die Gerippe der Weihnachtsbäume am Straßenrand sah, beim Abfall, den mein Vater wegräumen musste.

In einer merkwürdigen Stimmung gehe ich an Silvester in irgendeine Kneipe. Ich setze mich alleine an einen Tisch und starre vor mich hin. Die Menschen um mich herum feiern. Man kann gar nicht genug Bier zapfen. Ich trinke nur ein Glas Wasser.

Die Zentrifuge in meinem Kopf kreiselt wieder – so nenne ich es, wenn ich an Frank denken muss und meine Gedanken nicht kontrollieren kann. Warum musste das Angebot der Berliner Philharmoniker genau in dem Augenblick erfolgen, als mich eigentlich nichts mehr davon abhielt, in die USA zurückzukehren? Ich hatte das Frank schon mehrmals geschrieben, aber er reagierte nicht auf meine Briefe. Das verstärkte meine Zweifel nur.

Vielleicht schreckte ihn die Lawine an Briefen ab, die ich ihm geschickt habe? Öffnete er meine Post überhaupt? Ich redete mir ein, Verlobungen könnten Jahre dauern, oft genug würden sie auch gelöst. Es war noch Zeit. Außerdem hatte Robin noch nichts davon geschrieben, dass die Hochzeit bevorstehe.

Und dann waren da auch noch die beunruhigenden Nachrichten über den amerikanischen Börsencrash Ende

Oktober; die Zeitungen kennen immer noch kein anderes Thema. Die Aktien- und Wertpapierkurse sind abgestürzt. Banken und Fabriken gehen scharenweise pleite. Vielleicht hat es Franks Familie ebenfalls getroffen? Sogar der kleine Mann verliert mittlerweile sein Erspartes, weil so viele Banken zahlungsunfähig sind.

Meine Stiefmutter kommt wahrscheinlich ungeschoren davon, sie versteckt ihren Sparstrumpf an einem geheimen Ort in der Wohnung, den noch nicht einmal ich kenne. Aber es macht mir Sorgen, dass die Arbeitslosenzahlen immer weiter ansteigen. Ich versuche mir einzureden, dass das alles Grund genug ist, noch in Deutschland zu bleiben und mich zu hundert Prozent auf mein erstes Konzert zu konzentrieren.

Aber ich vermisse Frank so wahnsinnig. Wird er heute mit seiner Verlobten das Feuerwerk bestaunen? Mir wird schon schwindelig, wenn ich nur daran denke.

Je mehr die Zeiger der Uhr sich Mitternacht nähern, desto lauter und ausgelassener werden die Leute um mich herum. Und ich sitze unbewegt da, wie eine aufgespießte, leblose Raupe in ihrem Kokon. Niemand kennt mich hier. Niemand hat je meinen Namen gehört. Niemandem ist es wichtig, dass ich an diesem Tisch sitze. Anonymität kann eine Wohltat sein, aber nicht heute.

Noch bevor es zwölf schlägt, bin ich wieder zu Hause und pflege ausgiebig mein Selbstmitleid.

~ Antonia ~

41

Berlin, 1930

Während in ganz Deutschland die Wohnungen geputzt werden und die Hausfrauen und Haushälterinnen mit den Teppichklopfern versuchen, auch noch die letzte Tannennadel aus den Perserteppichen zu schlagen, stehe ich am Dirigentenpult. Ich kann wieder ruhig atmen, die Proben fangen wieder an.

Ich habe allen Musikern »*einen guten Rutsch*« gewünscht. Wenn sie wüssten, dass ich in meinen einsamen Abendstunden an sie denke, wenn die Melancholie mich niederdrückt. Denn es ist großartig, mit ihnen arbeiten zu dürfen.

Der Chefdirigent ist Wilhelm Furtwängler. Er ist berühmt dafür, dass er mit priesterlicher Ruhe dirigiert – häufig sogar mit geschlossenen Augen, als würde er beten. Das kann man nur machen, wenn man die Partitur auswendig kennt, das sagt schon alles. Seine scheinbare Ruhe kann aber aus heiterem Himmel in Wut umschlagen. Das hatten wir in seinen Seminaren schon ein paarmal erlebt. Seine Aussprache war dann so feucht, dass man in den vorderen Reihen des Seminars eigentlich einen Regenschirm gebraucht hätte. Ich setzte mich immer nach hinten.

Regenschirm oder Priester – der Mann ist auf jeden Fall eine Legende. Er ist ein Mysterium, und die Musiker in diesem Orchester sind großartig. Gemeinsam erreichen sie ungeahnte Höhen. Ich denke besser nicht zu lange darüber nach, dass die Mitglieder des Orchesters sich bestimmt erst an meinen Stil gewöhnen müssen. Allerdings bilde ich mir ein, dass sie mich schon akzeptieren, als ihre *Dirigentin*.

Der Schlag trifft mich dann auch besonders unerwartet, als Muck mir eines Morgens – auf nüchternen Magen und kurz vor Beginn der letzten Probe – einige Zeitungen hinhält.

»Hast du das schon gesehen?«, fragt er.

Ich lese die plakativen Überschriften, die mich schneller wach machen, als es der schwarze Kaffee getan hätte, den ich gerade bestellen wollte.

EINE FRAU KANN UNMÖGLICH DIE
BERLINER PHILHARMONIKER DIRIGIEREN

Und:

FRAUEN SIND ALS DIRIGENTEN
UNGEEIGNET

Mein Name wird in den Überschriften nicht einmal erwähnt. Natürlich wird in den Artikeln eine Parallele zum Auftritt von Frau Mayer vor genau einem Jahr gezogen.

Ich hatte nicht erwartet, mit offenen Armen empfangen zu werden, aber die Feindseligkeit in den Artikeln erschreckt mich doch. Das entgeht Muck nicht.

»Jeder will, dass du scheiterst ...« Er schaut mich ernst an und fährt dann heiter fort: »Aber jetzt die guten Nachrichten: Der Saal ist komplett ausverkauft.«

Das klingt zwar gut, aber die Alarmglocken in meinem Kopf schrillen trotzdem. Kurz darauf betrete ich von hinten die Bühne. Die Musiker stimmen bereits ihre Instrumente, und Martha steht neben dem Konzertmeister. Heute ist der siebte Januar. Sie trägt einen Schal um den Hals, aber das ist bei Sängern nicht ungewöhnlich; sie versuchen so, die Stimmbänder warm zu halten.

Ich beziehe meinen Platz am Pult, und das Stimmen kommt zu einem Ende. Zu hören ist stattdessen ein unterdrücktes Hüsteln von Martha, das sich dann zu einem richtigen Hustenanfall auswächst. Sie trinkt rasch einen Schluck Wasser, aber das Husten hört nicht auf. Aus den Kulissen betritt Muck beunruhigt die Bühne.

»Guten Morgen, Martha«, sage ich gelassen. »Wie war es in Mailand?«

Natürlich interessiert mich die Antwort nicht – ich will nur ihre Stimme testen. Verkrampft versucht Martha, verständliche Sätze hervorzubringen, aber ihre Stimme ist weg. Man hört nur heiseres Röcheln.

Ich versteinere, in Gedanken sehe ich schon vor mir, wie mein Debütkonzert komplett den Bach runtergeht. Die Musiker sind totenstill. Akute Panik droht mich zu überwältigen, aber ich kämpfe dagegen an. Muck schaut mich an, als wäre ich das Orakel von Delphi. Offensichtlich wartet er darauf, dass ich eine Entscheidung treffe.

Ich hole tief Luft: »Wir müssen nicht drum herumreden – so kannst du nicht singen. Wir müssen das Programm ändern.« Dabei blicke ich insbesondere die Orchestermusiker an, denn ohne ihre Unterstützung wird das nicht funktionieren.

Martha protestiert heftig gegen meine Ankündigung, aber ihr Gekrächze bleibt weitgehend unverständlich. Anscheinend meint sie, dass ihre Stimme bald wieder in

Form sein wird. Ja, aber nur, wenn sie eine Hexe auf der Bühne darstellen soll. Innerlich koche ich, nach außen bleibe ich ruhig. Ich schicke alle für eine halbe Stunde in die Kantine, denn ich muss mich jetzt mit Muck und der Direktion besprechen, wie wir die Sache anpacken.

Martha rührt sich nicht von ihrem Platz. Ich ignoriere sie und wende mich an Muck.

»Ich werde *Ah! perfido* durch die *American Suite* von Dvořák ersetzen.« Nüchterner könnte ich es nicht formulieren.

»Das kannst du nicht machen! Mein Name steht auf allen Ankündigungen!«, presst sie hervor.

Ich traue meinen Ohren nicht. Wie kann sie es wagen, das zu sagen – wo doch sie mir gerade den Boden unter den Füßen weggezogen hat.

»Wenn du dein Liebesleben für wichtiger hältst als deine Karriere als Sängerin, brauchst du dich über die Folgen nicht zu wundern.«

Ihr schießen die Tränen in die Augen.

»Du weißt ja nicht einmal, was Liebe ist, du eiskalte Jungfer! Du lebst ja nur für deine Musik!«, schreit sie heiser.

Ihre Worte treffen mich härter, als ich mir eingestehen will. Aber ich zeige keine Reaktion. *Wenn man nichts an sich heranlässt, ärgert es sie am meisten.*

~ Antonia ~

42

Es war ein Wettlauf gegen die Zeit, aber ich habe das Unmögliche möglich gemacht. Heute Morgen war die Generalprobe, und heute Abend findet das Konzert statt. Ich beeile mich, nach Hause zu kommen, um mich noch etwas auszuruhen, aber ich weiß nicht, ob ich wirklich entspannen kann. Ich stehe unter Hochdruck.

Ich schleppe mich die Treppe empor. Jede Stufe ist schwerer zu bewältigen als die vorhergehende, ich kann nicht mehr. Als ich die Tür zu meinem Dachzimmer öffne, sehe ich sofort, dass ein Brief auf dem Boden liegt. Im selben Moment bekomme ich Herzklopfen.

Ich habe Frank zahlreiche Briefe geschickt, in denen ich ihn anflehte, nicht zu heiraten, und versprach, nach meinem Konzert nach Amerika zurückzukommen. Er muss doch zumindest einmal eine Antwort schreiben. Ist das der Augenblick der Wahrheit?

Ich hebe den Brief auf. Er ist von Robin, der mir zum Glück regelmäßig schreibt. Der Stempel auf den Briefmarken ist zwei Monate alt! War der Brief so lange unterwegs? Hat das mit dem Zusammenbruch der Wirtschaft zu tun?

In der ohnmächtigen Hoffnung auf Nachrichten von Frank reiße ich den Brief mit zitternden Fingern auf. Auf den vollgeschriebenen Bögen springt mir ein Datum ins Auge: Der Hochzeitstermin wurde auf den zehnten Januar festgelegt. Das ist heute!

Das hat sich vielleicht schon abgezeichnet, aber in meinem überdrehten Kopf kommt es zu einer Art Kurzschluss. Meine Verzweiflung schlägt um in einen Wutausbruch. Ich werfe alles um, was mir im Weg ist, fege den Tisch leer, laufe zum Klavier und schlage mit den Fäusten darauf, schmeiße alle Musikbücher und Partituren auf den Boden und reiße die Notenblätter von den Wänden und der Dachschräge.

Als nichts mehr übrig ist, das ich kaputt machen kann, lasse ich mich auf das Bett fallen. Auf dem Nachttisch liegt die übrig gebliebene Taste meines zerstörten Klaviers. Ich umklammere sie und presse sie an mich. Alles andere kann mir gestohlen bleiben.

Ich liege teilnahmslos in dem dunklen Zimmer auf dem Bett, noch nicht einmal die Jacke habe ich ausgezogen, als es Stunden später an der Tür klopft. Ich will nicht mit der Zimmerwirtin sprechen und reagiere nicht. Die Tür geht auf. Ich liege mit dem Rücken zum Eingang, dann brauche ich sie wenigstens nicht anzusehen. Ich habe noch nicht einmal genug Kraft, mich darüber zu beschweren, dass sie einfach so hereinkommt.

Aber dann höre ich den Raucherhusten von Muck. Ich spüre, dass er immer noch in der Türöffnung steht. Vom Flur scheint ein wenig Licht herein, sodass er überhaupt etwas erkennen kann. Dieses Chaos hat er wohl nicht erwartet.

»Was ist denn jetzt los?«, brummt er. »Spielst du jetzt das kleine Mädchen und willst dich unter Mutters Rock verkriechen?«

»Welche Mutter meinst du?«, frage ich.
»Sag du es mir.«
Ich antworte nicht. Muck schaltet das Licht ein und hebt einen Stuhl auf, den ich umgeworfen habe. Er stellt ihn geräuschvoll hin.
»Und war's das jetzt? Man wartet auf dich.«
»Niemand ›wartet‹ auf mich«, sage ich zynisch.
Muck setzt sich auf den Stuhl. »Das ist dein großer Tag.«
»An dem ich ausgebuht werde?«
»Oder bejubelt.«
»Ich sehe nur den Abgrund vor mir.«
Er nimmt ein Zigarettenpäckchen aus der Jackentasche. Und sein Feuerzeug.
»Der verschwindet nicht bei Erfolg. Je höher man aufsteigt, desto tiefer kann man fallen.«
»Also stürze ich so oder so?«
»Das gehört zum Spiel. Man muss es nur beherrschen.«
»Sie haben leicht reden. Sie heißen nicht Mayer oder Brico. Sie sind ein Held.«
In der darauffolgenden Stille klickt sein Feuerzeug, das Benzin wird entzündet, Muck zieht tief an der Zigarette. Rauchgeruch erfüllt das Zimmer.
»Das letzte Mal, als ich in den USA aufgetreten bin…«, er macht eine Pause und bläst den Rauch aus, »… hat die Polizei mich von der Bühne geführt. Dabei wurde ich lauthals vom Publikum ausgebuht.«
Ich drehe meinen Kopf und blicke über die Schulter. »Warum?«
»Weil ich mich weigerte, die amerikanische Nationalhymne zu spielen. Ich sagte: ›Ich bin Deutscher. Das ist nicht meine Hymne.‹«
Ich drehe mich noch ein Stückchen weiter, damit ich ihn anschauen kann. So emotional wird er selten.

»Danach wurde ich eineinhalb Jahre eingesperrt. Nur weil Krieg war und ich der Feind ... Genau wie Albert Schweitzer.« Er betrachtet die Spitze der brennenden Zigarette. »War ich damals ein Held?« Er schweigt und starrt gedankenverloren vor sich hin, als würde er noch immer die Gefängnisgitter sehen.

»Niemand sonst war dieser Meinung. Nur ich selbst ... Manchmal reicht das schon.«

Erst bei den letzten Worten schaut er mich an. Trotz meiner Lethargie spüre ich, dass er die richtige Saite bei mir angeschlagen hat.

Der Schneider zerrt an dem Abendkleid herum, das er für mich entworfen hat. Es hängt wie ein Sack an mir herunter.

»Was haben Sie bloß angestellt?! Sie haben einige Kilo weniger auf den Rippen als beim Maßnehmen!«, jammert er panisch. Mit Nadel und Faden bearbeitet er die Seitennaht des Kleides, was bleibt ihm anderes übrig. Ich reiche ihm eine Schere und sage, er dürfe es ruhig zerschneiden, aber er nimmt mich nicht ernst. *Noch nicht einmal er.*

Die Friseurin will mir eine Spange ins Haar stecken, damit mir keine Locke ins Gesicht fällt. Ich habe genug von diesem ganzen Herumgefummel und lasse das elegante Kleid einfach auf den Boden gleiten. Ich muss jetzt ja sowieso nicht mehr mit dem Kleiderschrank von Martha Green konkurrieren, dann ziehe ich lieber gleich die mir vertrauten Sachen an: ein einfaches schwarzes Kleid. Das Publikum wird schon nicht bemerken, wie alt es ist.

Der Schneider hebt entsetzt das schöne Kleid vom Boden auf und bringt es in Ordnung. Die Friseurin greift zur Puderdose. Bevor sie sichs versehen haben, haste ich aus der Garderobe. Auf dem Weg zur Bühne ziehe ich die Spange aus meiner Frisur und schüttele die Haare aus.

Ich darf bloß nicht daran denken, dass Frank und Emma gerade in den USA heiraten. Vor meinem inneren Auge leuchtet kurz ein weißes Brautkleid auf. Noch ein Grund, heute Abend auf allen Putz zu verzichten.

Entschlossenen Schrittes gehe ich in die Kulissen, wo Muck auf mich wartet. Der Schneider und die Friseurin laufen mir hinterher. Bei Muck bleibe ich stehen. Er hält meinen Taktstock hoch, richtet diesen aber unvermittelt auf meine Stirn.

»Du schwitzt.«

Ich blicke ihn seelenruhig an, nehme die Puderdose, die die Friseurin schon bereithält, und fahre schnell über mein Gesicht. Eine Puderwolke umgibt mich. »Jetzt nicht mehr.«

Ich trete ins Scheinwerferlicht und verbeuge mich. Mein Platz ist heute Abend genau hier, am Dirigentenpult. Der Applaus, mit dem mich das Publikum empfängt, klingt unterkühlt. Aber diese Musikhalle war auch früher einmal eine Eishalle, in der man Schlittschuh laufen konnte, das passt also, denke ich sarkastisch.

Ich muss mich nicht dem Orchester zuwenden. Ich weiß auch so, dass die Musiker ebenfalls angespannt sind. Stattdessen nehme ich mir die Zeit, in den Saal zu schauen. Vielleicht kann ich so meinen rasenden Herzschlag beruhigen. In der ersten Reihe sitzen die Kritiker und halten die Notizblöcke im Anschlag. Eine Dame fächelt sich mit dem Programmheft Luft zu. Hitzewallungen vermutlich, es ist tiefster Winter. Muck nimmt in der Seitenloge Platz, ganz in der Nähe der Bühne. Er wartet gespannt. Alle warten gespannt.

Sie wollen sehen, wie du scheiterst.

Ich wende mich dem Orchester zu, die Musiker setzen sich. Wir fangen an mit der *American Suite* von Dvořák, eine Ode an Amerika. Mein Heimweh ...

Ich gebe den Takt vor. Meine Füße spüren die Erde, die Hände den Takt, die Ohren hören die Musik, die Augen verfolgen die Noten, meine Aufmerksamkeit gilt den Musikern, meine Seele gehört dem Komponisten. Kurz vergesse ich, wem mein Herz gehört. Ich bin siebenundzwanzig. Ich stehe vor den weltberühmten Berliner Philharmonikern, *und das ist meine Weltpremiere.*

~ Frank ~

43

Long Island

*I*ch behalte sie im Auge. Ich kann gar nicht anders, das ist stärker als ich. Ich habe keinen der Briefe geöffnet, die sie mir aus Berlin geschickt hat. Dieses Kapitel hatte sie selbst beendet, und ich redete mir ein, Stärke zeigen zu müssen. Außerdem fing sie erst an, mir zu schreiben, als ich mich gerade mit Emma verlobt hatte.

Ich verbrannte die ungeöffneten Briefe, sofort nachdem sie eintrafen. Sie sollten mir nicht zur Last werden. Dass es eine wahre Briefflut wurde, machte es nicht einfacher. Aber ich konnte genau so ein Dickkopf sein wie sie.

Ich wollte auch vorankommen. Ich war dankbar dafür, dass Emma in meinem Leben aufgetaucht war. Sie war oft bei meinen Eltern zu Gast, und ich fing an, mit ihr auszugehen. Ich ging die Sache langsam an. Emma war eine angenehme Begleiterin, und sie bedeutet mir etwas. Es war nur ein logischer Schritt, dass ich schließlich um ihre Hand anhielt.

Die Hochzeit wurde auf den 10. Januar 1930 angesetzt. Eine Hochzeit im Winter, aber wir planten sowieso nicht, draußen zu feiern, die Jahreszeit war also egal. Ich konnte unmöglich wissen, dass Antonia am selben Tag ihr erstes Konzert geben würde. Sie dirigierte die Berliner Philharmoniker, wie mir der deutsche Dirigent Bruno Walter mitteilte, den ich für einige Konzerte nach Amerika holen wollte.

Und ich hätte es auch lieber nicht gewusst. Als ich vor dem Altar auf meine Braut wartete, die durch den Mittelgang nach vorn schritt, brach mir der Schweiß aus. Ich würde gleich Emma das Jawort geben, aber in meinem Kopf sah ich unaufhörlich Bilder von Antonia, wie sie dirigierte.

Ich konnte mir noch immer kaum vorstellen, wie sie das alles meistern würde. Die Musikwelt ist so hinterhältig. Gerade die großen Dirigenten sind alle Männer mit narzisstischen Zügen und einem überdimensionierten Ego. Wie könnte sie dort als Frau ihren Platz behaupten?

Ich habe noch Willem Mengelberg in seinem Haus in den Schweizer Alpen besucht, nachdem Antonia unsere Beziehung beendet hatte. Ich hielt mich ja sowieso in Europa auf. Seine Frau Tilly sah ich zum ersten Mal, aber sie war eine sehr liebenswürdige und herzliche Gastgeberin.

Ich wusste schon, dass seine Orchestermitglieder ihm den Beinamen »Ticktator« gegeben haben, da er zu einem diktatorischen Verhalten neigt und verlangt, dass die Musiker pünktlich wie das Ticken einer Uhr sind, wobei er natürlich den Takt vorgibt. Außerdem hatte man mir erzählt, die Musiker würden ihn mit »Chef« anreden. Es war eine unangenehme Überraschung, als ich herausfand, dass auch Tilly ihren Mann ohne jegliche Ironie mit »Chef« anspricht. Deutlicher konnte man es kaum machen, wer in dieser Ehe den Ton angibt. Sie hatte ihre eigene Karriere als Sängerin seinetwegen aufgegeben – daran musste ich häufig denken.

Um meinen Panikanfall am Altar in den Griff zu bekommen, holte ich einige Male tief Atem. Emma kam näher und stellte sich neben mich, noch mit dem Schleier vor dem Gesicht. Ich sagte mir, ich könne ihr nicht antun, an ihr zu zweifeln. Leicht war es nicht.

Aber es waren auch schwierige Zeiten. In unserem Umfeld hatte der Börsencrash Spuren hinterlassen. Glücklicherweise hatte mein Vater vor allem in Immobilien und Gold investiert, er entging daher weitgehend der Abwärtsspirale, und ich selbst hatte Gott sei Dank keine laufenden Anleihen. Die allgemeine Kaufkraft ging jedoch massiv zurück, und als Erstes spart man beim Ausgehen und beim Vergnügen, es war also fraglich, ob wir die Konzertsäle bald noch voll bekämen. Es herrschten so viele Ängste und Sorgen, dass den Hochzeitsgästen ein Fest gerade recht kam; zum Glück konnte ich es noch bezahlen.

Einige Tage nach der Hochzeit erschienen in der Zeitung Berichte über Antonia. Ich sagte Emma nichts, aber ließ Shing alle Zeitungen der Woche kaufen. Antonia konnte stolz auf sich sein.

YANKEE GIRL STARTLES BERLIN CRITICS BY CONDUCTING FAMOUS ORCHESTRA

MISS BRICO TRIUMPHS AS BERLIN CONDUCTOR

AMERICAN WOMAN LEADS BERLIN PHILHARMONIC

Sie wurde in allen Besprechungen gelobt. Es war ein riesiger Erfolg. Man nannte sie *The Girl Genius* und »Aschenputtel«, die kein Kleid für den Ball besitzt. Sie war wie aus einem Märchen – aber auch die am schlechtesten gekleidete Frau, die die Kritiker je auf einer Bühne gesehen hatten. Ich musste lächeln. Antonia, eine natürliche Schönheit, die aber auf Kriegsfuß mit der Mode steht.

In den Sommermonaten kehrte Antonia in die USA zurück, aber sie machte einen großen Umweg und kam nicht an die Ostküste.

An der Westküste entbrannte ein richtiger Wettkampf um sie. Wo würde sie ihr amerikanisches Debüt geben? Sowohl San Francisco als auch Los Angeles wollten sie. Los Angeles gewann, da sie ihr einen Auftritt in der Hollywood Bowl zusicherten, der berühmten Open-Air-Bühne mit Tausenden Sitzplätzen.

Später hörte ich – ausgerechnet von Emma – die Geschichte, dass ihr Konzert beinah ausgefallen wäre, da Antonia viel zu spät vor Ort eintraf – sie steckte in einem Stau fest. Nicht aus eigener Schuld, sondern weil ein Sprössling der Rothschild-Familie, mit dem Emma befreundet ist, sie in seinem Rolls-Royce zum Konzert fahren sollte, aber viel zu spät losfuhr. Niemand hatte mit diesem Verkehrsaufkommen in den Hügeln von Los Angeles gerechnet; ironischerweise waren es alles Leute, die auf dem Weg zum Konzert waren. Das Publikum im voll besetzten Amphitheater musste vierzig Minuten warten, bevor Antonia eilig die Bühne bestieg. Die Besprechungen des Konzerts waren begeistert, fast schon überschwänglich. Die *Los Angeles Times* schrieb:

> Selten war die Hollywood Bowl in ihrer Geschichte so voll wie beim amerikanischen Debüt von Antonia Brico. Sie bewies, dass ihr ein Ehrenplatz in der Symphony Hall of Fame zusteht.

Nachdem sie noch zwei erfolgreiche Konzerte in San Francisco gegeben hatte, kehrte sie nach Deutschland zurück. Übrigens gegen den Willen ihres Mäzens Rothschild. Emma erzählte, was er gesagt haben soll: »Dein Bett ist gemacht. Warum legst du dich nicht hinein?«

Aber anscheinend war da etwas, das Antonia aus Amerika vertrieb. Ich bildete mir nicht ein, dass meine Anwesenheit etwas damit zu tun hatte. Allerdings war ich erleichtert, als ich von ihrer Abreise nach Europa erfuhr. Was wäre passiert, wenn wir uns zufällig über den Weg gelaufen wären? Niemand wird je erfahren, was ich für sie empfunden habe.

~ Frank ~

44

New York, 1933

Auch in den USA entging es uns nicht, dass es Anfang der dreißiger Jahre in Deutschland immer unruhiger wurde. Die Menschen lebten in großer Armut, die Depression hatte ausgerechnet in ihrem Land erbarmungslos zugeschlagen. Die Deutschen konnten ihre Kriegsschulden an die Alliierten nicht mehr bezahlen und stellten die Reparationszahlungen ein – sie wären noch etwa fünfundzwanzig Jahre lang zu Zahlungen verpflichtet gewesen. Das tief erschütterte Volk sehnte sich nach einem hellen Stern, der ihnen den Weg aus diesem Tal der Tränen wies, und fand diesen in einem gescheiterten Künstler. Er hieß: Adolf Hitler. Das erniedrigte, bankrotte Deutschland rüstete seine Armee wieder auf, was ihm nach dem Weltkrieg verboten worden war. Dieses Deutschland, in dem Antonia immer noch lebte, gefiel mir ganz und gar nicht.

Der beißende Schweißgeruch im Büro ist kaum zu ertragen. Ich bin bei Direktor Barnes zu Gast und blättere in der britischen Musikzeitschrift *Gramophone*, in der ein Beitrag steht über die Konzerterfolge von Antonia in den baltischen Staaten, Paris und London. Bevor ich richtig darüber nachgedacht habe, ist es mir schon herausgerutscht: »Haben Sie sie wiedererkannt?«, frage ich ihn und halte ihm das Foto aus der Zeitschrift entgegen. Das Porträt zeigt Antonia mit erhobenem Taktstock. Nichts und niemand scheint ihr etwas anhaben zu können. Barnes studiert die Überschrift des Artikels, in der auch ihr Name genannt wird.

»Antonia Brico? Bin ich noch nie begegnet.«

»Sie hat früher für Sie gearbeitet. Damals war sie noch Platzanweiserin. Willy Wolters?«

»Sie ist das?«

Ungläubig schaut Barnes sich die Aufnahme näher an. Ich setze mich. Mein Herz schlägt plötzlich eigenartig schnell.

»Sie hat ganz schön für Aufsehen in Europa gesorgt, und vor drei Jahren ist sie schon an der Westküste aufgetreten«, sage ich. »Als neuer Direktor der Met haben Sie doch eine Vorreiterrolle. Würde es sich nicht lohnen, sie einmal an die Ostküste zu holen?«

Barnes ist von der Idee durchaus angetan. Welcher Teufel hat mich bloß geritten? Vielleicht muss ich mich einmal untersuchen lassen.

~ Antonia ~

45

*I*ch steige die Treppe hinauf in den fünften Stock. An meinem Arm baumelt ein Einkaufsnetz mit Zwiebeln. Der Schlüssel passt noch. Und so betrete ich nach sieben Jahren zum ersten Mal wieder die Wohnung, in der ich aufgewachsen bin.

Mein Stiefvater sitzt in seinem Sessel. Seine alten Beine liegen auf einer wippenden Fußbank. Meine Stiefmutter faltet Wäsche und erschrickt, als sie mich sieht. Ich sage nichts, lege die Zwiebeln wie ein Sühneopfer auf den Küchentisch und warte. Meine Stiefmutter nimmt das Netz mit den Zwiebeln und wendet sich ab. Sie stellt sich ans Küchenfenster und schaut hinaus. Kinder spielen auf der Straße, unschuldige Geräusche dringen herauf.

Mein Stiefvater macht den ersten Schritt: Er steht auf und umarmt mich sichtlich bewegt. Dann schaut er ängstlich auf den breiten Rücken meiner Stiefmutter. Hier hat sich nichts geändert.

»Ich habe das Grab meiner Mutter besucht«, sage ich. Ich beobachte dabei vor allem meine Stiefmutter. »Du hast bestimmt nicht gewusst, dass sie gestorben ist. Aus Kummer, weil sie mich verloren hat. Sie war erst neunundzwanzig.«

Meine Stiefmutter dreht sich um. »Woher weißt du das?«

»Von ihrer Schwester, die sich um ihr Grab kümmert. Sie waren acht Kinder zu Hause. Meine Mutter war die Älteste.«

»Also gibt es noch mehr Familie?«

»Ich muss euch doch nicht erklären, was es bedeutet, von der eigenen Familie verstoßen zu werden.«

Meine Stiefmutter blickt nun schuldbewusst zu meinem Stiefvater.

»Es war eine verbotene Liebe. Er war Musiker. Meine Mutter war bis über beide Ohren in ihn verliebt ... Diese Liebe war ihr Untergang.«

»Frauen, die nur an sich selbst denken, sind dazu verdammt, bestraft zu werden«, schnauzt sie zurück.

»Das hast du doch auch, als ihr mich nach Amerika entführt habt? Oder etwa nicht?«

Sie blickt mich jetzt mit funkelnden Augen an. »Deine Mutter wollte uns vor Gericht zerren!«, sagt sie vorwurfsvoll.

»Weil ihr mich nicht zurückgegeben habt!«, schreie ich sie an.

Ich werde zornig, wenn ich nur daran denke. Wie meine Mutter unter dem Druck ihrer Kirche-der-Nächstenliebe mit aller Kraft versucht hat, mich wiederzubekommen, weil sie nicht exkommuniziert werden wollte. Aber meine Stiefeltern verweigerten das eiskalt, da meine Mutter nichts zu meinem Unterhalt beigetragen haben soll. Meine geizige Klimpermutter hatte das zur Bedingung für eine vorübergehende Adoption gemacht. Meine Mutter hatte kein Geld und bat die Kirche, die Summe zu bezahlen, aber die Kirche ließ sich nicht darauf ein. Man war aber sehr wohl bereit, die Kosten eines juristischen

Verfahrens zu übernehmen, damit ich ihrer Konfession erhalten blieb.

Ich nehme einen Zettel aus meiner Tasche, den mir mein Stiefvater gegeben hat. Ich habe ihn all die Jahre gut aufbewahrt. Ich lege ihn auf den Tisch und schiebe ihn meiner Stiefmutter hin, sodass sie ihn nicht ignorieren kann. Mir fällt es immer noch schwer, die Überschrift zu lesen: Adoptivkind. Mein Hals wird ganz trocken.

»Geplant war, dass diese Anschaffung vorübergehend sein sollte«, sage ich.

Meine Stiefeltern wechseln einen ertappten Blick.

»Am Tag des Prozesses wartete meine Mutter im Gerichtssaal. Stunden vergingen, aber ihr seid nicht aufgetaucht. Monatelang hat sie gesucht, aber jede Spur verlor sich. Ich war verschwunden.«

Mein Stiefvater sinkt kraftlos auf einen Küchenstuhl. Meine Stiefmutter stellt sich hinter ihn. Das hier führt zu nichts. Uns trennt ein tiefer Graben.

»In dieses gottverlassene Land«, sagt mein Stiefvater plötzlich, mit einer Bitterkeit, die ich von ihm nie erwartet hätte. Meint er damit, dass er die Auswanderung bereut? Ich habe noch nie darüber nachgedacht. Was für einen Schmerz versteckt er? Es liegt ein verdächtiger Glanz in seinen Augen, aber ich habe ihn noch nie wirklich weinen sehen.

Ich schüttele langsam den Kopf. »Nein, ins verheißene Land.«

Er schaut zu mir hoch. Sein Blick ist mild.

»Was ist mit deiner Mutter passiert?«

Ich hatte nicht erwartet, dass er sich danach erkundigen würde.

»Sie ist in ein Kloster gegangen … Wo sie einfach verkümmerte und schließlich …«

Ich schaue vom einen zur anderen.

»Glaubt ihr noch immer, sie liebte mich nicht?«

Ich sehe, dass es für beide nicht leicht zu verdauen ist, was ich sage. Meiner Stiefmutter rinnt eine Träne über die Wange. Ich kann mir nicht vorstellen, dass diese Träne von Liebe herrührt, vielleicht ist sie irgendwie das Gegenstück zu meinem bitteren Los. Denn ich habe mich all die Jahre gefragt, warum sie nach Amerika geflüchtet sind, und habe nie eine Antwort darauf gefunden. Meine Stiefmutter kommt auf mich zu und umarmt mich so vorsichtig, als wäre ich zerbrechlich. Und das bin ich auch. Meine Arme hängen schlaff herunter. Die Zwiebeln sagen alles.

~ Antonia ~

46

»Ich kann ein Konzert für dich organisieren. Aber dann musst du die Hälfte der Karten selbst ankaufen.«

Ich mag kaum glauben, dass ich vor dem Schreibtisch meines ehemaligen Chefs stehe: Direktor Barnes. Er hat es in der Zwischenzeit zum Direktor des Metropolitan Opera House – kurz: The Met – gebracht und mich extra aus Deutschland kommen lassen, um etwas zu besprechen. Durch das Fenster, das ich gerne aufreißen würde, habe ich einen weiten Blick über die Stadt, aber ich konzentriere mich auf Barnes.

»Wie viel würde das kosten?«

Er schreibt etwas auf einen Zettel und schiebt ihn mir hin.

»Im Voraus«, ergänzt er mit schneidender Stimme.

Diese Methode kenne ich schon vom Auftritt von Frau Mayer, allerdings habe ich keinen Ehemann, der für mich einspringen könnte.

»Machen Sie das bei allen Dirigenten so?«

»Hier treten sonst nur große Namen auf. Zu denen gehörst du nicht.«

»In Europa kam ich gut an.« Das klingt viel zu defensiv, und ich hasse mich dafür.

»Wenn du damit die paar Konzerte meinst, hast du recht«, sagt er spöttisch. Wer zahlt, hat das Sagen, das habe ich während meiner Ausbildung gelernt. Direktor Barnes scheint seine Überlegenheit auszukosten.

»Für mich ist das ein großes Risiko«, erläutert er entgegenkommend.

Fieberhaft überlege ich. Ich habe keine Idee, wie ich es schaffen könnte, eine solche Summe aufzubringen.

»Es tut mir leid, dafür fehlen mir die Mittel.«

»Dann verfällt mein Angebot.« Direktor Barnes nimmt den Zettel weg. »Wirst du jetzt wieder nach Europa gehen?«

»Nein, ich werde hierbleiben: *Home of the brave.*« Ich hoffe, die Anspielung auf die Hymne stimmt ihn milde, aber genauso empfinde ich es auch: Man muss in diesem Land mutig sein. Das Leben ist hier ein Hindernisparcours.

»Einer von vier Leuten bei uns ist arbeitslos«, versucht er mich zu einzuschüchtern.

»In Deutschland einer von dreien«, antworte ich.

Wir blicken einander an, ohne recht zu wissen, wie es weitergehen soll. Wenn ich jetzt Marjories *New-York-No.-1*-Kaugummi hätte, würde ich eine Blase machen und sie laut zerplatzen lassen. Woher dieser alberne Gedanke kommt, ist mir schleierhaft – vielleicht hat es damit zu tun, dass mir gerade schlecht ist.

Ich beuge mich nach vorn und stütze mich auf dem Schreibtisch ab. Das ist etwas unschicklich, aber ich vertraue darauf, dass meine Körpersprache mehr Eindruck hinterlässt als meine Worte.

»Wenn ich es schaffe ...«, setze ich an, »kann ich dann noch weitere Konzerte geben?«

»Stellst du etwa Bedingungen?«, fragt er ungläubig.

Vielleicht bin ich verrückt, aber ich möchte unbedingt

dirigieren. Die Risiken, die mit seinem Angebot verbunden sind, nehme ich dafür sogar in Kauf.

»Bitte? Weitere Konzerte sind sehr wichtig für mich. Bitte?«

»Fängst du jetzt an zu betteln?«

In diesem Augenblick wird mir klar, dass er in mir immer noch nur die Platzanweiserin sieht.

Ich bin außer mir, als ich das Gebäude verlasse. Wie konnte ich nur so dumm sein? Das Risiko ist viel zu groß, daran besteht kein Zweifel, und trotzdem habe ich dem Angebot von Barnes zugestimmt.

Als ich am Fuß der Treppe ankomme und abbiegen will, stürzen sich Dutzende Journalisten und Fotografen auf mich. Ein wahres Blitzlichtgewitter bricht los, und unzählige Fragen trommeln auf mich ein: »Haben Sie einen Kommentar für uns?«, »Werden Sie hier dirigieren?«, »Können Sie es bestätigen?«

Ich bin vollkommen überrascht und sprachlos, dass sie schon von dem Auftritt wissen, sammle mich aber rasch wieder. Ich lasse den Blick über die versammelte Presse schweifen und antworte so gewichtig wie möglich:

»Ich kann es bestätigen ... Und wenn jemand Karten kaufen möchte, kann er sich an mich wenden.« Mir kann doch egal sein, wer das hat durchsickern lassen – wenn es zu meinem Vorteil ist.

~ Robin ~

47

Ich stehe draußen und rauche eine Zigarette. Zuerst kapiere ich gar nicht, dass sie es ist. Als ich aufschaue, um herauszufinden, wer auf mich zukommt, scheint die Zeit stillzustehen: Es ist Antonia. Die Welt um mich herum verschwindet. Ich sehe nur noch ihr hübsches Gesicht, ihr breites Lächeln, ihren selbstbewussten Gang – eine Frau von Welt. Mein Gott, sie ist hier!

Ich werfe den Zigarettenstummel weg, laufe auf sie zu, und wir umarmen uns ... wie alte Freunde das eben machen. Beim Loslassen schauen wir uns tief in die Augen. Wie schrecklich ich sie vermisst habe!

Antonia fängt zuerst an zu sprechen.

»Du willst gar nicht wissen, in welchen schmuddeligen Kellern ich im vergangenen Jahr gespielt habe. Natürlich inkognito.« Sie lacht spitzbübisch. »Als Willy Wolters.«

Mir fehlen immer noch die Worte.

»Ich überlebte dank allem, was ich hier gelernt habe«, fährt sie fort. Sie blickt mich so strahlend an. Sie scheint wirklich sehr glücklich darüber zu sein, mich wiederzusehen. Dadurch kommt mein Sprachvermögen zurück.

»Ich freue mich immer, wenn ich helfen kann«, sage ich und lächele sie an.

»Meinst du das ernst?«
Ich begreife sofort, dass sie meine Hilfe braucht.

Schon seit einigen Tagen verwandelt sich der Club tagsüber in eine Vorverkaufsstelle für die Konzertkarten, die Antonia ankaufen musste. Die Journalisten haben ganze Arbeit geleistet. Die Zeitungen schenkten ihr viel Aufmerksamkeit: Das *Yankee Girl*, das ganz Berlin entzückt hat, trete nach der Westküste auch endlich in New York auf, und dann auf Anhieb in der Met! Das Telefon steht nicht mehr still.

Vor allem Dennis freut sich über die Ablenkung. Seit 1931 ist es in New York offiziell verboten, als Frauenimitator oder Travestiekünstler aufzutreten. An der Vordertür jedes Nachtclubs schiebt ein Polizist Wache, als gäbe es in der Stadt keine größeren Probleme. Der *Pansy Craze*, wie man das illegale Auftreten von Männern in Frauenkleidung nennt, ist gezwungenermaßen an andere Orte ausgewichen. Dennis ist bei uns geblieben. Aber wie lange noch?

»Zu Zeiten des großen William Shakespeare wurden alle Frauenrollen von Männern gespielt. Und das soll plötzlich pervers sein?«, lautete seine Reaktion, als er von der Bühne verbannt wurde. Was das angeht, zuckt er mittlerweile mit den Schultern – *the show must go on*. Er tritt weiterhin auf, allerdings als Mann. Aber man sieht ihm an, wie unglücklich er ist.

Als wir den Betrag, den Antonias Veranstalter zur Bedingung gemacht hat, durch den Verkauf der Karten fast erreicht haben, will ich ihr persönlich diese gute Nachricht überbringen. Sie braucht die Einnahmen unbedingt. Sie erzählte, sie habe im vorigen Jahr mehr als zwanzig

Konzerte in den baltischen Staaten und Polen gegeben und daran eigentlich gut verdient. Aber die Honorare stellten sich als wertlos heraus, als sie nach ihrer Rückkehr nach Deutschland versuchte, das Geld umzutauschen. Die Bank nahm die fremden Währungen einfach nicht an.

Antonia musste aber von irgendetwas leben und schloss sich als Pianistin einer Gruppe von Künstlern an, die im Zuge der Krise entlassen worden waren und nun von Nachtclub zu Nachtclub tingelten, um Opernarien und Filmhits zu präsentieren. Aber als Anfang des Jahres ein neuer Kerl an die Macht kam, der das Land *in no time* in eine Diktatur verwandelte, hatte Antonia genug. Sie besaß allerdings kein Geld für die Rückreise, und als sie auch die Hotelrechnungen nicht mehr bezahlen konnte, wurde ihre Situation immer bedrückender.

Es war wie ein Wunder, als Muck ihr mitteilte, man wolle sie in den USA haben und sogar ihre Rückreise würde bezahlt. Ihre Erfahrungen in Deutschland erinnern mich an mein eigenes Schicksal, als ich fast am Bettelstab ging und nirgendwo Arbeit in Sicht war. Nur wollte mich keiner haben, und ich musste mein eigener Retter in der Not werden.

Sie probt an der Met, einem gelben Gebäude am Broadway, das einen ganzen Block einnimmt. Beim Betreten des Saals höre ich, wie das Orchester spielt, aber niemand ist zu sehen. Der goldfarbene Vorhang ist offen, auf der Bühne stehen große Aufbauten, vermutlich für die Oper am Abend. Das Orchester sitzt unsichtbar im Orchestergraben an der Vorderseite, halb unter der Bühne. Ich gehe in Richtung der Musik und lese dabei die Namen auf dem Fries über dem Podium: Gluck, Mozart, Verdi, Wagner, Gounod und Beethoven. Auch hier nur Männer.

Vom Saal aus kann man den tiefen Orchestergraben nicht betreten. Wenn ich dort hinunterwill, muss ich Backstage einen Zugang suchen. Aber da ich schon einmal hier bin, möchte ich den Saal genauer in Augenschein nehmen, denn wir Jazzmusiker haben hier sonst nichts zu suchen. Unsere Kunst ist in Kellern und Nachtclubs zu Hause.

Der Saal ist riesig und fast hufeisenförmig. Fünf Ränge türmen sich übereinander. Das ist beeindruckend, das muss man sagen. Ich gehe eine Treppe hinauf und gelange in den ersten Rang, auf dem sich offensichtlich die Privatlogen befinden. Auf den Zugangstüren stehen die Familiennamen.

Als ich den Namen Thomsen entdecke, muss ich sofort an Frank denken. Mit seinem Vermögen kann er sich natürlich überall einen Stammplatz sichern. Ich öffne die Tür und betrete die Loge. Sechs Plätze befinden sich darin. Hier wird er also mit seiner Gattin sitzen. Was für ein Blick – er schaut genau auf den Orchestergraben.

Man mag es kaum glauben, aber der einzige Zugang zum Orchestergraben führt durch die Herrengarderobe der Musiker. Antonia muss also auch durch diesen Raum, vielleicht mit abgewendetem Gesicht und einer Hand vor Augen, falls die Herren sich gerade umziehen. Eine Garderobe für Frauen kann ich nirgendwo entdecken. Es wird auch keine geben, denn natürlich gehören keine Frauen zum Orchester. Ahnt Antonia überhaupt, was für eine Pionierleistung sie vollbringt, indem sie dieses männliche Bollwerk stürmt?

Ich weiß, dass eine Symphonie auf dem Programm steht, die *Die Unvollendete* heißt, weil der Komponist das Stück nicht zu einem Abschluss gebracht hat. Laut Antonia sind die Gründe dafür unbekannt, aber sie stellt sich gerne vor, dass Schubert die ersten beiden Sätze schon für vollkommen hielt. Wir werden es erleben.

Ich suche mir einen unauffälligen Platz am Durchgang zur Herrengarderobe. Antonia sieht mich nicht, dafür ist sie viel zu konzentriert. Ich beobachte sie zum ersten Mal bei ihrer eigentlichen Arbeit.

»Aufhören, aufhören, aufhören.«

Antonia klopft temperamentvoll mit ihrem Stock auf das Pult.

»Die Posaunen sind zu früh. Noch einmal, ab demselben Takt.«

Das Orchester setzt bei dem entsprechenden Takt ein. Ich höre sofort, dass die Posaunen wieder genauso verfrüht einsetzen wie eben. Dafür braucht man keine klassische Musikausbildung. Es klingt einfach falsch. Antonia unterbricht wieder.

»Es ist lalaladida, und dann seid ihr dran. Die Blechbläser spielen nicht synchron. Die Fagotte sind immer eine Winzigkeit zu früh dran. *Sforzato*, okay? Schaut auf meine Hand, auch wenn ich euch nicht direkt ansehe. Noch mal.«

Der Einsatz des Orchesters ist wieder schlampig. Antonia unterbricht nochmals. Sie stemmt die Hände in die Hüfte und trotzt dem ganzen Orchester.

»Wenn die Blechbläser unbedingt nacheinander einsetzen möchten ... dann bitte die Posaunen zuerst.« Purer Sarkasmus. Ich muss lächeln. Die lässt sich nicht durch den Kakao ziehen.

Als sie nach einer Weile eine Pause einlegt und die Musiker zur Kantine aufbrechen, kommen sie an mir vorbei. Sie meckern über ihre Dirigentin. Antonia muss die Bemerkungen auch hören, aber sie stellt sich taub.

Wahrscheinlich hat sie sich längst eine Elefantenhaut zugelegt.

Ich überbringe ihr die guten Neuigkeiten. Sie strahlt und schleppt mich aufgeregt mit in das Büro von Direktor Barnes, über den ich schon allerlei Geschichten gehört habe.

»Mr Barnes, die Karten werden mir aus der Hand gerissen«, fällt Antonia mit der Tür ins Haus, sobald sie das Büro betreten hat.

Ich folge ihr zögerlich und muss sofort den Reflex unterdrücken, mir die Nase zuzuhalten.

»Wenn das so weitergeht, sind innerhalb einer Stunde alle verkauft. Wie läuft der Vorverkauf bei Ihnen?«

»Ich kann nicht klagen«, antwortet Barnes.

»Also erfülle ich Ihre Bedingungen?«

»Ja, das kann man wohl so sagen.«

»Bedeutet das auch, dass ich noch ein weiteres Konzert dirigieren darf?«

Sie blickt ihn herausfordernd an. Aber Barnes ist zu gerissen, sich in die Karten schauen zu lassen. Stattdessen bleibt diese Stinkbombe stumm.

~ Antonia ~

48

Das Stück von Schubert heißt *Die Unvollendete*, und wenn es so weitergeht, werden wir tatsächlich niemals fertig. Drei Proben hatten wir jetzt, jedes Mal war es dieselbe Leier. Wenn ich das Ergebnis höre, könnte ich heulen. Das Orchester arbeitet gegen mich, es lehnt sich gegen mich als Dirigentin auf.

Ich unterbreche wieder einmal. Der Konzertmeister, der Wortführer des Orchesters, lässt seinem Unmut freien Lauf.

»Was ist denn jetzt schon wieder?«, murrt er, während er auf seinem Stuhl hin und her zappelt.

»Möchten Sie etwas sagen?«, frage ich streng.

»Können wir nicht einfach weitermachen? Morgen ist das Konzert!«

Er seufzt so laut, dass man es bis in die hinterste Reihe hören kann.

»Ich müsste nicht unterbrechen, wenn ihr das spielen würdet, was ich vorgebe. Noch einmal.«

Ich hebe den Taktstock und lasse sie das Stück noch einmal spielen. Die zweiten Geigen beginnen, aber als ich signalisiere, dass die ersten Geigen einsetzen müssen, folgen sie statt mir dem Konzertmeister, der sich weigert, überhaupt noch eine Note zu spielen. Das Stück bricht auseinander. Ich schaue zum Konzertmeister. Wenn Blicke töten könnten, bräuchten wir jetzt einen Leichenwagen – für mich.

»Warum spielen Sie nicht?«, frage ich.

»Ich lasse mir nichts von einer Frau sagen, die nicht weiß, wo ihr Platz ist«, antwortet der Konzertmeister.

»Ich kenne meinen Platz sehr gut«, sage ich. »Der ist nämlich genau hier.« Ich zeige auf mein Pult und freue mich, dass wir nun endlich auf der Bühne proben statt in diesem verfluchten Orchestergraben. »Noch einmal.«

Aber der Konzertmeister steht auf, nimmt seine Jacke von der Rückenlehne und will gehen. Schneller, als er schauen kann, habe ich meine erhöhte Position verlassen und nehme ihm die Geige aus der Hand.

»Ich habe Ihnen gerade Ihr Instrument weggenommen, was ist das für ein Gefühl?«

Ich blicke ihn herausfordernd an. Wenn er Krieg will, kann er ihn bekommen. Der Konzertmeister beobachtet ängstlich, wie ich das Instrument durch die Luft wirbele.

»Vorsichtig, das ist eine Stradivari!«, jammert er, als wüsste ich nicht, dass so ein Instrument unbezahlbar ist.

»Ach so, eine Stradivari!«, rufe ich. »Also bedeutet Ihnen dieses Instrument etwas?«

Er nickt hastig und verliert seinen kostbarsten Besitz keine Sekunde aus den Augen.

»Dann haben wir ja etwas gemeinsam«, sage ich.

»Wie kommen Sie auf die Idee?«

»Dieses Orchester ist mein Instrument. Wenn ich keine Orchestermusiker habe, löse ich mich quasi auf. Dann habe ich kein Instrument, auf dem ich spielen kann.«

Ich gehe am Orchester vorbei und schaue jedem Musiker in die Augen, damit ich zu ihnen durchdringe.

»Weiß jemand, was Paderewski darüber sagt, wenn man einen Tag nicht geübt hat? ›Ein Tag ohne Üben, dann höre nur ich es.‹« Ich zeige auf mich. Dann schwenke ich die Stradivari wie einen Zeigestock durch die Luft und deute auf das Orchester. »›Zwei Tage ohne Üben, dann hört es auch das Orchester.‹« Ich zeige auf den leeren Saal: »›Drei Tage ohne Üben, dann hört es das Publikum.‹«

Ich schaue das Orchester eindringlich an.

»Glaubt ihr etwa, das würde nicht auch fürs Dirigieren gelten?«

Meine Stimme ist erfüllt von angestauten Emotionen, aber ich werde hier nicht eine einzige Träne vergießen. Das hätten sie wohl gerne. Die Orchestermitglieder wagen es nicht, etwas zu sagen. Ich gehe zurück zum Pult.

»Wisst ihr, wie viele Konzerte in meinem Kalender stehen? Genau eines. Danach folgt ein großes Loch. Wisst ihr, wie viele meine männlichen Kollegen geben dürfen? Vier, manchmal fünf pro Monat, das ganze Jahr lang. Ist das gerecht?«

Ich lasse den Blick über die Musiker schweifen. Es ist totenstill. Sie wissen wahrscheinlich nicht, wie sie mit diesem emotionalen Bekenntnis umgehen sollen. Wie auch – ich weiß es selbst kaum.

»Nein«, gebe ich mir selbst die Antwort. »Es ist, als würde man jemandem eine Brotrinde zuwerfen, der Hunger leidet.«

Erschöpft lege ich die Geige auf das Pult und greife zum Taktstock. Im Augenwinkel sehe ich, wie der Konzertmeister erleichtert aufatmet, weil ich von dem Instrument abgelassen habe.

Ich drehe mich um und entdecke Direktor Barnes im Mittelgang. Ich weiß nicht, wie viel er von meinem Ausbruch mitbekommen hat. Ich gehe über den abgedeckten

Orchestergraben zur Treppe, dann hinunter in den Saal und überreiche ihm mit einer eleganten Verbeugung den Taktstock.

»Applaudiert, Freunde! Die Komödie ist zu Ende.«

Ob er wohl weiß, dass ich auf Beethovens Worte auf dem Sterbebett anspiele? Es ist auch egal. Erhobenen Hauptes mache ich mich auf den Weg zum Ausgang.

»Du kannst nicht einfach so weglaufen!«, ruft mir Barnes hinterher. »Wir haben eine Vereinbarung!«

Das beeindruckt mich nicht. Dieser *Taktstocktyrann* hat gerade gekündigt.

Später am Abend sitze ich in meinem Apartment, als es an der Tür klingelt. Ich schaue aus dem Fenster, vor dem Haus stehen Direktor Barnes und der Konzertmeister. Da sind sie also. Ich laufe die Treppe hinunter und öffne die Haustür. Der Konzertmeister hat seinen Geigenkoffer dabei und blickt mich schuldbewusst an. Ich nicke nur. Ich habe ihnen nichts zu sagen: Als Frau, die ihren Platz kennt, weiß ich genau, wann ich den Mund halten muss.

»Mein Instrument. Bitte, nehmen Sie es«, sagt er und hält den Geigenkoffer hoch, um ihn mir zu überreichen.

Ich nehme den Koffer, gebe ihn aber sofort wieder zurück.

»Ohne den Musiker ist das Instrument wertlos«, sage ich.

Nun traut sich auch Barnes, den Mund aufzumachen.

»Bedeutet das, dass du morgen da sein wirst?«, fragt er barsch.

Ich schaue ihn von oben herab an. »Nein, denn von Ihnen habe ich noch nichts gehört.«

Ich sehe, wie der Konzertmeister und Barnes Blicke tauschen; was hatten sie wohl miteinander verabredet?

Barnes räuspert sich. »Wirst du morgen das Konzert geben?«

Ich lege eine Hand hinters Ohr.

»Entschuldigung, ich kann Sie nicht gut hören«, sage ich betont freundlich, denn eigentlich könnte ich ihn in Stücke reißen.

»Bitte.«

»Bitte, was?«, frage ich naiv.

»Miss Brico, würden Sie morgen bitte das Konzert geben?«, bringt er schließlich mühevoll hervor.

Ich lächle: »Mr Barnes, betteln Sie jetzt etwa?«

»Ja.«

»Wie sieht es mit meiner Bedingung aus?«

Die darauffolgende Stille dauert lange. Dann lenkt er zähneknirschend ein.

»Es wird ein zweites Konzert geben.«

~ Robin ~

49

»Arbeitslose Musiker? Ich soll arbeitslose Musiker dirigieren? Bildet er sich ein, mich damit abspeisen zu können?« Antonia ist außer sich und lässt ihrer Wut freien Lauf. Wir stehen in einer brechend vollen Straßenbahn, die uns über den Broadway zum *In the Mood* bringt.

Sie hat natürlich recht. Barnes ist ein unberechenbarer Patron. Ihr Konzert in der Met war ein großer Erfolg. Ich stand hinter der Bühne und hörte zu, als sich eine Platzanweiserin mit hochgesteckten Zöpfen neben mich stellte. Sie schaute Antonia unglaublich stolz an, kaute ausgiebig auf einem Kaugummi und flüsterte: »Wissen Sie, was so besonders an ihr ist?«

Die Antwort musste sie mir schuldig bleiben, denn sie machte sich rasch aus dem Staub, als sich Barnes näherte und mir Gesellschaft leistete. Natürlich weiß ich, was so besonders an Antonia ist, aber es tut immer gut, das auch von anderen zu hören.

Mir wäre am liebsten gewesen, wenn Barnes weitergegangen wäre. Der gute Mann stank wie die Hölle. Aber er blieb stehen, schloss sogar die Augen. Nach einer Weile flüsterte er: »Wenn ich die Augen schließe, höre ich nicht, dass eine Frau dirigiert.« Ich schaute ihn an, als hätte er nicht alle Tassen im Schrank, aber das bemerkte er gar nicht.

Mehr als dreitausend Zuhörer lauschten ihr im ausverkauften Saal. Ich habe noch nachgesehen, ob auch Frank Thomsen da war, aber in seiner Privatloge konnte ich nur eine blonde Frau und ein älteres Ehepaar entdecken. Es beruhigt mich, dass er anscheinend kein Interesse mehr an Antonia hat.

Die stehenden Ovationen für Antonia dauerten Minuten. Was das versprochene zweite Konzert angeht, hat Barnes sie aber an der Nase herumgeführt. Und ausgerechnet ich muss ihr die schlechte Nachricht überbringen, das hat Barnes so arrangiert – er betrachtet mich als ihren Manager.

»Es ist ein öffentliches Projekt, das arbeitslose Musiker unterstützen soll. Sie sollen weiterhin üben können, bis bessere Zeiten anbrechen«, erkläre ich Antonia.

Was ich sage, entspricht der Wahrheit. Damit dreizehn Millionen Arbeitslose wieder in Lohn und Brot kommen, reagiert unser neuer Präsident Franklin D. Roosevelt ganz anders auf die Große Depression als sein zögerlicher Vorgänger. Er hat ein sogenanntes New-Deal-Programm ins Leben gerufen und appelliert an das amerikanische Volk, der herrschenden Armut den Kampf anzusagen – *The Fighting Spirit.*

»Das kann mir doch egal sein«, schnaubt Antonia. »Das werde ich nicht machen, das mache ich auf keinen Fall!«

»Ich verstehe, dass du meinst, man hätte dich aufs Kreuz gelegt. Aber sieh es doch mal positiv: Du wirst dafür bezahlt, und du kannst die ganze Zeit dirigieren«, entgegne ich. Warum ausgerechnet ich den Advocatus Diaboli spielen muss, bleibt mir ein Rätsel.

»Was macht das für einen Sinn, wenn niemand die

Konzerte hört? Das kapiere ich nicht. Wir hatten eine großartige Resonanz in der Presse!«

»Laut Barnes war genau das das Problem. Du hast zu viel Aufmerksamkeit auf dich gezogen.«

»Aber das ist doch gerade gut?«

»Der Solist hat abgesagt, wegen dir. Er weigert sich, unter einer Frau zu arbeiten.«

»Wirklich? Wer ist es?«, fragt sie aufgebracht.

»Willst du das echt wissen?«

Antonia schaut mich an, mit diesem unmissverständlichen Blick, den ich gut kenne. Natürlich will sie das wissen. Ich verstehe sie sogar. Ich möchte meine Feinde auch kennen.

»Der Bariton John Charles Thomas ...«, sage ich. »Du würdest alle Aufmerksamkeit von ihm ablenken.«

Antonia schüttelt den Kopf. »Was sind die Solisten doch für eitle Divas.«

»Du sprichst über einen Mann«, sage ich.

»Ja und? Was ändert das?«

»Du müsstest ihn vermutlich einen Divo nennen.«

»Po-tay-to, po-tah-to«, sagt sie, in Anspielung auf Gershwins beliebten Song *Let's Call the Whole Thing Off*. Und damit kein Zweifel aufkommt, wiederholt sie: »Ich werde es nicht machen.«

~ Antonia ~

50

New York, 1934

Es stimmt, was Prahlerei betrifft, macht mir mittlerweile so schnell keiner etwas vor. Das liegt daran, dass ich so oft nur mit einem Bluff vorankomme und mich aufplustern muss, damit man mich überhaupt wahrnimmt. Sich selbst über den grünen Klee zu loben ist schwieriger, als zu bluffen. Die Leute halten einen dann schnell für arrogant und einen Wichtigtuer. Ich muss einfach abgebrühter scheinen, als ich in Wirklichkeit bin. Das fällt Frauen übrigens schwerer als Männern, aber das nur nebenbei.

Natürlich hatte ich Mordgelüste, als ich hörte, der eitle John Charles Thomas weigere sich, mit mir zusammenzuarbeiten. »Unter mir zu arbeiten«, wie er es ausdrückte. Männer wollen keine Frau über sich haben, das ist das Problem. Ich wünschte der Met viel Erfolg mit diesem selbstgefälligen Pinsel, denn ich erfuhr, dass er dort einen Vertrag unterzeichnet hat. *Er* hat einen bekommen.

Aber dieses Schlitzohr hat es auch geschafft, sich beim Radio einzuschmeicheln; außerdem gibt er Shows am Broadway. Trotz der Depression hat er eine unglaubliche Bekanntheit erlangt. Er muss aber schon Hornhaut auf den Ellenbogen haben, weil er jeden wegdrängt. Ich zähle bestimmt nicht zu seinen Fans.

Aber was soll es, als ich mich beruhigte, sah ich vor allem die Chance, häufiger dirigieren zu können. Und diese Gelegenheit musste ich ergreifen, oder?

Also habe ich doch zugesagt, und diese Arbeit mache ich jetzt schon ein ganzes Jahr. Dreimal pro Woche darf ich als arbeitslose Dirigentin arbeitslose Musiker dirigieren. Halleluja. Ich werde sogar bezahlt, fünfunddreißig Dollar pro Woche. Muck hat früher Angebote aus den USA abgelehnt, bei denen er siebenundzwanzigtausend Dollar als Jahresgehalt bekommen hätte. Ich bin schon glücklich, wenn ich meine Miete bezahlen kann und mein Honorar in der eigenen vertrauenswürdigen Währung ausgezahlt wird.

Die Statuten des Förderprojekts verlangen, dass die täglichen Proben sechs Stunden dauern, egal ob die Musiker davon angetan sind oder nicht. Für die Musiker ist diese rigorose Vorgabe fast nicht zu erfüllen, aber da stößt man bei den verantwortlichen Beamten natürlich auf taube Ohren. Wie kann ein Bläser denn sechs Stunden pro Tag auf der Trompete spielen, ohne aufgeschwollene Lippen zu bekommen? Ich versuche auf solche Dinge Rücksicht zu nehmen, sowohl was die Auswahl der Stücke betrifft als auch im Hinblick auf die Pausenzeiten bei den Proben.

Da wir alle im selben Boot sitzen, ist ein Gefühl der Zusammengehörigkeit gewachsen. Den Winter über trotzten wir der bitteren Kälte im Proberaum, der kaum geheizt wurde. Die Musiker spielten mit abgeschnittenen Handschuhen, bis die Finger blau anliefen. In den heißen Sommermonaten kümmerte ich mich um Ventilatoren, denn ohne sie war jede konzentrierte Arbeit unmöglich.

Ganz selten dürfen wir tatsächlich auftreten. Das sind die kleinen Höhepunkte in unserer Tristesse. Ich habe sogar einmal Robin als Pianisten gewinnen können, als wir *Rhapsody in Blue* spielten.

In meiner restlichen Zeit suche ich unentwegt nach Möglichkeiten für einen Auftritt, aber es gibt einfach keine. Die ganze Welt ächzt unter der Großen Depression, einmal abgesehen von John Charles Thomas.

»Bin ich vielleicht zu früh?«, frage ich und werfe einen Blick auf die Uhr, während ich mich am Pult einrichte. Ich kann nur sieben Musiker im Proberaum entdecken, es sind ausschließlich Frauen. Sie haben sich munter unterhalten, aber als ich eintrat, verstummte das Gespräch sofort. Ich habe sie gut gedrillt, denn ich fange in der Regel ohne großes Vorgeplänkel an.

Eilig kommen noch zwei Frauen herein, die sofort ihre Plätze einnehmen.

»Wo sind denn die Herren der Schöpfung?«

»Heute ist das Vorspielen beim New Jersey Symphony Orchestra«, antwortet die Geigerin, die vorn sitzt.

Ich lache. »Was habt ihr dann noch hier zu suchen?«

»Sie wollen nur Männer«, sagt die Geigerin.

Da hätte ich auch selbst drauf kommen können.

»Nur Männer, ja?«, sage ich mit einem Anflug von Sarkasmus.

Mein Blick schweift über die Gruppe der Frauen. Vier Geigerinnen, eine Harfenistin, zwei Flötistinnen, eine Klarinettistin und eine Cellistin. Neun Instrumente. Ach, auch mit neun Frauen kann ich etwas einstudieren, denke ich. Und in diesem Augenblick habe ich eine brillante Idee.

Nach der Probe beeile ich mich, zu Robins Wohnung zu kommen. Ich presse den Finger viel zu lange auf den

Klingelknopf. Ich kann es nicht erwarten, ihm von meiner Idee zu erzählen. Was ich vorhabe, ist vermutlich eigentlich nur ein großer Bluff. Aber: *Who cares?*

Als die Tür sich endlich öffnet, verhaspele ich mich fast.

»Robin, sagst du nicht immer: ›Wenn du in diesem Metier eine Rolle spielen willst, musst du auffallen‹?«

Er schaut mich verständnislos an, denn ich sprühe gerade vor genialen Einfällen.

»Genau das werde ich machen. Was mit neun Frauen funktioniert, geht auch mit neunzig…«

~ Frank ~

51

Ich besuche Mark Goldsmith, um sein neuntes Kind willkommen zu heißen, das vor drei Wochen geboren wurde, einen Sohn. Sie haben ihn Richard genannt. Ich nahm an, nach Richard Strauss, sie dachten aber an Richard Wagner. Allerdings bekomme ich das Kind gar nicht zu Gesicht.

Beth, seine Frau, hat das Wochenbett schon wieder verlassen. Sie stellt uns lächelnd den Kaffee hin. Ich sehe die dunklen Ringe unter ihren Augen, die erschöpften Gesichtszüge, und fühle mich unwohl: Bewundernswert, dass sie schon wieder auf dem Damm ist, aber vielleicht hätte Mark besser ihr den Kaffee ans Bett gebracht. Nach meiner Erfahrung dauert das Kindbett sechs Wochen.

Als sie sich zu uns setzen will, schickt Mark sie mit einer Geste weg, als wäre sie ein Dienstmädchen. Beth verlässt das Zimmer. Sie ist gerade gegangen, als vier seiner älteren Kinder in den Wintergarten stürmen, der an Marks Arbeitszimmer grenzt. Sie werfen wild einen Ball hin und her und machen sich keine Gedanken über das Service auf dem Büfett. Zweimal höre ich, wie etwas zerbricht. Aber Mark ist ganz in die *New York Times* vertieft, die seine Frau für ihn bereitgelegt hat, als sie den Kaffee hereinbrachte. Oder er überhört den Lärm der Kinder einfach, das kann auch sein.

»Hast du das schon gesehen?«, fragt mich Mark.

Bevor ich herausfinden kann, welchen Artikel er meint, liest er bereits vor: »Gesucht!«, ruft er, als würde es um einen Kriminellen gehen. »Orchesterleiterin Antonia Brico sucht weibliche Musiker, um ein Frauenorchester aufzubauen. Ausschreibungen für alle Instrumente ...«

Er beendet den Satz nicht und schaut mich arrogant an, als hätte ich die Anzeige höchstpersönlich aufgegeben.

»Zeig mal her«, sage ich.

Er gibt mir die Zeitung, und ich lese den Aufruf noch einmal in aller Ruhe. Mein Herz schlägt schneller. Was hat sie jetzt wieder vor? Ich höre Mark und seinem Gezeter nur mit halbem Ohr zu und schaue, dass ich meinen Besuch schnell beende. Viel länger hätte ich seine tobenden Kinder auch nicht ausgehalten.

Als ich das Haus verlasse, steigt Shing, der auf mich gewartet hat, aus dem Wagen. Er hält mir die Autotür auf, aber ich möchte noch ein paar Schritte zu Fuß gehen. Wir verabreden, dass er mich in einer Stunde am Park abholt.

An einem Zeitungskiosk kaufe ich die *New York Times*, obwohl ich sie sowieso abonniert habe. Ich nehme auch gleich die *New York Herald Tribune* mit; dort ist die Anzeige ebenfalls erschienen. Ich merke, dass ich den Aufruf immer wieder lese, als würde ich dadurch einen klaren Kopf bekommen. Das Datum, an dem das Vorspielen angekündigt ist, hat sich bereits in mein Gehirn gebrannt.

Emma sage ich nichts davon. Aber in den nächsten Tagen höre ich mich in Musikerkreisen um, ob der Inhalt der Anzeige die Runde macht. Das scheint nicht der Fall zu sein. Die wenigen Frauen, die ich in Leitungsfunktionen bei verschiedenen Orchestern kenne, heben fragend die Schultern, als ich sie darauf anspreche.

Zwei Tage vor dem Vorspieltermin habe ich morgens eine Verabredung mit dem italienischen Dirigenten Arturo Toscanini, der wegen des um sich greifenden Faschismus nicht mehr in sein Heimatland zurückkehren möchte. Das verdient Respekt.

In den USA kann man nicht genug von ihm bekommen, und in New York rollt man ihm bei jeder Gelegenheit den roten Teppich aus. Es gibt hier eine große italienische Gemeinschaft; diese Lobby ist bestimmt hilfreich.

Auf jeden Fall – so sagt man – hat niemand interveniert, als Toscanini 1909 Mahler aus der Met gedrängt hat. Dem herzkranken Mahler fehlte bereits die Kraft, um sich gegen seine Entlassung zu wehren.

Ein Sender hat mich vor kurzem gebeten, mit dem mittlerweile siebenundsechzigjährigen Toscanini über Live-Konzerte im Radio zu verhandeln; es sollen auch Plattenaufnahmen gemacht werden. Sie sind selbst etwas in Sorge, was die Verhandlungen betrifft, denn der Italiener gilt als schwieriger Charakter. Wegen seines unbestrittenen Ruhms wird er eine astronomische Summe verlangen.

Ich finde seine Interpretationen nicht einmal so brillant. Er benimmt sich, als würde er sich vollkommen der göttlichen Schöpfung des Komponisten unterordnen, aber ich bin Experte genug, um zu merken, dass ihn die Werke keinen Pfifferling scheren, wenn sie ihm nicht in den Kram passen.

Ich mag ihn nicht. Unter den autoritären Diktator-Dirigenten ist er der schlimmste. Seine Macht beruht auf der Angst, die er verbreitet. Er kann gegenüber seinen Orchestermitgliedern vollkommen ausrasten, beschimpft sie aufs übelste und macht sie regelrecht zur Sau. Und ich spreche hier von den besten Musikern, die wir haben. Sie haben alle eine Heidenangst vor ihm.

Man hat mich schon vorgewarnt, dass er nicht mit Mr Toscanini, sondern mit Maestro angesprochen werden möchte. Dagegen habe ich im Prinzip nichts einzuwenden. Respekt ist das Zauberwort im Umgang mit Musikern, er muss nur wechselseitig sein.

Kurz vor Beginn der eigentlichen Verhandlung frage ich Maestro Toscanini beiläufig, was er von weiblichen Dirigenten halte. Der eitle Pfau zupft betont gelassen an seinem grauen, gekräuselten Schnurrbart.

»Mir ist vor ein paar Jahren einmal eine begegnet«, sagt er mit einer Stimme, die klingt, als würde er seine Stimmbänder täglich mit einer Parmesanreibe malträtieren. »Ich glaube, sie hieß Leginska, Ester, Ethel oder auf jeden Fall so ähnlich. Sie dirigierte vom Klavier aus, denn eigentlich war sie Pianistin. Der Auftritt erfolgte außerhalb des offiziellen Programms. Beim Schlussapplaus weigerten sich die Musiker, aufzustehen und den Beifall entgegenzunehmen, so peinlich fanden sie das Ganze. Hast du damals die Karikaturen über ihre kuriose Art zu dirigieren nicht gesehen? Die Zeitungen schrieben sogar, das Dämchen sei von einem Zigeunerdämon besessen. Ich habe ihr den einzig richtigen Rat gegeben: Konzentrier dich auf Opern. Dann sitzt du versteckt im Orchestergraben und beleidigst nicht das Publikum.«

Ich schaue ihn an und denke, dass es noch mehr als genug Mauern gibt, die eingerissen werden müssen ... und dass ich ihm in den Verhandlungen nichts schenken werde.

Am Tag des Vorspielens springt mich beim Frühstück eine giftige Schlagzeile aus der Zeitung an:

WEIBLICHE MUSIKER ZWEITKLASSIG

Kurz hoffe ich, das würde sich nicht auf Antonia beziehen. Ich überfliege den Beitrag rasch.

> Laut Mark Goldsmith, einem gefeierten Dirigenten und Pianisten, wird es nie eine Frau an die Spitze der weltbesten Dirigenten schaffen. Miss Brico wird sich mit einem Platz am Rand zufriedengeben müssen. Von da aus gerät sie von selbst wieder in Vergessenheit. Das ist ihr Schicksal.

Ich spüre einen Stich im Herzen. Hoffentlich liest Antonia diese Zeilen nicht. Wie kann Mark nur so auf sie eindreschen? Ich lese weiter:

> Außerdem beschreitet Miss Brico einen Weg, der nirgendwo hinführt. Nichts wird sich ändern. Nicht in zehn Jahren, nicht in zwanzig Jahren und nicht in fünfzig Jahren. Niemals.

Ich denke lange darüber nach, ob ich mit Mark hierüber reden muss, denn tief in mir weiß ich, dass er das mit ihr nicht machen darf. Aber ich weiß auch, wie die Räder in dieser Maschinerie sich drehen. Manchmal muss man die Dinge einfach laufen lassen, und manchmal muss man ihnen sogar einen Schubs geben.

Als Antonia ihr erstes Konzert bei Barnes bekam, habe ich die Musikredaktionen der wichtigsten Zeitungen angerufen. Genauso werde ich jetzt wieder ein wenig herumtelefonieren.

~ Antonia ~

52

Die Orientierungsschilder mit den Pfeilen hängen. Ich darf für das Vorspielen der Bewerberinnen den Proberaum des Arbeitslosenorchesters nutzen. Robin hat sich um alles andere gekümmert. Die Musiker von Robins Band werden als offizielle Jury hinter einer Tischreihe sitzen – so wie es sich gehört.

Robin ist noch nicht da. Er sagte, er habe noch etwas zu erledigen und komme später. Die Tänzerinnen haben sich piekfein angezogen und warten nur darauf, die Frauen zu begrüßen und sie den Tag über zu begleiten. Ich musste mich nur um die Noten kümmern und darum, dass jeweils die richtigen Blätter auf den Notenständern stehen.

Nun heißt es abwarten, ob auch jemand auftauchen wird. Die Musiker und Tänzerinnen rauchen nervös eine letzte Zigarette. Ich gehe zum Fenster und schaue nach unten, der Proberaum ist im dritten Stock. Niemand zu sehen. Na ja, es sind zwar Fußgänger auf dem Bürgersteig unterwegs, aber die wollen eindeutig nicht zu mir. Merkwürdigerweise kommt bei mir keine Unruhe auf. Wir werden sehen, was passiert. Es ist ein gutes Gefühl, es überhaupt zu versuchen.

Dann biegt plötzlich der erste Geigenkoffer um die Ecke. Ich betrachte die Frau, die ihn in der Hand hält. Mit erhobenem Kopf und einem entschlossenen Schritt ist sie unterwegs. Sie sucht kurz die Hausnummer und betritt dann das Gebäude. Und es kommen noch mehr. Die neun Frauen aus dem Arbeitslosenorchester sind auch dabei. An den Instrumentenkoffern kann ich erkennen, dass es sieben Geigen sind, drei Bratschen, zwei Flöten, zwei Klarinetten, zwei Hörner, ein Fagott, eine Posaune, eine Oboe, zwei Cellos, ja sogar ein Kontrabass. Insgesamt etwa zwanzig Bewerberinnen. Sie laufen hintereinander, als wäre das so vereinbart. Die Tänzerinnen halten sich bereit. Es kommt Schwung in die Sache.

Wenn Goldsmith recht haben sollte und ich ohnehin der Vergessenheit anheimfalle, habe ich genau das richtige Stück für heute ausgesucht, nämlich die in Vergessenheit geratene *Nullte Symphonie* von Anton Bruckner.

Dieses der Musikwelt so lange unbekannte Stück des österreichischen Komponisten halte ich für die schönste seiner Symphonien. Eigentlich hat er neun komponiert, mit der *Nullten* also zehn. Sie ist von seinen Symphonien am unverfälschtesten, da er nach ihrem Abschluss nichts mehr an ihr verändert hat.

Der bescheidene Bruckner – er war Lehrer an einer einfachen Dorfschule – wurde von seinen musikalischen Zeitgenossen ununterbrochen kritisiert. Vor allem Johannes Brahms gönnte ihm nicht die Butter auf dem Brot und griff ihn immer wieder an. Dadurch war Bruckner so verunsichert, was sein eigenes Talent anging, dass er die Komposition mit einer großen Null markierte; daneben schrieb er zusätzlich »ungültig«. Danach legte er das Stück in den Schrank und zog es nie wieder hervor.

Die Symphonie war es nicht wert, gespielt zu werden, dachte er. Ununterbrochene Kritik hat noch jeden kleingekriegt.

Seinen anderen Symphonien erging es zum Glück besser. Allerdings ackerte und feilte er immer wieder an ihnen – manchmal besorgten das auch andere –, sodass schließlich ein wahres Durcheinander von Fassungen entstand. Nach seinem Tod wusste niemand mehr, was nun wirklich von ihm stammte und wo andere die Finger im Spiel hatten. Dieses Nebeneinander von mehreren Fassungen derselben Symphonie wurde sogar »Bruckner-Problem« genannt.

Vor zehn Jahren wurde diese reinste – weil unangetastete – *Nullte Symphonie* wiederentdeckt und uraufgeführt. Bruckner durfte das nicht mehr erleben, er war bereits seit achtundzwanzig Jahren tot.

Und jetzt spielen wir das Stück hier, im Proberaum des Arbeitslosenorchesters. Es wird von einer Gruppe Frauen aufgeführt, die auch irgendwie »ungültig« sind. Schau an. Die Entscheidung für Bruckner war vollkommen richtig: Bescheiden, auf der Suche, verunsichert – und trotzdem solch ein Erbe zu hinterlassen, das ist nur wenigen vergönnt.

Das Stück steckt voller geballter Erwartung, als kündigte sich etwas Gewaltiges an, das schon seit Ewigkeiten herbeigesehnt wird. Ich beziehe meinen Platz am Pult und schaue zu den Musikerinnen. Natürlich sehnen sie sich danach, ganz einfach eine feste Stelle zu haben. Sie nehmen die Musik alle ernst und werden ihr Bestes geben. Niemand wird hier meine Rolle infrage stellen.

»Wir fangen an. *À vue.*« Mehr brauche ich nicht zu sagen.

Die Musik beginnt mit einem Kontrabasspart. Ich kann mich schon glücklich schätzen, dass eine Bassistin zum Vorspielen erschienen ist. Das ist so ein typisches Instrument, das Frauen selten spielen.

Mit dem Cello war es früher genauso, bevor der sogenannte Stachel zur Stabilisierung eingeführt wurde. Die Musiker saßen damals breitbeinig und klemmten das Instrument zwischen den Beinen ein. Für Frauen war das Cello aus Gründen der Sittlichkeit absolut tabu. Um 1860 wurde der Stachel eingeführt, um das Instrument abzustützen. Aber immer noch durften Frauen das Instrument nur im Amazonensitz bespielen, mit beiden Beinen auf einer Seite. Sie mussten also mit verdrehtem Rücken spielen, und das mit einem Korsett, denn von Frauen wurde schlicht erwartet, dass sie die Dinger trugen.

Ich habe mich immer geweigert, diese Ungetüme anzuziehen. Meine Stiefmutter schleppte einmal ein Korsett an. Ein älteres Kind, das bei uns auf der Etage wohnte, war aus ihm herausgewachsen. Meine Stiefmutter hat nichts dafür bezahlen müssen. Ich war vermutlich etwa zwölf. Man kann sich das gar nicht vorstellen, aber in diesem Alter fängt man schon mit den Korsetts an. Ich habe damals einen richtigen Aufstand gemacht. Ich wurde fuchsteufelswild vor Wut, denn ich spürte, wie man mich einschnürte und ich keine Luft mehr bekam.

Ich blicke zur Frau am Bass. Das gleiche Instrument, das Robin spielt ...

Nach dem Vorspielen packen die Damen die Instrumente ein und verlassen nacheinander die Bühne. Über eine kleine Treppe steigen sie hinunter und gelangen in den Saal, in dem ich ein Exemplar der *New York Times* in die Höhe halte.

»Wer von euch hat heute diesen Artikel gelesen?«, will ich wissen. Die Musikerinnen bleiben stehen. Fast jede zeigt auf. Eine einzige zögert.

»Ich möchte mich bei euch bedanken, dass ihr trotzdem gekommen seid«, sage ich. »Keine von euch war ›zweitklassig‹.«

»Die Damen bitte in diese Richtung«, sagt Dolly, die die Bewerberinnen zum Ausgang begleitet.

»Äh …«, stottere ich. »Kann die Bassistin noch kurz bleiben?«

Die Bassistin legt mit gesenktem Blick das große Instrument hin und setzt sich mitten im Saal auf einen Holzstuhl. Ich bitte mein Team, dass sie uns kurz unter vier Augen sprechen lassen, und sie lassen uns allein.

Ich umrunde die Bassistin, damit ich sie mir genauer anschauen kann. Ich merke, dass sie sich unwohl fühlt, denn sie traut sich nicht, mich anzusehen.

»Wie heißt du?«, frage ich.

Sie hebt das Kinn leicht an. »Roberta …«, sie zögert kurz und räuspert sich. »Roberta Jones«, sagt sie mit höherer Stimme.

»Roberta Jones«, wiederhole ich und lasse den Namen kurz auf mich wirken. Dann sage ich, was ich die ganze Zeit schon vermute.

»Robin, bist du das, als Frau verkleidet? Mit Perücke und Kunstbrüsten, Make-up und so, wie Miss Denise?«

Keine Antwort.

»Ist das eine Art Statement? Willst du mir so zeigen, dass du mich unterstützt?«

Ich schaue ihn forschend an. Denn das muss Robin sein, der hier vor mir sitzt. Robin schweigt.

»Robin?«, sage ich leise.

Er blinzelt. Die falschen Wimpern heben und senken

sich feminin. Das Make-up ist perfekt, das muss ich zugeben. Vielleicht hat Miss Denise ihm dabei geholfen.

»Ich habe mich nicht als Frau verkleidet ...«

»Wie ...?«

Ich gehe näher an ihn heran. Er scheint plötzlich so verletzlich. Es kann doch nicht sein, dass ...

»Die hier sind echt.« Robin deutet auf seine Brüste und zieht den Rand des Kleides etwas zur Seite. Ich bin vollkommen durcheinander, denn wenn sie echt sind, zeigt Robin natürlich auf *ihre* Brüste. Ich bin so perplex, dass ich es immer noch nicht richtig kapiere.

»Wie kann es sein, dass ich das bislang nicht gemerkt habe?«

Robin schaut mich zum ersten Mal an, den Kopf zur Seite geneigt.

»Ich habe Erfahrung, wenn es darum geht, etwas zu verbergen«, antwortet sie.

»Du hattest nie einen Unfall?«, frage ich.

»Der einzige Unfall war, als Frau geboren zu werden.«

»Wolltest du ein Mann sein?«

Sie zuckt mit den Schultern, als wüsste sie das selbst auch nicht so genau.

»Ich wollte Musiker sein«, sagt sie schließlich. »Wenn ich die Bühne betrete, bin ich zu Hause. Genau wie du.« Sie blickt mich eindringlich an. »Darum habe ich dich unterstützt, als du in Berlin warst.«

Das überrascht mich genauso sehr wie die Offenbarung, dass er eigentlich eine Sie ist. »Heißt das, das Geld kam von dir?«

»Von einer Frau, die sich der Förderung der Künste verschrieben hat«, sagt sie mit einem so liebevollen Lächeln, dass mein Herz vor Zuneigung überströmt.

»Mein Gott, Robin ...« Ich schüttle leicht den Kopf.

»Dann muss ich dir großen Dank sagen. Und es tut mir leid, dass ich nicht die leiseste Ahnung hatte. Davon nicht und eigentlich von nichts ...«

»Vielleicht ist der Preis zu hoch, Antonia, aber wir lassen uns zumindest nicht unterkriegen.«

»Ja«, nicke ich. »Wir lassen uns zumindest nicht unterkriegen.«

Robin steht auf. Ich bekomme eine Gänsehaut, wenn ich sie so als Frau sehe, und mache einen Schritt nach vorn. Egal ob er oder sie – Robin bleibt mein bester Freund.

~ Robin ~

53

*A*ntonia will mich umarmen, aber ich habe Angst, dass die Geste aus lauter Unsicherheit missglücken könnte – sie muss das erst alles verarbeiten. Ich rette die Situation, indem ich im selben Augenblick den Kontrabass anhebe. Ich gehe mit dem Instrument zum Ausgang, drehe mich aber kurz vor der Tür um.

»Ich denke, ich werde lieber bleiben, wer ich war«, sage ich nach kurzem Zögern.

»Wer bist du denn?«, fragt sie.

»Ich bin ich.«

Ich lächele ihr zu und verlasse den Proberaum. Ich bin in einer merkwürdigen Stimmung, nachdem ich es ihr, endlich, endlich, habe sagen können. Diese Geheimniskrämerei, gerade ihr gegenüber, ist mir schwergefallen. In der Zeit, die sie in Europa verbrachte, war es für mich etwas einfacher, aber jetzt sehen wir uns jeden Tag. Mein großes Geheimnis muss nun nicht mehr wie eine Wand zwischen uns stehen. Einmal abgesehen von meinem anderen Geheimnis, der tiefen Liebe, die ich für sie empfinde. Ich vermute, unsere Freundschaft könnte an diesem zweiten Bekenntnis zerbrechen; ich bin nicht bereit, dieses Risiko einzugehen.

Als ich etwas wackelig auf meinen niedrigen Absätzen die Treppe hinuntergehe, läuft mir ein einsamer Journalist hinterher. Er stand die ganze Zeit in Bereitschaft, wahrscheinlich in der Hoffnung, dass Antonia selbst durch die Tür nach draußen gehen würde, aber jetzt hat er es auf mich abgesehen.

»Hallo!«, ruft er. »Hat Miss Brico noch etwas gesagt?«

Ich muss mir keine Sorgen machen. Für ihn bin ich nur eine arbeitslose Musikerin. Ich laufe weiter, überlege mir aber eine Antwort.

»Sie sagte: ›Musik kennt kein Geschlecht.‹«

Ich beeile mich, nach draußen zu kommen. Am Ausgang des Gebäudes demonstriert eine Gruppe Frauen. Einige Journalisten und Fotografen verfolgen das Geschehen. Ich lese die verschiedenen Aufschriften auf den Transparenten. Sie besagen, dass wir nicht weniger wert sind als Männer, dass Frauen ein Recht haben auf eine eigene Karriere. Das berührt mich.

Hinter mir verlässt der Journalist das Gebäude. Ich drehe mich um und sehe, wie er sich Notizen macht. Jetzt erst fällt mir die Karte der *New York Times* auf, die an seinem Hut steckt. Ich drücke meinen Rücken durch, der unter dem Gewicht des Basses krumm geworden ist, und gehe etwas stolzer weiter, als mir vorher zumute war.

Wieder zu Hause, möchte ich mich aller Weiblichkeit möglichst rasch entledigen. Aber als ich am Spiegel vorbeikomme, bleibe ich doch stehen. Es ist beeindruckend, was das Äußerliche ausmacht. Eigentlich sollte ich so herumlaufen: mit Kleid und Damenschuhen, einer femininen Frisur, mit Make-up und einem Busen, der nicht weggeschnürt ist. Aber so kann ich nicht mehr sein. Schon der Gedanke lässt mich schaudern.

Innen drin bin ich genau derselbe, überlege ich mir, als ich geduscht habe und wieder in meinem vertrauten Anzug stecke. Antonia ist tapfer, aber auch meine Lebensweise muss möglich sein. Es hat mich Jahre gekostet, perfekt zu werden. Richtig zu stehen, zu gehen, zu sitzen, zu reden: Alle diese Äußerlichkeiten, die Miss Denise früher so unbarmherzig auf der Bühne entlarvte, musste ich mir abgewöhnen. Könnte ich noch wahrhaftig sein, wenn ich das alles aufgeben würde?

Am Abend besucht mich Antonia. Das war eigentlich klar. Sie stellt mir die Fragen, die ich immer vermieden habe, will das Wie und Warum wissen. Ich will keine weiteren Ausflüchte mehr und erzähle ihr von meinem Bruder Ray und seiner traurigen Geschichte. Dem Unfall, der mir bei meiner Lüge über das Korsett so gelegen kam, ich musste nur den Traktor in einen Schulbus verwandeln, die gesenkten Köpfe meiner Eltern zu den gesenkten Köpfen der Schulkinder machen, und aus dem Unfallopfer Ray wurde ich: seine Schwester Roberta, die alle Robin nannten.

Ich hatte Ray feierlich versprochen, mit der Musik weiterzumachen. Aber ich merkte schnell, als Mädchen würde ich nie das erreichen können, was er sich für mich vorgestellt hatte. Ich kam einfach nicht zum Zug. Ich erzähle Antonia, dass ich oft in Rays Zimmer saß, in dem meine Mutter nichts verändern wollte. Eines Tages inspizierte ich seinen Kleiderschrank. Ich fuhr mit den Händen an den Anzügen entlang, die ordentlich auf den Kleiderbügeln hingen, und etwas in mir sagte, ich müsste sie anziehen. Sie waren zwar viel zu groß für mich, aber der Effekt war erstaunlich. Weite, etwas schlottrige Anzüge sind dann zu meinem Markenzeichen geworden. Was wussten die Menschen um mich herum schon.

Es fing als ein Spiel an, mit dem Ziel, männliches Verhalten bis ins Detail nachzuahmen. Stundenlang konnte ich Männer beobachten. Ich wurde eine umgekehrte Miss Denise, eine echte *male impersonator*, allerdings nicht zur Show.

Meine Stimme musste tiefer werden, also trainierte ich, indem ich mich mit dem Rücken an eine Wand stellte, das Kinn auf die Brust legte und so laut und tief wie möglich sprach. Es war natürlich hilfreich, dass ich nicht gerade das hübscheste Mädchen war. Mein Gesicht hatte jungenhafte Züge, die kräftige Nase, der starke Kiefer und sogar das Grübchen am Kinn erwiesen sich nun als ein Segen.

Ich weine, als ich ihr erzähle, dass sich meine Mutter keinen Rat mehr wusste mit meinem Vater, wenn sie Ray ständig vor Augen hatten. Ray musste weg. Der Schmerz bricht aus mir heraus. Antonia versucht mich zu trösten und fragt, wo mein Bruder nun sei.

»Ich habe ihn hierhergebracht«, antworte ich. »Er lebt in einem Heim hier in der Stadt.«

»Gehst du dort jeden Sonntag hin?«

»Ja. Da kümmert man sich besser um ihn, und ich kann ein Auge auf ihn haben.«

»Und wer hat ein Auge auf dich, Robin?«

»Auf mich?«

»Ja, auf dich.«

Ich zucke mit den Schultern und starre vor mich hin.

»Diese Fürsorge ist aber ein weiblicher Zug an dir«, sagt Antonia mit einem Lächeln.

Ich muss durch meine Tränen hindurch lachen. Sie fragt, ob sie mich einmal begleiten dürfe, wenn ich ihn besuche. Ich sage ihr, dass es da nicht viel zu sehen gibt.

»Vielleicht deine andere Hälfte?«, entgegnet sie.

Ich stimme zu.

~ Antonia ~

54

Ich konnte nicht schlafen, es ist so viel geschehen, so viel kam ans Licht. Ich suchte in meinem Gedächtnis, ob ich irgendwo Hinweise hätte bemerken können, und musste mir eingestehen, dass es Momente gab, in denen ich schrecklich naiv gewesen bin.

In meinem Kopf denke ich jetzt an eine Sie, aber sie lebt als ein Er. Als ich gestern die Jacke anzog, um nach Hause zu gehen, habe ich Robin gefragt, wie ich diesen Knoten in meinem Hirn wieder aufdröseln könnte. Ich will nicht immer anfangen zu stottern, wenn ich mit ihm/ihr spreche. Er sagte knapp: »Mach einfach weiter, wie du es gewohnt bist. So mache ich das auch.«

Am nächsten Tag haben wir alle Zeitungen gekauft, die wir in die Finger bekommen konnten. Wir durchforsten sie im Saal des Clubs. Die *New York Times* macht auf mit:

MUSIK KENNT KEIN GESCHLECHT

In einer anderen Zeitung steht:

IN DER KUNST SIND MÄNNER UND FRAUEN GLEICH

In der nächsten Zeitung lese ich:

FRAUEN BESTREITEN ZWEITKLASSIGKEIT

Innerhalb weniger Tage erreichen uns unglaublich viele Bewerbungsschreiben. Zwei ganze Kartons voll! Robin breitet sie auf einem Tisch aus. Alle stellen sich um die Briefe herum auf, und unsere Laune steigt.

»Es ist noch nicht alles verloren«, lache ich.

»Und wir haben noch mehr gute Nachrichten: Wir können die Town Hall kriegen«, sagt Robin wie nebenbei.

»Du lieber Gott, die Town Hall?«, frage ich verblüfft. Hat es Robin wirklich geschafft, genau die Bühne zu mieten, die im Umfeld der Suffragistenbewegung gegründet wurde? Das wäre ein wunderbarer Ort für unser erstes Konzert, aber er hat auch seine Tücken.

»Viel zu viele Sitzplätze. Wie sollen wir die alle vollbekommen?«, frage ich.

»Ich will eine Anzeige in den Tageszeitungen schalten. Außerdem laden wir die Leute aus den besseren Kreisen gezielt ein.«

»Solche Leute kenne ich gar nicht, etwa du?«

Unsere famosen *flapper girls* fangen an zu kichern. Sie kennen genug davon. Ich lächle. So läuft also der Hase!

»Aber habt ihr auch deren Postanschrift?«, frage ich.

Natürlich haben sie die nicht; das wird meine nächste Aufgabe sein.

Wenn ich geglaubt habe, die Sache hätte sich damit erledigt, lag ich falsch. Die Journalisten eröffneten jetzt die Jagd auf Goldsmith und mich. Sie lauern überall. Jedes Mal wenn ich die Wohnung oder den Proberaum verlasse, stehen dort Reporter mit gezückten Notizblöcken, die nichts lieber hätten als ein tolles Zitat von mir. Unter dem Motto *Raise hell and sell newspapers* bauschen sie die Angelegenheit auf, als würden keine anderen Dinge in der Welt geschehen.

Es ist ein gefundenes Fressen für die Sensationspresse, wenn Goldsmith »enthüllt«, ich hätte nur mit dem Dirigieren angefangen, weil mein Klavierspiel zu schlecht gewesen sei. »Pure Berechnung« sei das, weil ich mir in den Kopf gesetzt hätte, berühmt zu werden. Mit Leidenschaft habe das nichts zu tun.

Ich würde gerne wissen, warum Goldsmith solche Lügen verbreitet. Sieht er mich als Bedrohung? Ich denke an die Große Depression. Es gibt doch schon so viele arbeitslose Musiker, und für Frauen ist es noch einmal schwieriger, Arbeit zu finden.

Am nächsten Tag erfahre ich aus der Zeitung, dass auch ich schon jahrelang arbeitslos bin – und das nicht ohne Grund. Wenn ich tatsächlich Talent besäße, hätte ich einen Job gefunden, davon ist Goldsmith fest überzeugt.

Ich erzähle den anwesenden Journalisten, dass Frauen arbeitslos sind, weil es ihnen an Chancen mangelt, nicht an Talent.

Goldsmith kennt kein Halten mehr und giftet, weibliche Dirigenten seien eine »Abnormität« und stünden außerhalb jeder Musiktradition.

Woraufhin ich entgegne, dass ich der Musik dienen möchte, nicht irgendwelchen verstaubten Klischees.

Die Zeitungen drucken alles, egal von wem. Man

könnte darüber lachen, wenn es nicht so ermüdend wäre. Das Publikum genießt die Kontroverse; sie scheint kein Ende zu finden.

Eines Mittags zeigt mir Robin zehn Bögen mit einer langen Liste mit Namen und Adressen. Ich staune, denn das müssen alles Leute aus der Upperclass sein, sie wohnen alle in den besseren Vierteln. Ich möchte wissen, wie er an eine solche Liste komme. Robin antwortet, sie sei heute mit der Post eingetroffen. Er zeigt mir den an ihn adressierten Umschlag, ein Absender ist nicht angegeben.
»Sollen wir die benutzen?«, fragt er.
»Das ist kein Verbrechen«, sage ich.
»Antonia, ich mache mir Sorgen um dich.«
»Warum?«
»All diese persönlichen Angriffe, leidest du nicht darunter?«
»Zumindest werde ich nicht mehr übersehen«, antworte ich lakonisch.
Das ist wahr. Auch negative Presse ist Presse.

Der nächste Angriff von Goldsmith erfolgt ausgerechnet an dem Tag, an dem ich Musikerinnen eingeladen habe, die Instrumente beherrschen, die ansonsten kaum von Frauen gespielt werden:

> Frauen bilden sich alles Mögliche ein. Machen sich vor, sie seien überall die Besten. Aber es gibt schlichtweg keine Frauen, die Posaune oder Horn spielen. Und ohne diese Instrumente ist ein Symphonieorchester eine Farce. Und einen weiblichen Paukisten wird Miss Brico schon gar nicht finden.

Zwei Schlägel trommeln kraftvoll auf die Pauken. Wir sind bei der dritten Kandidatin für das Schlagwerk angekommen. Wir spielen einen Auszug aus *Peter und der Wolf* des russischen Komponisten Sergej Prokofjew. Die Musik ist frech und verspielt – sie wurde komponiert, um Kindern in Form einer Erzählung die Funktionen der unterschiedlichen Instrumentengruppen eines Orchesters nahezubringen.

Was die Paukistin bislang gezeigt hat, war phantastisch. Die Streicher zupfen an ihren Instrumenten und stellen Peter vor. Das Horn bläst tief die bedrohliche Erkennungsmelodie des Wolfs. Und dann fällt der harte Trommelwirbel der Pauken ein und kündigt die Ankunft der Jäger an, die den Wolf erschießen wollen. Der Wirbel hält noch an, als ich höre, wie sich hinter mir die Tür öffnet.

»Willy Wolters!«

Diese Stimme erkenne ich unter Tausenden, und ich weiß sofort, was die Stunde geschlagen hat. Die Pauken verstummen. Ich drehe mich um. Das ganze Frauenorchester starrt zu Mrs Thomsen hinüber, die in vollem Ornat den Raum betritt. Sie wird von zwei Damen eskortiert, die sich ebenfalls ins Zeug werfen, einen möglichst imposanten Eindruck zu machen. Alle drei haben sich ein totes Tier um den Hals gewickelt, und das bei dieser Hitze. Ich mag keinen Pelz, ich habe Tiere lebendig lieber.

Ich mache ein paar Schritte auf sie zu. Mrs Thomsen ist noch ein gutes Stück weg, fängt aber schon aufgeregt an zu reden.

»Es ist schon schlimm genug, dass du dich selbst zum Narren machst, aber ein ganzes Orchester aus Frauen, das schlägt dem Fass den Boden aus!«

Ich schiebe die Hände in meine Hosentaschen und lasse ein müdes Seufzen hören.

»Lassen Sie mich raten, Sie haben sich für das Lager von Mark Goldsmith entschieden.«

»Selbstverständlich«, sagt sie. »Ich bin hier, um dich von deinem Vorhaben abzubringen, hör auf, so ein Theater um dich zu machen!«

»Menschen mögen doch Theater«, sage ich. »Wenn ich für mein Publikum welches veranstalten kann, werde ich das machen.«

Mrs Thomsen findet, ich hätte ein freches Mundwerk, und startet einen neuen Versuch.

»Du hast wirklich allen Leuten aus meinem Freundeskreis Einladungen geschickt ...«, sagt sie zornig.

Ich tausche einen Blick mit Robin – die geheimnisvolle Adressenliste?

»... und ich werde Himmel und Erde in Bewegung setzen, damit sie auf keinen Fall das Konzert besuchen.«

»Tun Sie, was Sie nicht lassen können«, sage ich und schaue dabei auch ihren Hofstaat an. »Das werde ich auch so halten. Ihnen noch einen schönen Tag.«

Ich wende ihr den Rücken zu und fahre mit dem Vorspielen fort. So etwas ist sie nicht gewohnt. Ich höre, wie sie entrüstet schnaubt. Während ihre hohen Absätze wegtrippeln, schaue ich die Frauen meines Orchesters an. Ich sehe Lachfältchen um die Münder. Gegenseitiger Respekt ist eine Haltung, mit der man viel erreichen kann.

Ein paar Tage später nimmt Mrs Thomsen Rache – und wie! Wir haben eine Menge Geld für eine Anzeige in der Zeitung auf den Tisch gelegt, um das Konzert in der Town Hall anzukündigen. Die Anzeige steht dann ausgerechnet in der Rubrik für gebrauchte Autos. Das finde ich nicht witzig.

»Wie kann die Zeitung unsere Anzeige nur hier platzieren? Das liest doch keiner! Das ist rausgeschmissenes Geld«, schimpfe ich und reiße die Ausgabe vor dem ganzen Team in Fetzen.

Robin räuspert sich. »Vermutlich hat Mrs Thomsen auch Kontakte zur Presse.«

Das trifft den Nagel wahrscheinlich auf den Kopf.

»Wie sieht es mit den Reservierungen aus?«, frage ich.

Dolly hält einen dünnen Poststapel hoch. Alle Blicke richten sich darauf.

»Ist das alles?«

Dolly nickt.

»Also spielen wir demnächst vor einem leeren Saal!« Ich bin am Boden, auch weil ich zugeben muss, dass Mrs Thomsen mich geschlagen hat.

»Wir müssen der Town Hall absagen.«

»Darauf lassen die sich nicht ein«, sagt Robin. »Für den Saal müssen wir so oder so bezahlen.«

»Womit?«, bricht es aus mir hervor. »Was für eine Katastrophe!«

Die Musikerinnen und Tänzerinnen trauen sich nicht, etwas zu sagen. Sie warten lieber, bis ich mich wieder beruhigt habe. Robin ist da aus anderem Holz:

»Ich denke, wir müssen das Konzert durchziehen, wie auch immer.«

»Ja, aber wie zum Teufel sollen wir die Musikerinnen bezahlen?«, entgegne ich.

»Die wollen sogar umsonst spielen«, sagt Robin.

»Umsonst?«, frage ich gerührt.

»Nicht alle sind gegen uns«, ermahnt mich Robin in seinem vertrauten Verschon-mich-mit-deinem-Selbstmitleid-Ton. Ich schaue mich im Raum um, in dem jeder alles gegeben hat, damit wir Erfolg haben. Er hat recht. Ich darf jetzt nicht aufgeben.

»Also gut«, sage ich. »Dann sorgen wir auf jeden Fall für ein angemessenes Publikum. Der Eintritt ist kostenlos, und wir bitten die Town Hall, dass wir später bezahlen können. Alle geplanten Ausgaben werden gestrichen, und wir konzentrieren uns ab jetzt auf kostenfreie Werbung.«

Dolly hält einen einzelnen Brief in die Höhe, er macht einen offiziellen Eindruck.

»Das ist ein Brief von der First Lady«, sagt sie sichtlich verblüfft. Sie hat jetzt unsere ganze Aufmerksamkeit.

»Wie meinst du das?«, frage ich ungläubig.

Sie kommt zu mir und gibt mir den Brief. »An Miss Brico, von Mrs Roosevelt, lautet die Aufschrift.«

Ich schaue auf den Umschlag und dann zu Robin. Das steht wirklich auf dem Brief.

Natürlich musste ich wieder ein Kostüm von Dolly leihen, denn die Revuemädchen waren der Meinung, dass ich nichts Passendes zum Anziehen habe. Die First Lady der USA hat mich eingeladen, sie in ihrem Hotel zu besuchen. Mrs Eleanor Roosevelt. Ich glaube nicht, dass wir je zuvor eine so außergewöhnliche Frau als First Lady hatten. Und außerdem hat ihre Familie auch noch niederländische Wurzeln. Viele Amerikaner sprechen den Namen des Präsidenten falsch aus, mit einem u, aber ich weiß, dass es auf Niederländisch wie ein langes o klingen muss.

Sie erscheint oft in der Öffentlichkeit und nimmt kein Blatt vor den Mund, wenn es um Bürgerrechte, gleiche Löhne und Emanzipation geht. Im letzten Jahr ist ihr neuestes Buch erschienen, *It's Up to the Women*. Das trifft es exakt, auch für mein Metier.

Zum hundertsten Mal schaue ich auf die Uhr. Ich sitze auf heißen Kohlen, denn direkt im Anschluss habe ich eine Verabredung beim Radio, für ein Interview. Robin hat das arrangieren können, denn es gilt immer noch die Devise: Wir machen nur noch Werbung, die uns nichts kostet. Robin wird schon im Studio sein.

Die Sekretärin von Mrs Roosevelt, die im Raum vor der Präsidentensuite des Waldorf Astoria an einem Schreibtisch arbeitet, steht auf. Ich springe von meinem Stuhl und eile auf sie zu.

»Können Sie mir sagen, wie lange es noch dauert?«

»Haben Sie es eilig?«

»Ich werde beim Radio erwartet und sitze hier schon eine halbe Stunde.«

»Es tut mir leid, aber es gibt niemanden auf der Welt, der Mrs Roosevelt sagen würde, sie möge sich doch bitte beeilen.«

Sie läuft den Flur hinunter. Ich schaue ihr kurz nach. Ich habe genug davon, wieder einmal warten zu müssen. Ich schaue auf die Tür zur Präsidentensuite, klopfe kurz und kräftig an und betrete den Raum.

Nach einer Viertelstunde bin ich wieder draußen. Mrs Roosevelt begleitet mich.

»Miss Brico, es war mir eine Freude, Sie persönlich kennenzulernen«, sagt sie und geht ein Stückchen mit mir durch den Vorraum. »Derjenige, der mich auf Sie aufmerksam gemacht hat, hat nicht zu viel versprochen.«

»Darf ich fragen, wer das war?«

»Leider habe ich versprechen müssen, das für mich zu behalten«, antwortet sie diplomatisch.

»Dann müssen wir das respektieren«, sage ich mit einem verständnisvollen Lächeln.

»Das ist genau das, was er über Sie sagte, als man Sie in den Zeitungen so angegriffen hat: ›Einen großen Musiker behandelt man mit Respekt.‹«

Ich unterdrücke eine heftige Reaktion. Es sind exakt dieselben Worte, die Frank einmal zu mir über Mengelberg sagte, damals, als er mich feuern ließ. Mrs Roosevelt bemerkt die Veränderung an mir nicht.

»Er muss viel von Ihnen halten, denn er bezahlt auch den Saal.«

Wie bitte?

Mrs Roosevelt spricht weiter, während ich versuche, meinen Puls zu beruhigen: »Alles Gute für die Vorbereitungen. Und wenn ich Ihnen einen letzten Rat geben darf: Machen Sie, was Ihnen Ihr Herz sagt, denn Kritik gibt es so oder so.«

Wir reichen einander die Hand. Ich drehe mich um. Sie geht in ihre Suite zurück. Ich muss zum Radio.

Ich fliege fast durch das unglaublich schöne Hotel. *Es war Frank! Die ganze Zeit war es Frank! Dass ich das nicht schon früher kapiert habe.* Der ganze Luxus und die prachtvolle Atmosphäre erinnern mich nur noch an ihn. Ich laufe durch die Flure, Treppen hinunter, passiere riesige Säle, bis ich wieder den Himmel sehe. Wie der geölte Blitz sollte ich jetzt zum Studio rennen, wo Robin auf mich wartet. Aber ich weiß, dass ich unterwegs noch bei einer bestimmten Person vorbeischauen muss.

~ Robin ~

55

Ich verliere beinah die Fassung, als Goldsmith das Studio betritt, in dem Antonia gleich interviewt wird. Wenn sie denn pünktlich ist. Der Moderator begrüßt ihn herzlich wie einen langersehnten Gast, und Goldsmith kommt auf mich zu, um sich vorzustellen. Wenn er wüsste, was ich alles über ihn weiß.

Der Typ vom Radio hat mir verschwiegen, dass auch Goldsmith da sein würde. Ich überlege kurz, das Interview abzusagen, aber ich kann jetzt alleine keine Entscheidung treffen; der Gesprächsgast, für den ich mich ins Zeug legen will, ist noch nicht aufgetaucht. Warum dauert das so lange? Hat Mrs Roosevelt so viel zu sagen? Oder steckt Antonia im Stau fest? Ich habe doch einen Zeitplan entworfen, der machbar sein müsste.

Als Goldsmith sich an den Tisch setzt, leuchtet die rote Anzeige sofort auf. Sie sind on air. Ich bewege mich nicht von meinem Platz zwischen Tür und Interviewtisch.

»Unsere Zuhörer würden gerne wissen: Eignen sich Frauen als Musiker?«, stimmt der Moderator auf das Thema ein. »Und denken Sie daran: In diesem Land gibt es etwa siebzehn Millionen Radiogeräte, und uns hören etwa fünfzig Millionen Ohrenpaare zu.«

Mir wird ganz schwindelig, als ich mir über diese Zahlen klar werde. So eine Öffentlichkeit erreicht man nirgendwo sonst. Hier hätten wir punkten müssen.

»In der Musik dreht sich auch alles um die Ohren der Zuhörer. Es ist verboten, sie zu quälen«, meldet sich Goldsmith schlagfertig zu Wort.

»Glauben Sie nicht, es ist höchste Zeit für kulturelle Veränderungen in der Orchesterwelt?«

»Das hat nichts mit Kultur zu tun«, antwortet Goldsmith säuerlich. »Da geht es nur um eine dubiose Form der Unterhaltung; es ist ein kläglicher Versuch von Frauen, um Aufmerksamkeit zu betteln. Denn seien Sie mal ehrlich, würden Sie eine Karte für solch ein Konzert kaufen?«

Er blickt den Moderator fragend an. Gerade als dieser den Mund öffnen will, beendet Goldsmith selbst die etwas zu lange Stille: »Nun, ich würde keine haben wollen.«

»Wir hätten das gerne Miss Brico selbst gefragt«, erläutert der Moderator. »Wir haben sie zu diesem Gespräch eingeladen, aber ich fürchte, sie ist noch nicht eingetroffen.«

»Noch ein Grund, warum das nicht funktionieren wird: Frauen sind immer zu spät«, witzelt Goldsmith.

Der Moderator lässt ein verhaltenes Lachen hören.

»Sie lachen darüber, aber es ist die Wahrheit«, reagiert Goldsmith gereizt.

»Ich lache, weil ich genug Männer kenne, die auch immer zu spät sind. Ich habe den Eindruck, Sie mögen einfach keine Frauen.«

»Ich bin verheiratet und habe neun Kinder. Aber Frauen, die ein Blasinstrument spielen, das ist doch ein furchtbarer Anblick, diese aufgepumpten roten Grimassen und die zusammengepressten Lippen, als würde der Kopf gleich explodieren.«

»Sie meinen also, Frauen müssten elegant und verführerisch aussehen. Ist es das, worum es geht? Nicht darum, wie sie spielen?«, provoziert der Moderator seinen Gast.

»Ich gebe nur die Meinung des Publikums wieder.«

Damit hat er sogar recht. Nicht, dass ich seiner Meinung wäre, aber bin ich nicht selbst der lebende Beweis für seine These? Die Musikerin in mir habe ich versteckt, habe mich als Mann verkleidet, nie mit offenem Visier gekämpft wie Antonia. Und zwar aus den Gründen, die Goldsmith gerade wieder einmal aufgewärmt hat. Gott weiß, ich habe es versucht. Wenn ich am Kontrabass stand, wurde ich ausgelacht, verspottet oder mit Essensresten beworfen. Ich habe ein Vermögen für Kleider bezahlt, da ich die Flecken nicht mehr rausbekam.

Menschen sehen nicht durch die äußere Hülle. So einfach ist das. Ich habe weitergemacht und mich angepasst. Ich sagte mir: Wenn du als Mann auftrittst, wirst du akzeptiert. Meine wahre Identität hat sich in ein Schneckenhaus verkrochen. Genau wie Goldsmith dachte ich: Hauptsache, das Ganze gefällt.

»Es muss ja auch dem Auge etwas geboten werden, damit es dem Publikum gefällt«, wettert Goldsmith, als könnte er meine Gedanken lesen.

~ Antonia ~

56

»Egal, ob es Ihnen gefällt oder nicht«, sagt der Moderator, als ein Mitarbeiter mir die Tür des Studios aufhält, »das erste Konzert von Miss Brico soll in der New York Town Hall stattfinden. Ein Saal mit fünfzehnhundert Plätzen! Glauben Sie, dass so viele Karten verkauft werden können?«

Ich lächle Robin zu, der erleichtert scheint, mich zu sehen. Goldsmith sitzt mit dem Rücken zur Tür.

»Sie hat wohl schon kalte Füße bekommen, denn ich habe gehört, dass der Eintritt jetzt frei ist«, antwortet Goldsmith.

»Braucht sie denn keine Einnahmen?«

»Sie hat zu diesem letzten Mittel gegriffen, weil sich niemand für das Konzert interessiert.«

»Ah, wie ich sehe, ist Miss Brico eingetroffen.« Ich setze mich neben Goldsmith an den Tisch, und der Moderator schiebt mir das Mikrophon ein Stück entgegen. »Möchten Sie hierzu etwas sagen?«

Ich spüre die Kälte, die von Goldsmith ausgeht. Das habe ich nicht anders erwartet.

»Wir haben uns zu diesem Schritt wegen der Krise entschlossen«, erläutere ich. »Auch Menschen ohne Geld in der Tasche sollen das Konzert besuchen können. Ich möchte jeden herzlich einladen, in die Town Hall zu kommen. Und ich möchte mich dafür entschuldigen, dass ich mich verspätet habe, aber ich hatte noch eine wichtige Verabredung.«

»Was könnte denn wichtiger sein als dein zum Scheitern verurteiltes Projekt?«, versucht mich Goldsmith zu verhöhnen.

Ich werfe ihm kurz mein bestes amerikanisches Lächeln zu. Überleben, das ist das Ziel.

»Ich habe früher Unterricht bei Professor Goldsmith genommen«, sage ich und schaue dabei den Moderator an. »Er hatte damals bereits eine merkwürdige Haltung zu Frauen: Seiner Meinung nach war ihr Platz unten. Tatsächlich habe ich – gerade dadurch – gelernt, wie man es nach oben schafft. Deswegen bin ich ihm noch immer ...«

Ich schweige. Die Erinnerungen stürzen auf mich ein: ein Traum, der zerbricht, die Ungerechtigkeit, dass ich auch noch die Rechnung zu zahlen hatte, die verdrehte Wahrheit. Hysterisch ...

Der Moderator füllt die unangenehme Stille und beendet meinen Satz:

»... böse?«

Ich schaue flüchtig zu Robin hinüber, der mir ermutigend zunickt. Goldsmith blickt mich besorgt an.

Ich schüttele den Kopf. »Nein ... deswegen bin ich ihm noch immer dankbar. Ganz ehrlich.«

Ich hebe den Kopf. Ich kann diese Last endlich abwerfen und mich von Goldsmith befreien. Außerdem habe ich noch einen Trumpf im Ärmel. Das verdanke ich jemandem ganz Bestimmten: »Der Termin, den ich gerade hatte, war bei unserer First Lady ...«, ich schaue

Goldsmith herausfordernd an, »und niemand sagt einer Mrs Roosevelt, sie möge sich doch bitte beeilen.«

Goldsmith wird blass.

»Stand das Treffen im Zusammenhang mit dem New York Women's Symphony Orchestra?«, fragt der Gastgeber der Sendung.

Ich kann nichts dagegen machen, aber ich grinse bis über beide Ohren.

»Genau darum ging es. Unsere First Lady hat ab jetzt eine ganz besondere Beziehung zu meinem Orchester.«

Robin blickt mich überrascht an.

»Wir fühlen uns sehr geehrt, dass die First Lady unsere Schirmherrin sein möchte«, fahre ich fort. Das muss die reine Folter für Goldsmith sein. Ich wende mich mit Absicht direkt an ihn, innerlich auch an seine Seelenverwandte, Mrs Thomsen: »Wir freuen uns über die Wertschätzung, die uns auch aus den höchsten Kreisen entgegengebracht wird.«

~ Antonia ~

57

Long Island

Ein Taxi bringt mich zu Franks Haus. Den ersten Impuls, sofort nach dem Gespräch mit Mrs Roosevelt zu ihm zu fahren, habe ich noch rechtzeitig unterdrücken können. Ich leite jetzt ein Unternehmen und trage Verantwortung. Danach haben mich die Vorbereitungen für das Konzert voll und ganz in Anspruch genommen, aber jetzt konnte ich mir Zeit freischaufeln.

Vor dieser Begegnung bin ich nervöser als vor dem morgigen Konzert. Mein Herz klopft laut, als ich aussteige. Wie lange ist unsere gemeinsame Nacht hier her? Eine einzige Nacht. *Genau wie bei meiner Mutter.* Damals hatte die Zukunft noch so viel mit uns vor. Es ist ganz anders gekommen.

Meine Aufregung steigt noch, wenn ich daran denke, dass Emma die Tür öffnen könnte. Dass Frank gar nicht zu Hause ist, denn ich überfalle ihn unangekündigt. Ich bitte den Taxifahrer, auf mich zu warten.

Während ich über den knirschenden Weg zur Haustür gehe, versuche ich mich zusammenzureißen. Ich klingele.

Wenig später macht ein chinesischer Butler die Tür auf. Ich kenne ihn von früher. Er hat mich einmal zum Landgut von Franks Eltern kutschiert und auch wieder zurück.

Damals habe ich ihn mit den paar Worten Chinesisch angesprochen, die ich gelernt hatte.

»Was kann ich für Sie tun, gnädige Frau?«, fragt er formvollendet.

»Ich möchte zu Frank Thomsen.«

»Wen darf ich melden?«

Ob er mich wirklich nicht mehr erkennt? Acht Jahre sind inzwischen vergangen ...

»Ein alte Freundin.«

Er lächelt mir zu, als würde er sich nun doch erinnern.

In diesem Augenblick läuft ein kleiner Junge lachend durch den Flur. Sein Vater ist ihm auf den Fersen, der Kleine versteckt sich aufgeregt hinter mir. *Er hat ein Kind*, schießt es mir durch den Kopf.

Frank, dessen Blick auf seinen Sohn gerichtet war, schaut hoch und bleibt abrupt stehen, als er mich sieht. Mit meinem Besuch hat er nicht gerechnet. Ich merke, wie er versucht umzuschalten, von einem spielenden Vater zu einem ... ja, zu was eigentlich?

»Du ...«, bringt er hervor, fast atemlos.

»Hallo, Frank ...«

Sein Sohn schaut hinter meinem Rock hervor und sieht, dass sein Vater nicht mehr mitspielt.

»Du hast einen Sohn.«

»Ja.«

Ich schaue den kleinen Jungen an, der dicht hinter mir steht. Ohne Scheu. Ich lächele. »Und wie heißt du?«

»Will ...«, antwortet das Kind.

Ich schaue überrascht zu Frank.

»William«, verbessert Frank.

Er fühlt sich nicht wohl in seiner Haut. Er seufzt tief.

»Würdest du ihn kurz hochbringen?«, bittet er den Butler, der sich schnell mit dem Jungen entfernt.

»Ein süßer Knirps«, sage ich und schaue dem Kind hinterher. Vielleicht kann ich so das Eis brechen.

»Ja.« Er schluckt.

Wir sind beide unsicher, das Gespräch verläuft zäh. Aber gleichzeitig spüre ich, wie sich mein ganzes Herz mit Liebe füllt. So gut ich sie auch verborgen habe, jetzt drängt sie ins Freie. Ich spüre es in meiner Kehle, etwas bahnt sich einen Weg durch meinen Brustkorb, es nimmt mir fast den Atem. Die Liebe, die nie sein durfte.

»Was führt dich hierher? Willst du kurz hereinkommen?« Frank deutet einladend ins Haus. Ihm geht es wie mir, er hat die gleichen Gefühle. Das weiß ich, ohne dass er etwas sagen muss. Wie er mich anschaut, seine ganze Körpersprache.

Ich schüttele den Kopf: »Nein, mach dir keine Umstände, ich muss gleich wieder weg.«

Wir stehen wie zwei verliebte Kinder im Flur, die nicht wissen, was sie sagen sollen. Verlorene Kinder, fast schon ertrunken, aber dem Herzen zeigt sich eine Rettungsboje.

»Ich ... ich bin hier, um mich zu bedanken. Für alles, was du getan hast.«

»Was sollte das sein?«, fragt er.

Es rührt mich, dass er so tut, als wüsste er von nichts.

»Mrs Roosevelt?«, erläutere ich. »Und die Town Hall?«

»Das war doch nichts.«

Wir schauen einander an, keine Sekunde davon möchte ich verpassen – auch wenn ich spüre, wie mir die Augen feucht werden.

»Für mich schon«, sage ich. »Es hat eine ganze Weile gedauert, bis ich verstanden habe, dass du im Hintergrund einige Fäden gezogen hast. Ich bin dir etwas schuldig.«

Frank schüttelt langsam den Kopf: »Sieh es einfach als meine Art, mich zu entschuldigen.«

»Zu entschuldigen? Für was?«

»Dass ich dich einmal gebeten habe, dich an deiner Begabung zu versündigen, sie sogar zu verleugnen.«

Ich lächele. »Das hast du einmal ›geistesgestört‹ genannt.«

Frank schaut mich an, in seinen Augen erkenne ich ein tiefes Gefühl der Reue. »Du warst nie gestört, das war ich, als ich dich gehen ließ …«

Ich sehe, dass auch er mit den Tränen kämpft. Uns geht es gleich. Und beide schlucken wir es herunter.

»Das gilt genauso für mich.«

Wir legen die ganze Tiefe unserer Liebe in einen einzigen Blick.

Von weitem ruft William nach seinem Vater. Frank muss in sein eigenes Leben zurückkehren.

»Ich werde dich nicht länger aufhalten«, sage ich und mache Anstalten aufzubrechen. Frank tritt näher, um mir die Haustür aufzuhalten. Ein echter Gentleman. Ich gehe hinaus, wo das Taxi noch wartet. Nach ein paar Schritten drehe ich mich um und schaue ihn an. Ich bin mir unsicher, ob ich ihn fragen soll.

»Kommst du zum Konzert?«

»Nein, ich bleibe zu Hause … bei William. Vielleicht geht Emma …«

Ich nicke. Es ist gut, wie es ist.

~ Frank ~

58

Sie geht, verschwindet wieder aus meinem Leben. Ich schaue Antonia nach und schließe die Tür, bleibe aber dahinter stehen. Den Blick auf den Boden gerichtet, höre ich, wie das Taxi anfährt. Die Erschütterung, die durch meinen Körper ging, als ich sie sah, bebt noch in meinen Gliedern nach.

Die Entscheidung, ihr zu helfen, traf ich automatisch, ich könnte noch nicht einmal meine Gründe benennen. Wahrscheinlich bin ich mir über die Gründe, die mich beinah davon abgehalten hätten, eher im Klaren: Dass es einfacher für mich wäre, sie aus meinem Herzen auszuschließen, wenn ich sie nicht sehen würde. Dass es besser für mich wäre, nichts über sie zu hören, zu wissen und keine Fotos von ihr zu Gesicht zu bekommen. Dass nur so meine Ehe mit Emma eine echte Chance hätte.

Emma hat diese Chance verdient. Sie ist aufmerksam und liebenswürdig, elegant und intelligent, sie kommt aus meinem gesellschaftlichen Umfeld. Sie hat alles, was ich mir von einer Frau nur wünschen kann. Wir kommen gut miteinander aus, sie würde mich nie im Stich lassen. Sie ist eine gute Mutter. Aber ... sie ist nicht Antonia.

Ich kann nicht genau sagen, warum der Kampf um die

eigene Unabhängigkeit Antonia so begehrenswert macht. Liegt es daran, dass sie die eine unter Tausenden ist? An ihrer Ungebundenheit, ihrem Mut, ihrer Furchtlosigkeit – während Emma sich durch ein folgsames Wesen auszeichnet, das ich von allen anderen Frauen schon kenne? Bei Antonia spüre ich: Wir sind auf Augenhöhe. Schon so lange ich sie kenne, hat sie meinen Respekt verdient, und sie fördert das Beste in mir zutage. Aber ich fühle mich auch körperlich zu ihr hingezogen. Obwohl Emma vielleicht die Schönere ist. Ich kann es nicht verstehen. All die Jahre nicht. Ich habe Emma lieb, aber Antonia bleibt meine große Liebe.

Und jetzt ist sie hier gewesen. In der Diele. Nur einen Meter von mir entfernt. Jetzt weiß sie, dass ich das Allerwichtigste, das Liebste in meinem Leben nach ihr benannt habe. William. Das war auch so eine lächerliche, intuitive Entscheidung, denn man könnte ja denken, ich würde lieber nicht an sie erinnert werden. Er sollte eigentlich anders heißen, wir hatten Timothy ausgesucht, und Emily, wenn es ein Mädchen geworden wäre. Aber als er auf der Welt war, musste es plötzlich dieser Name sein – und Emma überließ mir die Entscheidung.

Ich bedauere nicht, Antonia geholfen zu haben. Im Gegenteil. Sie hat es mehr als verdient, dass ich die Presse informierte und deren Sensationsgier geweckt habe. Ich habe Robin die Adresskartei meiner Mutter geschickt und die Miete der Town Hall bezahlt, als deutlich wurde, dass zu wenig Interesse bestand ... Sie hat es auch mehr als verdient, dass ich Mrs Roosevelt um das Treffen bat und dass ich – aber das war die schwierigste Aufgabe – Mark Goldsmith gerade genug Futter gab, damit sich eine hitzige Debatte zwischen ihnen entfache, der ich dann freien Lauf ließ. Es ist egal, was die Zeitungen über dich schreiben, Hauptsache, sie schreiben über dich. Nur dann bekommt man die Aufmerksamkeit des Publikums.

Aber sie hätte es nicht erfahren dürfen. Ich hätte sie fragen sollen, wie ihr das gelungen ist. Jemand wie Eleanor Roosevelt wird sich wahrscheinlich nicht verplappern.

»Papa, Papa, Papa!«, ruft Will. Seine kleinen Schritte nähern sich auf dem Parkett. Er schlingt die kurzen Ärmchen um meine Beine. Ich nehme ihn auf den Arm. Mein Sohn holt mich wieder auf die Erde zurück.

Am nächsten Abend, als ich Will zugedeckt und den wachsamen Augen seiner Nanny anvertraut habe, überlege ich mir, dass ich besser zu Hause bleibe. Emma ist schon aufgebrochen. Sie wird Antonias Konzert besuchen, und es ist ein Wunder, aber sogar meine Mutter wird dorthin gehen. Seit sie im Radio gehört hat, dass Mrs Roosevelt die Schirmherrin des Frauenorchesters geworden ist, hat sich ihre Meinung anscheinend wie ein Fähnchen im Wind gedreht. Oder, und das ist sogar wahrscheinlicher, sie möchte mit eigenen Augen sehen, wie sich Antonia mit dem Orchester zum Narren macht, denn sie war ihr bislang ein Dorn im Auge.

Mein Vater, der Antonia übrigens nur das Beste wünscht, wird auch mitgeschleppt. Ich bin allen Diskussionen, die meine Mutter mit jedem führte, der sich nicht rechtzeitig aus dem Staub gemacht hat, aus dem Weg gegangen. Daraufhin hat sie versucht, mich zu provozieren. Sie wollte wissen, was ich von dem Orchester halte. Ich schwieg. Ich wollte nicht, dass irgendwer auf die Idee käme, nach einer Verbindung zwischen mir und dem Konzert zu suchen.

Ich wüsste gerne, ob wohl genug Zuhörer kommen. Ich würde Antonia den Erfolg so wünschen. Die Mitteilung, dass die Eintrittskarten kostenlos ausgegeben würden, deutet auf ein geringes Interesse hin, vermutlich verlief der Vorverkauf enttäuschend. Emma wird mir heute Abend sicherlich alles berichten. Aber sogar dann muss ich auf der Hut sein, sonst fragt sie noch, warum ich nicht einfach mitgekommen bin.

Ich gehe in die Küche, um Shing zu bitten, mir einen Kaffee zu bringen. Ich werde bis spät arbeiten, das wird mich ablenken. Als ich die Küche betrete, isst Shing gerade. In einer fließenden Bewegung führt er die Essstäbchen von der Reisschale zum Mund. Er springt auf, als er mich sieht, obwohl ich ihm schon seit Jahren sage, er könne ruhig sitzen bleiben, wenn ich mit einer Bitte den Raum betrete.

Bei der plötzlichen Bewegung fällt eines der Stäbchen auf den Boden. Es springt auf dem gefliesten Boden weg. In meinem Kopf läuft die Bewegung im Zeitlupentempo ab. Ich muss an das fallende Essstäbchen auf der Herrentoilette denken, wo ich Willy zum ersten Mal sah. Die Bedeutung des Stäbchens war mir damals überhaupt nicht klar; später konnten wir darüber lachen, in unserer gemeinsamen Woche. Wie hätte ich auf die Idee kommen sollen, dass sie dort dirigierte?

Sie musste in die Hocke gehen, um es aufzuheben. Ich bücke mich jetzt auch, schneller als Shing. Meine Hand greift nach dem Stäbchen, so wie ihre vor all diesen Jahren. Was für einen weiten Weg sie hinter sich hat, denke ich. Ich halte das Stäbchen vor mein Gesicht, als gäbe es an ihm etwas zu entdecken.

Ich bin ein Feigling, wenn ich nicht gehe.

Über das Hölzchen hinweg schaue ich zu Shing, der mich schon lange begleitet.

»Soll ich den Wagen vorfahren?«, fragt er.

Er weiß früher als ich, dass ich zum Konzert möchte.

~ Frank ~

59

New York

*I*ch weiß nicht, was ich erwartet habe, aber das sicherlich nicht. Der Verkehr rund um die Town Hall ist zum Erliegen gekommen. Unser Wagen steckt im Stau. Wir können weder vor noch zurück. Ich sitze hinten im Wagen und versuche, nicht durchzudrehen. Vor uns erstreckt sich ein Meer aus Luxusschlitten, die High Society und ihre Chauffeure. Auf den Gehsteigen sind Dutzende Menschen in Abendkleidung unterwegs; die Herren in Smoking oder Frack, die Damen in Abendkleidern. Aber auch schlichter gekleidete Menschen sind zu sehen. Alle bewegen sich in eine Richtung.

Ich kann mir kaum vorstellen, dass sie alle zu Antonias Konzert wollen. In dieser Gegend um den Broadway liegen noch weitere Theater, und das Town-Hall-Gebäude ist von hier noch gar nicht zu sehen.

Irgendwo hinter uns fängt jemand an zu hupen. Sofort entsteht daraus ein ohrenbetäubendes Hupkonzert. Alle scheinen heute Abend unterwegs zu sein. Zum x-ten Mal schaue ich auf die Uhr. Shing, der meine Anspannung spürt, drückt ebenfalls ungeduldig auf die Hupe. Das hat aber überhaupt keinen Sinn. Ich werde es nicht rechtzeitig schaffen.

Doch dann besinne ich mich. Gebe ich so einfach auf? Während Antonia Himmel und Hölle in Bewegung setzt, wenn sie etwas erreichen will? Ich öffne die Autotür, springe hinaus und fange an zu laufen, kreuz und quer zwischen den stehenden Autos hindurch, denn auf dem Gehsteig ist auch kein Durchkommen mehr. Ich muss zur Seite springen, als plötzlich knapp vor mir eine Autotür geöffnet wird und ein Mann aussteigt, ich hüpfe über eine Pfütze, bahne mir einen Weg durch Menschentrauben, die sich mittlerweile auf der Straße gebildet haben. Ich laufe, laufe, laufe. Mein Leben hängt davon ab, und das fühlt sich richtig an.

Die großen Lettern auf der Fassade leuchten mich an, als ich um die Ecke biege. Ich habe schon Hunderte Male solche Ankündigungen gesehen, aber es bewegt mich, Antonias Namen als Dirigentin unter dem Namen ihres Orchesters zu lesen: The New York Women's Symphony Orchestra.

Am Eingang drängeln sich die Menschen. Sie versuchen sich durch die Türen zu quetschen, aber es wird niemand mehr hineingelassen. Das gilt auch für die vermögenden Damen und Herren, die in den Limousinen vorfahren. Das führt fast zu tumultartigen Ausschreitungen, denn sie sind kein Nein gewohnt. Ich hoffe, Emma und meine Eltern haben es hineingeschafft. Wer hätte erwartet, dass es zu so einem Ansturm kommt! Der Saal hätte bestimmt zweimal gefüllt werden können.

Kurz schaue ich ratlos auf die langen Schlangen vor dem Gebäude und grüble darüber nach, wie ich doch noch hineinkommen könnte. Dann drehe ich mich um und laufe gegen den Strom der Neuankömmlinge.

Es ist ein Segen, dass ich die Town Hall so gut kenne. Ich habe es geschafft, durch den Künstlereingang hineinzukommen, auch wenn dieser ebenfalls wie eine Festung bewacht wird. Ich musste nur mit meiner Karte wedeln. Auf der Treppe zu den Büros nehme ich ein paar Stufen auf einmal. Jetzt ist hier niemand, aber tagsüber ist das das Nervenzentrum des Theaters.

Als ich ganz oben ankomme und in einen langen Gang gehe, kommt mir ein Mitarbeiter der Aufsicht entgegen. Ich verlangsame meinen Schritt, benehme mich, als wäre ich hier zu Hause, und grüße freundlich. Der Mann grüßt höflich zurück. Sobald er an mir vorbei ist, beeile ich mich wieder.

Ich hoffe, bei den Zugangstüren zu den hintersten Reihen des Balkons herauszukommen, wo in allen anderen Sälen die Decke am niedrigsten ist und die Stühle am unbequemsten. Aber die Town Hall, die von Vorkämpfern des Frauenwahlrechts gegründet wurde, ist dafür bekannt, dass es hier keine schlechten Plätze gibt.

Als ich die Tür für das Personal öffne, sehe ich zu meiner Überraschung, dass es sogar hier nur so von Leuten wimmelt. Egal ob jung oder alt, jeder versucht, einen der letzten Sitzplätze zu erobern. Die Platzanweiserinnen haben alle Hände voll zu tun. Durch die geöffneten Türen kann ich gerade noch sehen, wie die First Lady standesgemäß begrüßt wird, ansonsten herrscht das reinste Chaos. Der Balkon ist bis unters Dach voll.

Im Gedränge laufe ich die Treppe hinunter, bis nach unten, vors Parkett. Auch hier stehen Menschen vor der Zwischentür. Sie schimpfen und möchten in den Saal. Die Aufsicht und die Platzanweiserinnen weichen keinen Millimeter. Das dürften sie auch gar nicht, wegen des Brandschutzes. Es sind sowieso schon viel zu viele Leute im Gebäude, die keinen Sitzplatz haben, aber die meisten von ihnen werden wieder gehen, wenn das Konzert beginnt.

Ich bin so stolz auf Antonia. Sie hat es geschafft. Selbst wenn heute Abend kein einziger Cent verdient wird, einen besseren Einstand hätte das Frauenorchester nicht geben können. Jetzt muss Antonia nur noch eine gute Show abliefern. Ob sie wohl sehr angespannt ist? Wenn ich mich in ihre Situation versetze, flattern mir die Nerven. *Ich will dabei sein.* Ich bahne mir einen Weg durch das Meer aus Menschen und lasse mich von nichts und niemandem aufhalten.

~ Antonia ~

60

Kurz vor einem Konzert ziehe ich mich immer völlig zurück. Ich krieche in eine Art Kokon. Meine Gedanken richten sich nur auf mich selbst, und ich erreiche einen Zustand höchster Konzentration. Dafür muss ich mich nicht einmal besonders anstrengen, es passiert quasi automatisch.

Heute Morgen habe ich noch eine zusätzliche Probe mit den Musikerinnen abgehalten. Ich wollte noch ein Stück ergänzen, das nicht auf dem offiziellen Programm steht. Es ist kurz, es dauert keine fünf Minuten. Der britische Komponist Edward Elgar schrieb es 1888 für seine Verlobte. Er gab dem Stück den deutschen Titel *Liebesgruß*, weil seine Geliebte fließend Deutsch sprach. Später entschied er sich für die französische Übersetzung: *Salut d'Amour*.

L'amour ist noch immer so gut wie das einzige französische Wort, das ich beherrsche, aber ich bilde mir ein, dass ich heute, im Alter von zweiunddreißig, viel mehr von der Liebe verstehe. Als ich mich gestern an der Eingangstür von Frank verabschiedete, wurde mir klar, dass es für ihn nicht einfach ist, mich zu sehen.

Ging es mir nicht jahrelang ähnlich? Ich war nicht

ohne Grund lieber in Europa unterwegs. Ich brauchte eine Ewigkeit, um über den Verlust von Frank hinwegzukommen, so tief saß der Schmerz. Aber ich verstand mehr und mehr, dass es sich dabei um eine Liebe handelte, die man wie einen eigenen Besitz festhalten wollte. Nicht um eine Liebe, die loslassen kann. Und jetzt sah ich bei Frank dasselbe. Er kann den Schritt nicht gehen, genauso wenig wie ich es konnte.

Aber wenn ich daran denke, füllt sich mein Herz mit Zärtlichkeit. Und die Komposition von Elgar repräsentiert diese zärtliche Liebe. Auch wenn es sonst niemand weiß – dies ist meine Ode an Frank. Meine Art, mich bei ihm für alles, was er getan hat, zu bedanken.

Zärtlichkeit ist schwieriger als alles andere in der Musik abzubilden, das weiß jeder Dirigent. Aber zum Glück stand ich nun vor Frauen, denen ich dies vermitteln durfte; was für ein Unterschied! Wie sie sich anstrengten, die Probe zu einem Erfolg zu machen, ich halte große Stücke auf sie. Egal was heute Abend passiert, für mich ist das Abenteuer schon geglückt. Ich mache mich selbst glücklich, aber auch die Musikerinnen.

Die Tür des Dirigentenraums öffnet sich, und Robin steckt den Kopf herein.

»Wie läuft es draußen?«, frage ich.

»Ganz großes Theater!«, antwortet Robin mit einem breiten Grinsen auf dem Gesicht und wünscht mir viel Erfolg. Ich weiß, wie stolz Robin auf mich ist. Wir haben schon oft darüber gesprochen.

Ich möchte gerne mit eigenen Augen sehen, wie viele Leute da sind, und stelle mich hinter die Kulissen. Dort warten bereits alle Musikerinnen des Orchesters, die meisten mit ihren Instrumenten. Die Frauen tragen hübsche schwarze Kleider, die an manchen Stellen weiß akzentuiert sind. Sie sehen phantastisch aus. Die *flapper girls* sind ihnen bei den Frisuren und dem Make-up zur Hand gegangen.

Dolly hat für mich ein schwarzes Abendkleid geliehen. Sie will auf jeden Fall verhindern, dass ich zum zweiten Mal als am schlechtesten gekleidete Frau in die Geschichte eingehe. Sie weiß genau, dass unser Aussehen ein Thema sein wird. »Männer können nicht anders«, sagte sie. Und ich muss zugeben, mein Kleid hat sie gut ausgewählt. Es ist schlicht, aber gleichzeitig elegant, und ich fühle mich wohl in ihm.

Als ich einen Blick auf die Menschenmenge im Saal werfe, bin ich vollkommen überrascht. Ich hatte nicht zu hoffen gewagt, dass es zu solch einem Ansturm käme. Auf dem Balkon wird unsere First Lady von einigen Anweiserinnen zu ihrem Platz begleitet. Was für eine große Ehre für uns, dass sie heute Abend hier ist. Sie wird in der ersten Reihe des Balkons sitzen. Aber bevor sie ihren Platz erreichen kann, sehe ich, wie jemand aufspringt und ihr die Hand reicht. Es ist niemand anderes als Mrs Thomsen! Sie ist also doch gekommen! Ich kann nur raten, was sie unserer Schirmherrin zu sagen hat, aber es macht den Eindruck, als würde sie sich ganz schön an sie heranschmeißen. Eleanor Roosevelt lässt kein Gespräch entstehen. Etwas betreten setzt sich Mrs Thomsen wieder, jetzt erkenne ich auch Mr Thomsen und Emma. Kurz spüre ich einen Knoten im Magen. Das ist die Nervosität.

Das Orchester betritt die Bühne. Begeistertes Klatschen. Keiner der Zuhörer wird so etwas je zuvor gesehen haben: neunzig Musikerinnen auf einer Bühne. Sie nehmen ihre Plätze ein und beginnen sofort, die Instrumente zu stimmen. Die Platzanweiserinnen und das Aufsichtspersonal tun alles, um Ordnung in den Saal zu bringen, auch wenn sie sich unbeliebt machen und Menschen wieder wegschicken müssen. Ich beneide sie nicht um diese Aufgabe.

Robin steht neben mir und gibt mir ein Zeichen. Es ist so weit. Das Scheinwerferlicht folgt mir, als ich aus den Kulissen die Bühne betrete. Alle Musikerinnen stehen auf. Der Applaus klingt herzlich. Die Menschen haben Lust auf den Abend.

Während ich am Orchester vorbei zu meinem Podest laufe, lächele ich in den Saal. Ich erkenne meinen Vater und meine Mutter in der vierten Reihe, unsere Blicke treffen sich. Wie außergewöhnlich, sie hier zu sehen. Ich muss ein Lachen unterdrücken, als ich daran denke, dass sie wahrscheinlich da sind, weil das Konzert umsonst ist. Ich verwerfe den Gedanken schnell. Die beiden strahlen so, dass ich gerührt bin.

Kaum zwei Plätze entfernt sitzt Miss Denise, angezogen als Frau und geschminkt. Von einer echten Frau ist sie nicht zu unterscheiden. Wenn das meine Eltern wüssten! Um sie herum sitzen auch die Musiker von Robins Band und die Revuemädchen. Was ich ihnen alles zu verdanken habe ...

Ich gebe der Konzertmeisterin die Hand und stelle mich ans Pult. Ich schaue zu unserer First Lady empor und verbeuge mich respektvoll vor ihr. Mrs Roosevelt erhebt sich und neigt vornehm den Kopf. Dann wende ich mich dem Orchester zu.

Die Musikerinnen setzen sich wieder. Ich schlage die Partitur auf, hebe den Taktstock und schaue die Frauen ermutigend an. Alle sind jetzt hochkonzentriert. Die weihevolle, so magische Stille unmittelbar vor dem Konzert.

Ein lauter Knall hallt durch den Saal. Ist irgendwo hinter mir eine Tür zu fest zugeschlagen worden? Wird jemand vielleicht noch von einer Platzanweiserin hinausgeschickt? Das Publikum wird unruhig und fängt an zu tuscheln.

Ich tausche einen Blick mit der Konzertmeisterin, denn sie hat den Saal im Auge, aber ich erkenne nur Ratlosigkeit in ihren Gesichtszügen. Habe ich bei der Begrüßung der First Lady das Protokoll nicht eingehalten? Ist das der Grund für das entrüstete Geraune hinter mir?

Schritte nähern sich durch den Mittelgang ... Das Geräusch eines Klappstuhls, der geöffnet wird ... Jemand stellt ihn auf und setzt sich hinter mich, ziemlich nah. Ich senke den Taktstock und drehe mich um. Frank sitzt vor mir auf dem Stuhl. Mein Schatten fällt auf ihn. Im Saal wird es still. Jeder wartet gespannt, was jetzt passieren wird.

Frank schaut zu mir hoch. Ich schaue ihn an. Er muss gelaufen sein, denn er versucht noch, seinen Atem unter Kontrolle zu bekommen. Er lächelt mich entschuldigend an, und ich lächele zurück. Ich freue mich, dass er hier ist. Unser Blickkontakt scheint eine Ewigkeit anzudauern, die Zeit steht still. Niemand im Saal weiß, was das zu bedeuten hat, da bin ich mir sicher. Nur wir beide. *Er kann mich loslassen.*

Musik ist eine Sprache. Manchmal kann sie so viel mehr ausdrücken als Worte. Freude und Schmerz, Schuld und Scham, Angst und Abscheu, Hoffnung und Hilflosigkeit, Boshaftigkeit und Erstaunen, Glück und Verzweiflung. Aber die Musik, die jetzt den Saal erfüllt, spricht die Sprache der Liebe. Die Klänge von *Salut d'Amour* gehen einem direkt ins Herz. Ich leite das New York Women's Symphony Orchestra. Ich bin stolz auf meine Musikerinnen. Dirigieren macht mich glücklich. Dieses Konzert ist wie ein Höhenflug – und danach werde ich gewiss wieder tief fallen. So funktioniert das Spiel. Aber ich spiele mit. Bin ich dadurch eine Heldin? Vielleicht denkt das niemand sonst. Nur ich selbst ... Manchmal reicht das schon.

~ Nachwort ~

*D*as New York Women's Symphony Orchestra trat vier Jahre lang erfolgreich auf. Als Antonia Brico auch männliche Musiker aufnahm, schwand das öffentliche Interesse, und das Orchester löste sich auf.

Antonia erhielt die amerikanische Staatsbürgerschaft (1938) und ließ sich in Denver, Colorado, nieder, wo ihr 1941 der Posten des Chefdirigenten beim Denver Symphony Orchestra in Aussicht gestellt wurde. Als Frau wurde ihr im letzten Augenblick die Anstellung verweigert. Auch später sollte sie nie eine feste Stelle als Chefdirigentin bekommen.

Antonia widmete ihr Leben der Musik und trat weiterhin als Gastdirigentin berühmter Orchester auf. 1947 wurde sie zur festen Dirigentin eines semiprofessionellen Orchesters: des Denver Businessmen's Orchestra.

Sie bestritt ihren Lebensunterhalt, indem sie als Klavierlehrerin arbeitete. Sie unterrichtete unter anderem die junge Judy Collins, die später eine berühmte Folksängerin wurde. Judy Collins drehte einen Dokumentarfilm über Antonia Brico, der 1975 für einen Oscar nominiert wurde.

Antonia reiste oft in die Niederlande und hielt engen Kontakt zur Familie ihrer Mutter. Dass sie nie vor dem Orchester des Concertgebouw stehen durfte, schmerzte sie sehr. Allerdings hat sie in den Niederlanden das Radio Filharmonisch Orkest dirigiert.

1949 lernte Antonia Albert Schweitzer persönlich kennen. Er wurde einer ihrer engsten Freunde. Zwischen 1950 und 1964 reiste sie mindestens fünfmal zu seinem Krankenhaus in Gabun und verbrachte dort die Sommerferien.

Sie starb am 3. August 1989 in Denver. Auf ihrem Grab steht: *Do not be deflected from your course.*

Die renommierte Zeitschrift *Gramophone* veröffentlichte 2008 eine Rangliste der zwanzig besten Orchester der Welt. Keines dieser Orchester hatte je eine Chefdirigentin.

2017 veröffentlichte *Gramophone* wieder eine Liste, diesmal mit den fünfzig besten Dirigenten aller Zeiten. Der weibliche Anteil beträgt 0 %.

~ Dank ~

Besonderer Dank gebührt dem ehemaligen Journalisten Rex Brico, dem Cousin von Antonia Brico. Beim Schreiben an diesem Roman habe ich immens von seinen detaillierten Nachforschungen über Antonia profitiert, die er für mich festgehalten hat, als ich an einem Spielfilm über sie arbeitete.

Rex hat seine Cousine sehr gut gekannt. Sie teilten die Leidenschaft für klassische Musik, und er nannte sie »meine zweite Mutter« – nicht nur wegen des Altersunterschieds von sechsundzwanzig Jahren, sondern auch weil sie eine Vertrauensperson für ihn war. Gemeinsam reisten sie viel, sowohl in den USA als auch in den Niederlanden. Sein biographischer Bericht über Antonia war für mich von unschätzbarem Wert.

Ich bedanke mich für den künstlerischen Freiraum, den er mir gab, um im Dienst der Geschichte fiktive Elemente hinzuzufügen, sowohl Ereignisse als auch Personen. Sein Vertrauen in mich und die Unterstützung, die er mir, auch wenn es Rückschläge gab, zukommen ließ, bedeuteten mir sehr viel. Ohne Rex Brico hätte ich dieses Buch nicht schreiben können.

Großen Dank schulde ich Stef Collignon, der als Dirigent und *Music Director* am Film beteiligt war und der mir beim Schreiben dieses Buches beratend zur Seite stand. Seine Begeisterung und sein enormes Wissen über das Dirigieren und klassische Musik waren für mich unverzichtbar.

Ich möchte mich auch beim gesamten Cast und der Crew des Spielfilms *Die Dirigentin* bedanken. Ihr Talent hat mir noch mehr Verständnis für diese Geschichte vermittelt. Jan Eilander danke ich für seine Hinweise zum Szenario.

Eigentlich gibt es nur eine entscheidende Kraft hinter diesem Buchprojekt, und das ist Frederika van Traa, meine Lektorin beim Verlag Meulenhoff Boekerij. Gemeinsam mit Maaike le Noble und Roselinde Bouman war sie schon vor dem Spielfilm von der Idee dieses Buches begeistert, und sie hat mich seitdem immer wieder angespornt, es zu Papier zu bringen. Ohne die Inspiration und das Vertrauen von allen dreien hätte ich vielleicht niemals angefangen, dieses Buch zu schreiben. Ich bin ihnen sehr dankbar.

Außerdem möchte ich Frederika, Roselinde und dem ganzen Verlagsteam für ihre Begleitung beim Betreten dieser neuen Welt meinen Dank aussprechen.

Und ein besonderes Wort des Dankes möchte ich an Judy Collins richten, die mir mit ihrem Dokumentarfilm *Antonia. A Portrait of the Woman* einen Blick in die Seele Antonia Bricos erlaubte. Es war diese außergewöhnliche Dokumentation, die mich inspirierte, einen Spielfilm über sie zu machen und dieses Buch zu schreiben.

Von ganzem Herzen möchte ich mich zum Schluss bei meiner Tochter Tessa und meinem Mann Dave Schram bedanken. Sie haben das Buch mitgelesen, während es entstand, und ihr Feedback war mir immer wertvoll.

~ Quellen ~

Literatur

Michael Barson (Hg.), *Flywheel, Shyster, and Flywheel. The Marx Brothers' Lost Radio Show.* New York 1988

Roland de Beer, *Dirigenten.* Amsterdam 2003

Ders., *Dirigenten en nog meer dirigenten.* Amsterdam 2007

Elke Mascha Blankenburg, *Dirigentinnen im 20. Jahrhundert.* Hamburg 2003

Rex Brico, *De odyssee van een journalist. Een levensverhaal over pers, religie en homoseksualiteit.* Utrecht 2012

Melissa D. Burrage, *The Karl Muck Scandal.* Rochester 2019

Ben Daeter, *Albert Schweitzer, een pionier in het oerwoud.* Baarn 2002

E. Bysterus Heemskerk, *Over Willem Mengelberg.* Amsterdam 1971

Moses King, *Notable New Yorkers of 1896–1899.* New York 1899

Norman Lebrecht, *De Mythe van de Maestro. Dirigenten en Macht*. Übers. v. A. P. Daalder-Neukircher. Haarlem 1992; dt. *Der Mythos vom Maestro*. Übers. v. Jochen Schürmann. Zürich 1992

Beth Abelson Macleod, *Women Performing Music. The Emergence of American Women as Classical Instrumentalists and Conductors*. Jefferson, North Carolina / London 2000

Diane Wood Middlebrook, *Maatwerk. Het dubbelleven van jazzmusicus Billy Tipton die na zijn dood een vrouw bleek te zijn*. Übers. v. Carla Benink. Amsterdam 1999; dt. *Er war eine Frau. Das Doppelleben des Jazzmusikers Billy Tipton*. Übers. v. Uta Goridis. München 1999

Luuk Reurich – *Hans Vonk. Een dirigentenleven*. Bussum 2014

Ronald van Rikxoort, Nico Guns, *Holland-Amerika Lijn. Schepen van »De Lijn« in beeld*. Zutphen 2006

David B. Roosevelt, Manuela Dunn-Mascetti, *Grandmère. A Personal History of Eleanor Roosevelt*. New York 2002

Albert Schweitzer, *Aan den zoom van het oerwoud*. Übers. v. J. Eigenhuis. Haarlem 1939; dt. *Zwischen Wasser und Urwald. Erlebnisse und Beobachtungen eines Arztes im Urwald Äquatorialafrikas*. München 2008

Ders., *Uit mijn jeugd*. Übers. v. Hubertus Bervoets. Haarlem 1925; dt. *Aus meiner Kindheit und Jugendzeit*. München 2015

Ders., *Eerbied voor het leven*. Zusammengestellt von Harold E. Robles. Übers. v. I. van Wilsum-Huisjes. Den Haag 1995

Judith van der Wel, *Stemmen. Het geheim van het Koninklijk Concertgebouworkest*. Amsterdam 2015

Dokumentationen

Antonia. A Portrait of the Woman, Dokumentarfilm von Judy Collins und Jill Godmilow, 1974

Bloed, zweet en snaren. De mensen van het Koninklijk Concertgebouworkest, 3 Staffeln, von Olaf van Paassen für AVROTROS

Jaap van Zweden. Een Hollandse Maestro op Wereldtournee, siebenteilige Serie, von Feije Riemersma und Inge Teeuwen für AVROTROS

Apocalypse. La première guerre mondiale von Isabelle Clarke und Daniel Costelle

The Battle of Passchendaele (100th anniversary of the Great War) von Timeline

Internetquellen

Leo van Bergen, Gifgas. De chemische oorlogvoering in de Eerste Wereldoorlog, https://www.wereldoorlog1418.nl/gasoorlog/gifgas.html

Wolfgang Reitzi, Lisa Maria Mayer, https://www.wolfgangreitzi.eu/20erjahre/lisa-maria-mayer/

Susan Spector, Witness to History. The Met Orchestra Musicians, http://www.metorchestramusicians.org/blog/2017/5/6/witness-to-history

Für die Inhalte von Websites Dritter übernehmen wir keine Haftung, da wir uns diese nicht zu eigen machen, sondern lediglich auf deren Stand zum Zeitpunkt der Erstveröffentlichung im Oktober 2019 verweisen.

Zitierte Liedtexte

Can You Tame Wild Wimmen. Text: Andrew B. Sterling, Musik: Harry von Tilzer

The Dumber They Come the Better I Like 'em. Text: Stephen DeRosa

Oh! Boy, What a Girl. Text: Bud Green, Musik: Frank A. Wright und Frank Bassinger